台灣の讀者の皆さんへのコメント

海を越えて旅したことのない私の書いた小説が、
海を越えて多くの讀者の皆様のもとに届いていることを、
心から嬉しく思っています。
この作品も、どうぞお樂しみいただけますように！

致親愛的臺灣讀者

從未出國旅行的我，
這次很高興自己寫的小說能跨海與許多讀者見面，
希望這部作品能帶給您無上的閱讀樂趣。

宮部みゆき

希望荘

きぼうそう

宮部美幸
Miyabe Miyuki
王華懋 譯

宮部美幸

作品集 / 59
MIYABE MIYUKI

希望莊

Contents

宮部美幸的推理文學世界「增補版」

總導讀——傅博

日本當代國民作家宮部美幸

近年來在日本的雜誌上，偶爾會看到尊稱宮部美幸為國民作家。怎樣才能榮獲這個名譽呢？好像沒有確切的答案，然而綜觀過去被尊稱為國民作家的作家生涯便不難看出國民作家的共同特徵。

明治維新（一八六八年）一百多年以來，被尊稱為國民作家的為數不多，夏目漱石和吉川英治是最早期的國民作家。夏目漱石是純文學大師，其作品具大眾性，一九一六年逝世至今，已歷九十年，其作品在書店仍然可見，代表作有《我是貓》、《少爺》等等。吉川英治是大眾文學大師，其作品有濃厚的思想性，對二次大戰戰敗的日本國民發揮了鼓舞的作用，其著作等身，代表作有《宮本武藏》、《新・平家物語》等等。

屬於戰後世代的國民作家有松本清張和司馬遼太郎。松本清張是社會派推理文學大師，其寫作範圍十分廣泛，除了推理小說之外，對日本古代史研究、挖掘昭和史等，留下不可磨滅的貢獻。司馬遼太郎是歷史文學大師，早期創作時代小說，之後撰寫歷史小說和文化論。這兩位作家的共同特徵是，著作豐富、作品領域廣泛、質與量兼俱。他們的思想對一九六〇年代後的日本文化發揮了影響力。

上述四位之外，日本推理小說之父江戶川亂步、時代小說大師山本周五郎，以及文學史上創作量最多、男女老少人人喜愛的赤川次郎也榮獲國民作家的尊稱。

綜觀以上的國民作家，其必備條件似乎是著作豐富、多傑作；作品具藝術性、思想性、社會性、娛樂性、普遍性；讀者不分男女，長期受到廣泛的老、中、青、少、勞動者以及知識分子的閱讀。

宮部美幸出道至今未滿二十年，共出版了四十三部作品，包括四十萬字以上的巨篇八部、長篇二十四部、中篇集四部、短篇集十三部，非小說類有繪本兩冊、隨筆一冊、對談集一冊。以平均每年出版兩冊的數量來說，在日本並非多產作家，但是令人佩服的是，其寫作題材廣泛、多樣，品質又高，幾乎沒有失敗之作。所獲得的文學獎與同世代作家相較，名列第一，該得的獎都拿光了。質的成功與量成比例，是宮部美幸文學的最大武器，也是獲得國民作家之稱的最大因素。

宮部美幸，本名矢部美幸，一九六〇年十二月二十三日生於東京都江東區深川。東京都立墨田川高中畢業之後，到速記學校學習速記，並在法律事務所上班，負責速記，吸收了很多法律知識。一九八四年四月起在講談社主辦的娛樂小說教室學習創作。

一九八七年，〈吾家鄰人的犯罪〉獲第二十六屆《ALL讀物》推理小說新人獎，〈鎌鼬〉獲第十二屆歷史文學獎佳作。一位新人，同年以不同領域的作品獲得兩種徵文比賽獎項實爲罕見。

前者是透過一名少年的觀點，以幽默輕鬆的筆調記述和舅舅、妹妹三人綁架小狗的計畫所引發的意外事件，是一篇以意外收場取勝的青春推理佳作，文風具有赤川次郎的味道。後者是以德川幕府時代的江戶（今東京）爲時空背景的時代推理小說。故事記述一名少女追查試刀殺人的凶手之經過，全篇洋溢懸疑、冒險的氣氛。

要認識一位作家的本質，最好的方法就是閱讀其全部的作品。當其著作豐厚，無暇全部閱讀時，則是先閱讀其處女作，因爲作家的原點就在處女作。以宮部美幸爲例，其作品裡的偵探，不管是系列偵探或個案偵探，很少是職業偵探，大多是基於好奇心，欲知發生在自己周遭的事件眞相，而做起偵探的業餘偵探，這些主角在推理小說是少年，在時代小說則是少女。其文體幽默輕鬆，故事收場不陰冷而十分溫馨，這些特徵在其雙線處女作之中已明顯呈現。

繼處女作之後的作品路線，即須視該作家的思惟了；有的一生堅持一條主線，不改作風，只追求同一主題，日本的推理小說家大多屬於這種單線作家——解謎、冷硬、懸疑、冒險、犯罪等各有專職作家。

另一種作家就不單純了，嘗試各種領域的小說，屬於這種複線型的推理作家不多，宮部美幸即是罕見的複線型全方位推理作家。她發表不同領域的處女作——推理小說和時代小說——同時獲得肯定，登龍推理文壇之後，此雙線成爲宮部美幸的創作主軸。

一九八九年，宮部美幸以《魔術的耳語》獲得第二屆日本推理懸疑小說大獎，拓寬了創作路線，由此確立推理作家的地位，並成爲暢銷作家。

宮部美幸作品的三大系統

這次宮部美幸授權獨步文化出版社，發行台灣版《宮部美幸作品集》二十七部（二十三部中有四部分爲上下兩冊），筆者以這二十三部爲主，按其類型分別簡介如下。

要完整歸類全方位作家宮部美幸的作品實非易事，然其作品主題是推理則毋庸置疑。筆者綜合故事的時空背景以及現實與非現實的題材，將它分爲三大系統。第一類爲推理小說，第二類時代小說，第三類奇幻小說，而每系統可再依其內容細分爲幾種系列。

一、推理小說系統的作品

宮部美幸的出道與新本格派崛起（一九八七年）是同一時期，早期作品除可能受此影響之外，文體、人物設定、作品架構等，可就是受到赤川次郎的影響了。所以她早期的推理小說大多屬於青春解謎的推理小說；許多短篇沒有陰險的殺人事件登場，大多是以日常生活中的家庭糾紛爲主題，屬於日常之謎系列的推理小說不少。屬於本系列的有：

1.《鄰人的犯罪》（短篇集，一九九〇年一月出版）收錄處女作以及之後發表的青春推理短篇四篇。早期推理短篇的代表作。

2.《完美的藍——阿正事件簿之一》（長篇，一九八九年二月出版／獨步文化版．宮部美幸作品集01——以下只記集號）「元警犬系列」第一集。透過一隻退休警犬「阿正」的觀點，描述牠與現在的主人——蓮見偵探事務所調查員加代子——的辦案過程。故事是阿正和加代子找到離家出走的少年，在將少年帶回家的途中，目睹高中棒球明星球員（少年的哥哥）被潑汽油燒死的過程。在搜查過程中浮現的製藥公司的陰謀是什麼？「完美的藍」是藥品名。具社會派氣氛。

3.《阿正當家——阿正事件簿之二》（連作短篇集，一九九七年十一月出版／16）「元警犬系列」第二集。收錄〈動人心弦〉等五個短篇，在第五篇〈阿正的辯白〉裡，宮部美幸以事件委託人登場。

4.《這一夜，誰能安睡？》（長篇，一九九二年二月出版／06）「島崎俊彥系列」第一集。透過中學一年級生緒方雅男的觀點，記述與同學島崎俊彥一同調查一名股市投機商贈與雅男的母親五億圓後，接獲恐嚇電話、父親離家出走等事件的眞相，事件意外展開、溫馨收場。

5.《少年島崎不思議事件簿》（長篇，一九九五年五月出版／13）「島崎俊彥系列」第二集。在秋天的某個晚上，雅男和俊男兩人參加白河公園的蟲鳴會，主要是因爲雅男想看所喜歡的工藤小姐一眼，但是到了公園門口，卻碰到殺人事件，被害人是工藤的表姊，於是兩人開始調查眞相，發現事件背後的賣春組織。具社會派氣氛。

6.《無止境的殺人》（長篇，一九九二年九月出版／08）將錢包擬人化，由十個錢包輪流講自己所見的主人行爲而構成一部解謎的推理小說。人的最大欲望是金錢，作者功力非凡，藉由放錢的錢包揭開十個不同的人格，而構成解謎之作，是一部由連作構成的異色作品。

7.《繼父》（連作短篇集，一九九三年三月出版／09）「繼父系列」第一集。一個行竊失風的小偷，摔落至一對十三歲雙胞胎兄弟家裡，這對兄弟的父母失和，留下孩子各自離家出走，於是兄弟倆要求小偷當他們的爸爸，否則就報警，將他送進監獄，小偷不得已，承諾兄弟倆當繼父。不久，在這奇妙的家庭裡，發生七件奇妙的事件，他們全力以赴解決這七件案件。典型的幽默推理小說集。

8.《寂寞獵人》（連作短篇集，一九九三年十月出版／11）「田邊書店系列」第一集。以第三人稱多觀點記述在田邊舊書店周遭所發生的與書有關的謎團六篇。各篇主題迥異，有命案、有日常之謎、有異常心理、有懸疑。解謎者是田邊舊書店店主岩永幸吉和孫子稔。文體幽默輕鬆，但是收場不一定明朗，有的很嚴肅。

9.《誰？》（長篇，二〇〇三年十一月出版／30）「杉村三郎系列」第一集。今多企業集團會長今多嘉親之司機梶田信夫被自行車撞死，信夫有兩個未出嫁的女兒，聰美與梨子。梨子向今多會長提議，要出版父親的傳記，以找出嫌犯。於是，今多要求在集團廣報室上班的女婿杉村三郎協助姊妹倆出書事務。聰美卻反對出書，杉村認爲兩姊妹不睦，藏有玄機，他深入調查，果然……

10.《無名毒》（長篇，二〇〇六年八月出版／31）「杉村三郎系列」第二集。今多企業集團廣報室臨時僱用的女職員原田泉與總編吵架，寄出一封黑函後，即告失蹤。原田的性格原來就稍有異常，今多會長要求杉村三郎調查眞相。杉村到處尋找原田的過程中，認識曾經調查過原田的私家偵探北見一郎，之後杉村在北見家裡遇到「隨機連環毒殺案」第四名犧牲者的孫女古屋美智香，於是捲入毒殺事件的漩渦中。杉村探案的特徵是，在今多會長叫他處理公務上的糾紛過程中，因其正義感使他去解決另外的事件。

以上十部可歸類爲解謎推理小說，而從文體和重要登場人物等來歸類則是屬於幽默推理、青春推理爲多。屬於這個系列的另有以下兩部。

11.《地下街之雨》（短篇集，一九九四年四月出版）。

12.《人質卡農》（短篇集，一九九六年一月出版）。

以下九部的題材、內容比較嚴肅，犯罪規模大，呈現作者的社會意識。有懸疑推理、有社會派推理、有報導文體的犯罪小說。

13.《魔術的耳語》（長篇，一九八九年十二月出版／02）獲第二屆日本推理懸疑小說大獎的社會派推理傑作。三起看似互不相干的年輕女性的死亡案件，和正在進行的第四起案件如何演變成連續殺人案。十六歲的少年日下守，爲了證實被逮捕的叔叔無罪，挑戰事件背後的魔術師的陰謀。宮部美幸早期代表作。

14.《Level 7》（長篇，一九九〇年九月出版／03）一對年輕男女在醒來之後失去記憶，手臂上被印上「Level 7」；一名高中女生在日記留下「到了 Level 7 會不會回不來」之後離奇失蹤。尋找自我的男女，和尋找失蹤女高中生的眞行寺悅子醫師相遇，一起追查 Level 7 的陰謀。兩個事件錯綜複雜，發展爲殺人事件。宮部後期的奇幻推理小說的先驅之作、早期代表作。

15.《獵捕史奈克》（長篇，一九九二年六月出版／07）持散彈槍闖入大飯店婚宴的年輕女子關沼慶子、欲利用慶子所持的槍犯案的中年男子織口邦男、欲阻止邦男陰謀的青年佐倉修治、欲去探望臥病妻子的優柔寡斷的神谷尙之、承辦本案的黑澤洋次刑警，這群各有不同目的的人相互交錯，故事向金澤之地收束。是一部上乘的懸疑推理小說。

16.《火車》（長篇，一九九二年七月出版）榮獲第六屆山本周五郎獎。停職中的刑警本間俊介受親戚栗坂和也之託，尋找失蹤的未婚妻關根彰子，在尋人的過程中，發現信用卡破產猶如地獄般的現實社會，是一部揭發社會黑暗的社會派推理傑作，宮部第二期的代表作。

17.《理由》（長篇，一九九八年六月出版）二〇〇一年榮獲第一百二十屆直木獎和第十七屆日本冒險小說協會大獎。東京荒川區的超高大樓的四十樓發生全家四人被殺害的事件。然而這被殺的四人並非此宅的住戶，而這四人也不是同一家族，沒有任何血緣關係。他們爲何僞裝成家人一起生活？他們到底是什麼人？又想做什麼？重重的謎團讓事件複雜化，事件的眞相是什麼？一部報導文學形式的社會派推理傑作。宮部第二期的代表作。

18.《模仿犯》（百萬字長篇，二〇〇一年四月出版）同時榮獲第五十五屆每日出版文化獎特別獎，二〇〇二年同時榮獲第五屆司馬遼太郎獎和二〇〇一年度藝術選獎文部科學大臣獎文學部門獎。在公園的垃圾堆裡，同時發現女性的右手腕與一名失蹤女性的皮包，不久凶手打電話到電視公司和失主家中，果然在凶手所指示的地點發現已經化爲白骨的女性屍體，是利用電視新聞的劇場型犯罪。不久，表面上連續殺人案一起終結，之後卻意外展開新局面。是一部揭發現代社會問題的犯罪小說，宮部文學截至目前爲止的最高傑作，推理文學史上的不朽名著。

19.《R．P．G》（長篇，二〇〇一年八月出版／22）在食品公司上班的所田良介於杉並區的建築工地被刺死，在他的屍體上找到三天前在澀谷區被絞殺的大學女生今井直子身上所發現的同樣纖維，於是兩個轄區的警察組成共同搜查總部，而曾經在《模仿犯》登場的武上悅郎則與在《十字火焰》登場的石津知佳子連袂登場。是一部現今在網路上流行的虛擬家族遊戲爲主題的社會派推理小說。

宮部美幸的社會派推理作品尙有：

20.《東京下町殺人暮色》（原題《東京殺人暮色》，長篇，一九九〇年四月出版）。

21.《不需要回答》（短篇集，一九九一年十月出版／37）。

二、時代小說系統的作品

時代小說是與現代小說和推理小說鼎足而立的三大大眾文學。凡是以明治維新之前爲時代背景的小說，總稱爲時代小說或歷史‧時代小說。

時代小說視其題材、登場人物、主題等再細分爲市井、人情、股旅（以浪子的流浪爲主題）、劍豪、歷史（以歷史上的實際人物爲主題）、忍法（以特殊工夫的武鬥爲主題）、捕物等小說。

捕物小說又稱捕物帳、捕物帖、捕者帳等，近年推理小說的範疇不斷擴大，將捕物小說稱爲時代推理小說，歸爲推理小說的子領域之一。捕物小說的創作形式是日本獨有，其起源比日本推理小說早六年。一九一七年，岡本綺堂（劇作家、劇評家、小說家）發表《半七捕物帳》的首篇作〈阿文的魂魄〉，是公認的捕物小說原點。

據作者回憶，執筆《半七捕物帳》的動機是要塑造日本的福爾摩斯——半七，同時欲將故事背景的江戶的人情和風物以小說形式留給後世。之後，很多作家模仿《半七捕物帳》的形式，創作了很多捕物小說。

由此可知，捕物小說與推理小說的不同之處是以江戶的人情、風物爲經，謎團、推理爲緯而構成的小說。因此，捕物小說分爲以人情、風物爲主，與謎團、推理取勝的兩個系統。前者的代表作是野村胡堂的《錢形平次捕物帳》，後者即以《半七捕物帳》爲代表。

宮部美幸的時代小說有十一部，大多屬於以人情、風物取勝的捕物小說。

22.《本所深川不可思議草紙》（連作短篇集，一九九一年四月出版／05）「茂七系列」第一集。榮獲第十三屆吉川英治文學新人獎。江戶的平民住宅區本所深川，有七件不可思議的事象，作者以此七事象爲題材，結合犯罪，構成七篇捕物小說。破案的是回向院捕吏茂七，但是他不是主角，每篇另有主角，大多是未滿二十歲的少女。以人情、風物取勝的時代推理佳作。

23.《幻色江戶曆》（連作短篇集，一九九四年八月出版／12）以江戶十二個月的風物詩爲題，結合犯罪、怪異構成十二篇故事。以人情、風物取勝的時代推理小說。

24.《最初物語》（連作短篇集，一九九五年七月出版，二〇〇一年六月出版珍藏版，增補一篇作品／21）「茂七系列」第二集。以茂七爲主角，記述七篇茂七與部下系吉和權三辦案的經過，作者在每篇另有記述與故事沒有直接關係的季節食物掌故，介紹江戶風物詩。人情、風物、謎團、推理並重的時代推理小說。

25.《顫動岩——通靈阿初捕物帳1》（長篇，一九九三年九月出版／10）「阿初系列」第一集。破案的主角是一名具有通靈能力的十六歲少女阿初，她看得見普通人看不見的東西，而且一般人聽不到的聲音也聽得到。某日，深川發生死人附身事件，幾乎與此同時，武士住宅裡的岩石開始顫動。這兩件靈異事件是否有關聯？背後有什麼陰謀？一部以怪異取勝的時代推理小說。

26.《天狗風——通靈阿初捕物帳2》（長篇，一九九七年十一月出版／15）「阿初系列」第二集。天亮颳起大風時，少女一個一個地消失，十七歲的阿初在追查少女連續失蹤案的過程中遇到邪惡的天狗。天狗的眞相是什麼？其陰謀是什麼？也是以怪異取勝的時代推理小說。

27.《糊塗蟲》（長篇，二〇〇〇年四月出版／19．20）「糊塗蟲系列」第一集。深川北町的鐵瓶大雜院發生殺人事件後，住民相繼失蹤，是連續殺人案？抑或另有陰謀？負責辦案的是怕麻煩的小官井筒平四郎，協助他破案的是聰明的美少年弓之助。本故事架構很特別，作者先在冒頭分別記述五則故事，然後以一篇長篇與之結合，構成完整的長篇小說。以人情、推理並重的時代推理傑作。

28.《終日》（長篇，二〇〇五年一月出版／26・27）「糊塗蟲系列」第二集。故事架構與第一集一樣，在冒頭先記述四則故事，然後與長篇結合。負責辦案的是糊塗蟲井筒平四郎，協助破案的除了弓之助之外，回向院茂七的部下政五郎也登場，作者企圖把本系列複雜化，或許將來作者會將幾個系列納爲一大系列。也是人情、推理並重的時代推理小說。

以上三系列都是屬於時代推理小說。案發地點都在深川，但是每系列各具特色，有以風情詩取勝，也有以人際關係取勝，也有怪異現象取勝，作者實爲用心良苦。宮部美幸另有四部不同風格的時代小說。

29.《扮鬼臉》（長篇，二〇〇二年三月出版／23）深川的料理店「舟屋」主人的獨生女阿鈴發燒病倒，某日一個小女孩來到其病榻旁，對她扮鬼臉，之後在阿鈴的病榻旁連續發生可怕又可笑的不可思議的事，於是阿鈴與他人看不見的靈異交流。一部令人感動的時代奇幻小說佳作。

30.《怪》（奇幻短篇集，二〇〇〇年七月出版）。

31.《鎌鼬》（人情短篇集，一九九二年一月出版）。

32.《忍耐箱》（人情短篇集，一九九六年十一月出版／41）。

33.《孤宿之人》（長篇，二〇〇五年出版／28・29）。

三、奇幻小說系統的作品

史蒂芬・金的恐怖小說和奇幻小說《哈利波特》成爲世界暢銷書後，原處於日本大眾文學邊緣的奇幻小說獲得成長發展的機會，漸漸確立其獨立地位，而宮部美幸的奇幻小說就在這欣欣向榮的機運中誕生。她的奇幻作品特徵是超越領域與推理小說結合。

34.《龍眠》（長篇，一九九一年二月出版／04）榮獲第四十五屆日本推理作家協會獎的長篇獎。週刊記者高坂昭吾在颱風夜駕車回東京的途中遇到十五歲的少年稻村愼司，少年告訴記者：「我具有超能力。」他能夠透視他人心理，愼司爲了證明自己的超能力，談起幾個鐘頭前發生的事件眞相，從此兩人被捲入陰謀。是一部以超能力爲題材的奇幻推理傑作，宮部早期代表作。

35.《十字火焰》（長篇，一九九八年十一月出版／17・18）青木淳子具有「念力放火」的超能力。有一天她撞見了四名年輕人欲殺害人，淳子手腕交叉從掌中噴出火焰殺害了其中的三個人，另一個逃走了。勘查現場的石津知佳子刑警，發現焚燒屍體的情況與去年的燒殺案十分類似。也是一部以超能力爲題材的奇幻推理大作。

36.《蒲生邸事件》（長篇，一九九六年十月出版／14）榮獲第十八屆日本ＳＦ大獎。尾崎孝史爲了應考升學補習班上京，其投宿的飯店發生火災，因而被一名具有「時間旅行」的超能力者平田次郎搭救到一九三六年二月二十六日的二・二六事件（近衛軍叛亂事件）現場，兩名來自未來的訪客能否阻止起義而改變歷史？也是一部以超能力爲題材的奇幻推理大作。

37.《勇者物語——Brave Story》（八十萬字長篇，二〇〇三年三月出版／24・25）念小學五年級的三谷亘的父母不和，正在鬧離婚，有一天他幻聽到少女的聲音，決心改變不幸的雙親命運，打開幽靈大廈的門，進入「幻界」到「命運之塔」。全書是記述三谷亘的冒險歷程。一部異界冒險小說大作。

除了以上四部大作之外，屬於奇幻小說的作品尚有以下四部：

38.《鵠笛草》（中篇集，一九九五年九月出版）。

39.《僞夢1》（中篇集，二〇〇一年十一月出版）。

40.《僞夢2》（中篇集，二〇〇三年三月出版）。

41.《ＩＣＯ——霧之城》（長篇，二〇〇四年六月出版）。

以上三十九部是小說。另有四部非小說類從略。

如此將宮部美幸自一九八六年出道以來，一直到二〇〇五年底所出版的作品，歸類爲三系統後，再按時序排列，便很容易看出作者二十年來的創作軌跡，也可預見今後的創作方向。請讀者欣賞現代，期待未來。

二〇〇七・十二・十二

本文作者簡介

傅博

文藝評論家。另有筆名島崎博、黃淮。一九三三年出生，台南市人。於早稻田大學研究所專攻金融經濟。在日二十五年以島崎博之名撰寫作家書誌、文化時評等。曾任推理雜誌《幻影城》總編輯。一九七九年底回台定居。主編「日本十大推理名著全集」、「日本推理名著大展」、「日本名探推理系列」以及「日本文學選集」（合計四十冊，希代出版）。二〇〇九年出版《謎詭．偵探．推理——日本推理作家與作品》（獨步文化），是台灣最具權威的日本推理小說評論文集。

聖域

1

打掃完附近的指定垃圾集中處回來時，兩名婦人正站在我租來做爲事務所兼住家的老房子前交談。一位是斜對面「柳藥局」的老闆娘，另一位年紀與柳太太相仿，偶爾會在藥局看到她。

「杉村先生，早安。」

「辛苦你値日打掃了。」

三十八歲的我是個不折不扣的「大叔」，但在大叔我的眼中也是「大嬸」的兩人，朝氣十足地向我寒暄。

「早安。」

「這位是盛田女士。」柳太太介紹她的朋友。「跟杉村先生一樣，都是竹中家的房客。」

「我住在『竹中粉彩大樓』。」

柳太太繫著圍裙，盛田女士則是穿薄大衣配貼身長褲，肩上搭著皮包，也許正要去上班。「竹中粉彩大樓」是房仲商一開始推薦我的單身人士公寓，因此盛田女士應該是單身。

「不好意思，一早就來吵你。」

現下是十一月十六日星期二，早上剛過六點半。

「要是白天過來，擔心會打擾到你工作。你現在有空嗎？」

「有空，請說。」

「其實是有點事想拜託你。」

這幢租來的房子，（在房東寬大的同意下）我將一樓改建成事務所，可直接穿鞋進入，但畢竟是屋齡四十年的木造雙層建築，外觀完全是普通的民宅。透過玄關拉門窺見屋內，盛田女士浮現訝異的神情。

另一方面，柳太太一副熟門熟路的樣子。改建完畢，剛搬進來時，二樓的和室跳蚤成災，承蒙柳藥局和柳太太的諸多關照。

柳太太迅速走進事務所的會客區，打開牆邊的小型天然氣暖風扇，開口道：

「杉村先生，不必麻煩，我向『侘助』訂了咖啡和早餐。」

迅速周到。託她的福，似乎能省下一次早餐錢。好了，她到底要拜託我什麼事？

尾上町位於東京都北區的東北部，隅田川上游就在附近。自從在此落腳，開始現在的工作後，我擁有兩種名片。

一種印的是「調查員　杉村三郎」，另一種是「杉村偵探事務所　杉村三郎」。手機和電子信箱都一樣，但後者還附上事務所的地址和電話，我稱為「事務所名片」。

「調查員」的名片，是承包「蠣殼辦公室」業務時使用。「蠣殼辦公室」是一家調查公司，這個管道為我帶來獨立創業的契機。事務所的名片，主要用在自行承接的案子上。我在今年一月十五日開業，勉強撐過十個月。目前送出名片的機會，調查員的名片占壓倒性多數。如果沒有「蠣殼辦公室」這條救命索，我恐怕連這幢老房子的租金都付不出來。

我生長在山梨縣的山間小鎮，上大學時來到東京。畢業後進入童書出版社工作，與擔任編輯時認識的女性結婚，轉職到她父親領導的「今多財團」巨大企業集團。我和妻子生有一個女兒，但結婚十一年後離了婚，恢復單身，也辭去在今多財團的職務。

兒時夢想的未來，早就不復記憶，結婚、離婚姑且不論，在三十八歲成爲私家偵探，根本完全超乎想像。對於一個生長在山中果園的孩子來說，私家偵探這個職業，跟太空人一樣毫不現實。

私家偵探這一行，往後能堅持多久，仍是個未知數。總之，目前唯一能確定的，是協助我擊退跳蚤大軍的大恩人柳太太，即將成爲杉村偵探事務所的第一號委託人——我懷才不遇的事務所名片，終於獲得登場的機會。

「看到鬼？」

「沒錯。」

算是這一類的事，對吧？柳太太向盛田女士點點頭，尋求同意。

「嗯。抱歉，一大早就講這種奇怪的事。」

「哪裡奇怪？除了看到鬼之外，還能怎麼解釋？」

杉村先生，你說是不是？柳太太轉向我。

「死掉的人還活著，四處亂晃，不就是鬼嗎？」

「呃，不一定吧。」

（應該）死掉的人（其實）還活著，那就不是鬼了。若是死人復生，不是超自然現象，便是吹牛皮。

「我只看過一次。」盛田女士扭捏起來。「所以，不能說那鬼四處亂晃……」

「不過，妳清清楚楚看到臉了吧？」

「是啊……」

這時，咖啡和早餐送達。

「早安，讓各位久等了。」

「老闆，好慢喔。」

「抱歉，打工人員臨時打電話請假，一時忙不過來。」

「侘助」也在尾上町，位於嶄新公寓的一樓，是一家擁有紅色遮陽篷，十分搶眼的咖啡廳。老闆水田大造在我任職「今多財團」時，在同一棟大樓經營名爲「睡蓮」的咖啡廳，我是常客之一。決定辭職後，我去向老闆道別，他卻提及「睡蓮」的租約也快到期。

——一直待在同一個地方滿膩的，不如換個新環境。搬去杉村先生附近好了。你會想念我的熱三明治吧？

我以爲這只是玩笑話，沒想到通知老闆我落腳此地，開設事務所後，他居然眞的說要到附近開店，接著找好地點、簽約裝潢，在五月初迎來「侘助」的開幕。

老闆沖的咖啡和紅茶都極爲芳醇，輕食十分美味，尤其是熱三明治，是人間極品。不過，和光靠上班族午餐錢就能支撐的「睡蓮」不一樣，這一帶是住宅區，不管離最近的車站，或快速道路的環狀七號線皆有段距離，我忍不住（瞥開自身的處境）擔心起他的生意。然而，老闆順利虜獲客人的胃，還僱用「睡蓮」時代沒有的打工人員。

「咦，早餐怎麼只有兩份？」

「不是兩份嗎？」

「我點的是三份啊。老闆，今天早上眞有這麼忙，忙到你都昏頭了嗎？」

「打工的臨時請假嘛。」

他與成爲常客的柳太太的對話，甚至有種老相熟的味道。

「眞沒辦法，那我去幫你一下吧。」

「柳太太，妳不用顧店嗎？」

「我們九點才開門。」

柳太太速速決定，催著老闆離開事務所。

「杉村先生，詳情你就問盛田女士吧。我會再回來，拜託你了。」

老闆瞥向我，使了個眼色。從「睡蓮」時代開始，不管在好或壞的意義上，他都是個順風耳、情報通，也喜歡湊熱鬧，應該很好奇是什麼事吧。

玄關拉門順暢地關上，我對盛田女士說：「來吃早餐吧。」

今天的早餐是起司吐司搭配馬鈴薯沙拉。

「不好意思……」

盛田女士縮了縮脖子，爲我從保溫瓶裡倒出咖啡。

「其實沒什麼詳情，眞的只有剛才說的那樣而已。」

「竹中粉彩公寓」是精緻的雙層公寓，一、二樓各有三戶，盛田女士住的是二樓的二〇二室，正下方是一〇二室。

「那裡本來住著一個叫三雲勝枝的老奶奶，不過今年春天，約莫是三月中旬，她去世了。」

一〇二室暫時成爲空房，現已住進新房客。然而，上週四盛田女士外出時，看到長得和三雲勝枝一模一樣的老婦人，坐在輪椅上，和推輪椅的年輕小姐有說有笑。

「當時要是直接走上前，跟她打聲招呼就好了。」

盛田女士似乎嚇一跳。

「長得非常像，但肯定是認錯人。因爲三雲奶奶早就過世。」

然而，盛田女士卻忘不了此事。跟三雲勝枝如出一轍的老婦人，那副笑容令她耿耿於懷。

「所以，我昨天下班繞去柳藥局，和柳太太提了一下。她認爲實在古怪，一定要找杉村先生談談。」

——畢竟他是私家偵探。

我是這個町的新人。尾上町很大，人口密度也高，大部分的居民我都還不認識。我只掛上「杉村」的住家門牌，並未掛出「杉村偵探事務所」的招牌。

「抬出私家偵探，馬上就獲得妳的信任嗎？」

盛田女士微微一笑：

「柳太太說，杉村先生是正派人士，以前在大企業上班……而且，你是町內會的治安幹部吧？我在傳閱板上看到你的名字。」

原來這個身分更値得信賴嗎？

「那是房東帶我去向町內會會長打招呼時，順勢答應下來的。」

尾上町的町內會長是一名退休教師，在家裡開設補習班。他是個身材壯碩懾人，態度也十分強勢的紳士。

——你這個年紀的人都不願意擔任幹部呢。單身又是自營業，你時間上應該比較有彈性吧？

我的職務就這麼決定。

「不過，這點小事用不著麻煩偵探吧？」

「哪裡的話。」

收拾餐具後，我取出便條本和原子筆。

「我稍微筆記一下。不好意思，盛田女士的芳名是？」

「啊，我叫盛田賴子。」

「冒昧請教芳齡是……？呃，目前是以盛田女士的感覺爲基準，也就是說……」

「我是昭和二十八年五月生的。」

西元一九五三年出生。現在是二〇一〇年十一月，等於是五十七歲。

「在妳眼中，三雲勝枝這名婦人，也是個『老奶奶』？」

盛田女士的雙眸一亮，「以我的感覺爲基準，就是這個意思嗎？」

「是的。」

「這倒也是，從外表來判斷年齡都是如此。唔……」她思索片刻，「我沒問過三雲奶奶的年紀，不過在我看來，和我母親差不多。我母親出生於昭和五年，若還在世，就是八十歲。感覺是這個年紀。」

完全是長輩、老奶奶。

「三雲奶奶雖然瘦小，並不是弱不禁風，不用拐杖也能照常行走。啊，所以，我才會認爲只是容貌相似。」

「上週四妳看到的婦人坐輪椅，對吧？」

「對……可是……很難講，到了那種年紀，一點小意外就容易骨折。」

盛田女士說著，仍頗爲遲疑。

「好的。那麼，雖然有些直接，我們先設想可能的情況吧。三雲勝枝女士在今年三月逝世，有沒有可能是妳誤會？」

「不可能。」盛田女士立即回答。「管理員明確地告訴我，三雲奶奶過世了，還問我有沒有借三雲奶奶什麼東西。因爲房東要清空她的住處。」

實際上，幾天後一〇二室就成爲空屋。

「『竹中粉彩公寓』是巡迴式管理吧？」

「對，你怎麼知道？」

「租下這裡之前，房仲商向我介紹過。」

「哦，那你不妨問問管理員，他應該知道狀況。」

我筆記下來。

「妳和三雲女士很要好嗎？」

「要好……」盛田女士尋思起來。「唔，算得上要好嗎？『粉彩公寓』住的都是單身人士，鄰居之間不太會打交道。在房客中，嗯……算是要好的吧。」

兩人在公寓前或超市偶遇，會聊上幾句。有時盛田女士出門上班，「三雲奶奶會說今天要去看牙醫，配合我出門的時間，一起走去車站。」

盛田女士不曾踏進對方的住處，也不曾邀請對方到家裡。

「妳們是怎麼認識的？」

「三雲奶奶搬來時，向我打過招呼。」

——我是剛搬進妳樓下的房客。我這把老骨頭，應該不會吵吵鬧鬧，若是打擾到妳，還請多多包涵。

「禮數眞周到。」

「嗯，她給人的印象眞的不錯。」盛田女士微笑。「由於我父母都不在了，一想到那麼瘦弱的老奶奶獨自住在樓下，不禁有些心痛。雖然是多管閒事，不過，當時我想著要隨時替她多多留意才行。」

這話從相貌渾圓善良的盛田女士口中說出來，恰如其分。

「話是這麼說，但我平日上班不在家，假日也經常出門辦事，根本沒辦法替她留意什麼。」

「盛田女士是做哪一行？」

「我在印刷公司上班。事務所員工很少，所以經常加班。」

「眞辛苦。」

「總比失業好。」

說到這裡，她的語氣突然變得凝重。

「只差幾年就退休了。往後的事，光是想到眼前就一片漆黑，我都要自己別去想。」

我頓時沉默，她害臊地笑。

「不好意思，我的事不重要。」她又接著說：「我剛才形容爲『瘦弱的老奶奶』，不過三雲奶奶感覺並沒有嚴重的宿疾。因此，那時我問管理員，三雲奶奶看起來明明十分健康，怎麼會去世？管理員表示，他也不清楚。」

這麼一聽，確實有些啓人疑竇。

「我會仔細詢問管理員。三雲女士有家人嗎？」

「依我所知，她從未提起家人，也沒有看似家人的人來訪。」

「妳在『粉彩公寓』住了很久嗎？」

「十一年，我沒別的地方可去。」她輕輕一笑，「三雲奶奶住的時間較短，約莫一年半。明明這裡能長久住下去。靠年金生活的老人家，我們房東似乎都不收禮金和續約金（註）。」

這是我第一次聽說。「粉彩公寓」和我這幢老房子的屋主竹中家，是當地的大地主，尾上町四成的土地屬於竹中家。即使對老人家破例慷慨，也絲毫不影響他們的收入。

「三雲奶奶很感謝房東。」

盛田女士在面前合掌。實際上，當時三雲勝枝或許也是相同的反應。

「我一樣是獨身女子，父母逝世後，老家賣掉，要租房子時，遇到許多困難。幸好碰上竹中先生這麼有良心的房東。」

「妳本來住在哪裡？」

「赤羽市內。父親在我四十歲、母親在我四十五歲時過世。雖然想一直住在原來的家……但弟弟和弟媳沒好臉色。」

恐怕是遺產的問題吧。

「很遺憾，這種情形頗爲常見。」

「是啊。」盛田女士應道。「光是願意公平分配遺產，我弟還算是有良心。弟媳吵得可凶了，認爲長男有權利分到更多遺產。」

她的語氣頭一次帶有酸意。

「那麼，回到上週四吧。妳在哪裡看到長得肖似三雲勝枝女士的人？」

盛田女士眨眨眼，「對了，這是最重要的地方。」

她說是上野車站。

「那裡是叫公園口嗎？靠近動物園和美術館的出口。」

「是的，我知道那裡。」

「就在那裡的驗票口外面，所以是在路邊看到的。我有事去那附近，正往車站走，發現坐輪椅的老奶奶在前方十字路口等紅綠燈。一變綠燈，她就過了馬路。」

由於是晴朗的下午三點，容貌看得一清二楚。

「記得她穿什麼衣服嗎？」

「這個嘛……」她眨了眨眼。「啊，膝上蓋著薄毯。另外，她化了妝。」

盛田女士十分詫異，才會仔細觀察。

「住在『粉彩公寓』時，我從沒見過三雲奶奶化妝。可是，那天她至少畫了眉毛，還搽口

註：在日本，租屋時房客會給房東一筆禮金，金額約爲一至二個月的房租，不會退還。續約金則是在續約時支付給房東的謝酬，性質與禮金相近。禮金和續約金皆無法律根據，完全只是慣例作法。

紅。」

「髮型呢？也不一樣嗎？」

盛田女士目不轉睛地看著我。「她染了頭髮。住在『粉彩公寓』的三雲奶奶，頭髮一半是白的，坐輪椅的老奶奶頭髮卻染過。不是純黑，感覺是灰色系。」

「這樣啊。」

「實在令人驚訝。這麼一問，我還眞的想起來。」

有時是眞的想起來，但也可能是編造出記憶，或與其他記憶混淆。

「所以，跟我認識的三雲奶奶相比，那個老奶奶整體上時髦許多，似乎更有錢、有閒。」

「嗯，我懂妳的意思。」

踏進事務所後，盛田女士第一次露出沒自信的眼神。

「果然是我認錯人嗎？」

「還不清楚。剛提到有人陪著她，是怎樣的人？」

「怎樣的人……就現代的女孩。」

「二十幾歲？還是，三十幾歲？」

「看上去不超過三十歲。染著明亮的茶髮，類似大波浪的中長髮。」

「她是什麼打扮？」

盛田女士彷彿凝目觀察著眼前的空間：

「牛仔褲、外套——不對，那叫什麼？不是一般女孩穿的，好像有特別的名字。雖然是外套，可是不便宜。我在電視上看過演員穿，上面有花俏的布章……」

「運動外套？」

「不是，是別的名字。」

「轟炸外套？飛行外套？」

「啊，對了！就是飛行外套。」

我點點頭，記下來。這麼一來，不太可能是看護機構的員工。這種身分的照護員，陪同被照護者外出時，應該會穿一眼就能辨識的制服。

「飛行外套挺貴的吧？連中古衣價格也相當驚人。」

「如果是珍品的話。」

「所以，那個女孩一定也是……呃……怎麼說……」

盛田女士尋找著恰當的形容，我停筆靜候。

「可以說是家境富裕嗎？」

沒穿金戴銀，但很有錢。

「不過，輪椅上的老奶奶，看起來真的就是三雲奶奶。」她彷彿在告訴自己。「雖然聽不見她們說什麼，不過她跟年輕女孩交談的表情和動作，怎麼看都是三雲奶奶。」

這是比外貌相似更重要的線索。

「應該要知道的事，我大致上問完了。我會先去找管理員打聽。」

「眞不好意思。仔細想想，這也許是我去問問就能解決的事。」

「才不會，當然是交給專家比較好。」

嚇我一跳，柳太太回來了。

「妳什麼時候回來的？」

「你們談到分財產問題的時候。」

當初裝潢時，玄關的拉門連框都換過，開關極爲順暢，無聲無息。以後我得留心點。

「『侘助』那邊忙完了嗎？」

「客人還是很多，我找姪子去幫忙。好像是最近登上雜誌的緣故。老闆也眞是的，這種事怎麼不早說，眞教人頭疼。」

柳太太拿起保溫瓶，「空啦？對了，杉村先生，你不打算做生意吧？根本沒提到費用。」

我正要提。

「目前聽來，不是需要收費的大事。」

「講這種話，小心這家事務所很快就會撐不下去。總之，那叫什麼……不是押金……聘用金？」

她從圍裙口袋掏出錢包，抽出五千圓鈔票，放到桌上。

「算個整數，就這張吧。然後，酬金的部分——」

「不，到時再……」

「一年如何？」

「什麼？」

盛田女士縮起身體，又說一次「眞對不起」。

柳太太強勢地繼續道：

「垃圾集中處的打掃值日，替你輪一年，如何？」

「這……」

「要是調查起來很麻煩，就延長成兩年。超級麻煩的話，就三年。可以吧？好，就這麼決定。」

在我的故鄉也是如此，當地的歐巴桑所向無敵。

「早餐算我請客。」

「不行、不行，我來付。」盛田女士說。

「別這樣，是我提議的。」

「太不好意思啦。」

「對了，盛田女士，妳上班要遲到嘍。」

聽著兩人爭論，我寫下「聘用金五千圓整」的收據。

2

地主竹中家光是在北區，便擁有五棟公寓和兩棟透天厝。這些出租物業的管理，交給田上新作一手包辦。他就是我們的巡迴管理員。

公寓需要定期清掃周邊環境和清理垃圾，但獨棟的出租房屋，由房客自行負責清潔，因此我有一陣子沒見到管理人，不過他曾告訴我聯絡用的手機號碼。

我一撥號，管理人立刻接起，劈頭就問：「哦，果然不行了嗎？」

「什麼？」

「熱水器。」

我租的老房子，中央熱水器似乎大限將至。

「不，幸好熱水器沒事。其實，我是爲了工作聯絡你。」

「工作？杉村先生的工作嗎？」

太好了！他相當替我開心。

「那我去你那邊，順便查看排水溝。」

聽到公寓或物業管理員，一般都會聯想到大叔般的外表，但我們的巡迴管理員不一樣。他比我年輕，三十一歲，熱愛健身和運動，體脂率（推測）只有一位數，執勤時總在光頭上綁條頭巾，穿著胸口繡有「管理員」三個字的工作服。

田上駕駛著他的業務用車——後面裝設工具箱的五段變速自行車過來。

「你好，我先去瞧瞧排水溝。」

進行調查中，一般不能透露委託人的身分，但這次盛田女士本人提過「或許我去問清楚就好」，於是我直接說出實情。

田上微微睜圓眼，「哇！原來三雲奶奶還活著嗎？」

「意思是……？」

「那個時候，也就是一〇二室變成空屋的時候，其實並不是很確定她是不是眞的逝世。等等，我查一下日期。」

他從腰包取出智慧型手機，開始操作。

「我都用這個記錄業務日誌。」

「你好認真。」

「需要查資料時挺方便。」

找到了，他停下手。

「我是在三月二十日清理三雲奶奶的私人物品。在那之前，我通知過其他房客，盛田女士沒記錯。」

——妳有沒有借東西給三雲女士？

「有什麼內情嗎？」

田上滑動手機畫面，再次確認日期，抬頭回答：「再上一個月的二月四日，三雲奶奶打電話到我的這個號碼。」

——抱歉，我付不出房租。

「然後，她說……我活得太累，我要去死。聲音非常虛弱。」

田上聞言，嚇一大跳。

「我立刻說：不可以講這種話！妳在哪裡？公寓嗎？但三雲奶奶只是不停道歉。」

——東西都幫我丟掉吧。房東和你都對我這麼好，眞的對不起。

「那通電話有沒有顯示號碼？」

「是公共電話。」

田上隨即趕到「竹中粉彩公寓」。

「我騎自行車衝過去，發現門沒鎖，大概是想爲我省點麻煩吧。屋裡收拾得乾乾淨淨，不見三雲奶奶的身影。」

她的住處本來就沒什麼東西。

「著手整理後我很驚訝，她的住處沒家具、沒電視、沒墊被，也沒床墊，連電話都沒申請。」

「手機呢？」

「才沒有手機呢。我看一下，三雲奶奶搬進來是在……」

他又以手機查閱日誌，接著道：

「前年，二〇〇八年十二月四日，房東特地關照過，提醒我新房客是沒電話的老人家，要我偶爾去探望。」

我們的房東就是這麼好心。

「所以，我特別留心。不過，要是三不五時上門，擔心會太打擾，我都趁打掃時順便去瞧瞧。夏天炎熱的日子，就注意有沒有開空調。」

「她會開空調嗎？」

田上搖搖頭，「她說老人家不怕熱，眞的很熱，會去超市吹冷氣。廚房裡堆滿杯麵，沒看過其他食材。而且，一年到頭都這樣。」

杯麵一個才九十八圓嘛，田上解釋。

「她過得非常節儉，感覺是省到不能再省的地步。」

「她有家人嗎？」

「我沒問過，詳情房東比較清楚。還有，清空屋子時，有一些東西不好丟掉，我全交給房東，應該還收著。」

「那就太感謝了。」

「要是三雲奶奶還活著，就能物歸原主。」

雖然有些靦腆，田上開心地笑道：

「實在太好了。原來她沒尋短，回心轉意。」

「還不清楚是不是眞的。」

「清理屋子時，我不好隨便向其他房客亂說，況且不是什麼喜事。竹中太太吩咐我告訴其他人三雲奶奶逝世，我總覺得心虛。」

我能理解他的心情。

「田上，你看過三雲奶奶化妝嗎？」

他愣一下，「化妝？」

「搽口紅之類的。」

「不，沒有。我上門清理管線時，盥洗室裡只有牙刷和肥皂盤。」

住在「粉彩公寓」的三雲勝枝，窮困到——或節省到只吃泡麵，連洗髮精都不買。這樣一個老婦人，在二月向管理員傾訴生活窮困，留下一句「我要去死」，消失無蹤，然後十一月再度出現，看起來過得富裕又幸福。

眞的是同一人嗎？不是長得相似的別人嗎？

「杉村先生……」

我從筆記本上抬頭一看，田上顯得浮躁難安。

「或許我不該多嘴……」

「你放心，我不會說出去。」

「我覺得三雲奶奶有點像在跑路。」

跑路？

「你是指，有人在追她？」

「只是隨便亂猜，但我當下想到的就是欠債。所以，我猜她是不是連夜從哪裡逃離，流落到『粉彩公寓』，東西才會那麼少，然後就這樣空無一物地生活。」

「搞不好情況不妙，又必須馬上逃離？」

田上點點頭，「我看過幾個這樣的例子。」

「我知道了，謝謝你。我也會向房東打聽一下。」

「關於公寓的事，要找彩子女士。」

竹中家位在鄰町，三代同堂。除了戶主竹中夫妻以外，還有大女兒夫妻一家、大兒子夫妻一家、二兒子夫妻一家，及單身的三兒子和二女兒。

約莫是對我感興趣，簽約當天，房仲商將我介紹給他們全家，但我記不得每個成員的長相、名字和序列組合。房仲商和田上這些與竹中家相關的人員，爲了避免混亂，私下都以代號來稱呼。

「彩子女士是哪位？」

「二號媳婦啊。」

這是指二兒子的妻子。雖然失禮，但這樣稱呼確實方便。順帶一提，代號是柳太太取的。不過，她不是記不住，只是覺得好玩。

竹中彩子（二號媳婦）是身材苗條的美女。

——私家偵探？就是像馬修・史卡德（註）吧。

初次見面，她一臉興味十足。

——我非常喜歡推理小說。

「不好意思，誰是史卡德？」我一問，她笑著借我幾本口袋書。那是美國的私家偵探小說。

之後，竹中家二號媳婦與我便親近起來（當然，完全謹守房東媳婦與房客的分際）。此刻也不例外，一聽說緣由，她立刻搬出一個小紙箱。

「不動產契約全交給諸井先生處理……」

這是指曾爲我仲介的不動產公司社長諸井和男。公司的名稱有點搞笑，叫「諸諸房屋」。

「要是連房客留下的物品都請他保管，實在過意不去，所以暫時收在我們家裡。」

原來三雲奶奶還活著啊，她低喃。

「還不清楚。我能打開看看嗎？」

「請便。」

竹中家很大，但並非豪宅。這裡的土地本來就大，最早是邊緣有棟雙層房屋，配合孩子們成長逐漸增建，最後成爲風格獨特的拼接大屋。像我這種並非貴賓的客人，通常會帶到拼接屋角落的一個房間。這裡設有簡樸的會客區和檔案櫃，牆上掛著神祕的抽象畫，有時會更換。據說是就讀藝術大學的三兒子的大作。

註：馬修・史卡德（Matthew Scudder）是美國小說家勞倫斯・卜洛克（Lawrence Block，一九三八～）筆下的私家偵探角色。

「沒有衣物。不是三雲奶奶拿走，就是不想被人看到，先丟掉了吧。所以，這箱子裡的——這麼講不太好聽，只是一堆不要的東西。」

確實如此。用過的信箋組、沒水的舊鋼筆、空的零錢包、交通安全護身符、隨身針線盒、鈴鐺小吊飾、鏡架彎曲的老花眼鏡。唯有平裝書尺寸的布書套，還裝在薄塑膠套裡，也許是新品。

「清潔劑、刷子、洗衣夾之類丟掉了。」

幾雙拖鞋和鞋子，也都送去垃圾集中場。意外地，難以丟棄的是一條蓋被、毯子和兩枚座墊。

「還很乾淨，晒過後換了被單，捐給町集會所。」

「妳記得三雲女士是怎樣的人嗎？」

「記得。簽約時，是我和婆婆到場。」

她是個嬌小的老奶奶。

「如果她活著就好了。」竹中家二號媳婦表情有些苦澀，「要是過得不錯，怎麼不來跟我們打聲招呼？」

「你們對這名房客特別優惠吧？」

竹中家二號媳婦點點頭，「免押金、禮金，還免保證人，一開始的房租也等她年金入帳再支付。而且，我婆婆借她兩萬圓，暫時充當生活費。」

當時，三雲奶奶幾乎快流落街頭——她壓低聲音。

「來到『諸諸房屋』時，三雲奶奶只帶一個包包。」

面對明顯經濟困窘、別有隱情的三雲勝枝，「諸諸房屋」沒拒於大門之外，而是爲她介紹竹中家：

——有個善心的房東。

然後，竹中夫人和二號媳婦前往「諸諸房屋」。

「一看到三雲奶奶，我就知道婆婆不會拒絕，果然如此。」

不過，她們問出相當深入的內情。

「你問我記不記得那位老奶奶的長相，我沒自信，不過她的經歷我倒是記得。我實在太震驚，世上居然有那麼狠心的女兒，會那樣對待母親。」

竹中家二號媳婦的表情變得嚴峻。

「三雲奶奶丈夫早逝，和女兒相依爲命。她一個女人家，努力將女兒拉拔到高中畢業。」

女兒畢業後找到工作，結了婚，但在快四十歲時離婚。

「由於沒孩子，她一個人回到三雲奶奶那裡，後來也沒再婚。」

——或許是太寂寞。

三雲女士這麼告訴她們。

「她女兒迷上奇怪的東西，愈來愈不可自拔。」

「迷上奇怪的東西？」

竹中家二號媳婦皺起眉，「當下我聽不太明白，現在也不曉得該怎麼解釋，是屬於算命那一類嗎……」

總之，是迷上一個會吐出「神諭」的「大師」，捐錢給他。

「噢，這種情形頗常見。」

今天第二次產生相同的感想。

「我婆婆認爲『一定是斂財宗教』。」

女兒將賺的錢都捐出去，執拗地逼迫母親布施給「大師」。三雲勝枝不願意，兩人便鬧翻。

「最後，女兒投奔『大師』。不曉得是去當情婦，還是弟子。」

那是二〇〇八年十二月，約一年前的事。

「麻煩並未就此結束吧？」

「是啊。」

爲「大師」散財的女兒，繼續回來找母親要錢。三雲勝枝不願意，她就擅自取走錢包或抽屜裡的現金，或變賣値錢的物品。

「還有，那個女兒啊……」

竹中家二號媳婦換上不齒的口吻，表情像吃到酸東西。

「聽說嘴巴非常厲害。她會等到三雲奶奶年金入帳的日子，才上門要錢。一下哭、一下求，胡扯什麼奉獻淨財給『大師』，也是爲母親消業積福。三雲奶奶在我們面前說到快掉淚。」

——我這個做母親的不是寵孩子，只是笨。女兒多說幾句，就硬不起心腸拒絕她。

「那女兒還說『媽不借錢給我，我就去找小額信貸』。」

——居然想去幹那種傻事，我嚇到腦袋空白。

「三雲奶奶把壓箱底的老本，三百萬圓的定存解約，女兒全拿走。」

再怎麼樣都太傻了——竹中家二號媳婦語帶嘆息，就像在爲自己不平。

「現在的小額信貸又不可怕，女兒說要借，就讓她去借嘛。」

「在老人家看來，小額信貸等同高利貸，非常可怕吧。」我安撫道。

不過，積蓄遭到搶奪，年金三不五時受到榨取，生活陷入困境是遲早的問題。即使是難以拒絕女兒的三雲勝枝也忍無可忍，大罵「我要跟妳斷絕母女關係」，撕破了臉。

——那約莫是十月初。

「沒想到，女兒居然說要先分遺產，拿走她年金帳戶的提款卡。」

三雲勝枝急忙辦理帳戶變更，可惜晚一步，帳戶被提領一空。加上水電費遲繳，經常拖延房租，管理公司下達最後通牒。

——要是遭人掃地出門，簡直比死丟臉。

於是，三雲勝枝逃離住處，暫時投靠朋友。然而，寄人籬下的生活無法長久。

——只要一．五坪大的空間就好，我想著能不能租個地方棲身……

十二月四日，三雲勝枝搖搖晃晃地踏進「諸諸房屋」。

「三雲奶奶剛結婚時，丈夫的公司宿舍就在這一帶，她還算熟悉。」

——我很懷念從前。

所以才會流落到這個町嗎？

田上猜對了，三雲勝枝真的在跑路。不過，索討金錢的不是債權人或高利貸，而是親女兒，因此更加難纏。

「竹中小姐，記得三雲女士的女兒叫什麼名字嗎？」

竹中家二號媳婦眨眨細長的眼，「不記得。這麼說來，三雲奶奶沒提過。」

眞是疏忽了，她十分懊悔。

「意外地都是這樣的，畢竟只要說『我女兒』、『妳女兒』就懂了。」

「明明會是個線索，真對不起。」

「不必在意。況且，三雲女士的女兒不一定仍用本名。」

竹中家二號媳婦怪叫一聲：

「我第一次覺得杉村先生像正牌偵探。」

「這箱子方便交給我保管嗎？」

「請，我會跟公婆說一聲。」

房東夫妻正出國旅行。

「去塞納河古堡八日遊。」

「提到古堡，是羅亞爾河吧？」

「是嗎？」

「還有一件事，三雲勝枝女士搬進『粉彩公寓』時，有沒有留下先前的住處資料？」

「我們請她填寫遷入申請書，文件應該在諸井先生那裡。」

我抱著紙箱，辭別竹中家。

羅亞爾河古堡之旅——我曾和離婚的妻子討論過這項行程，希望哪一天能同遊。

——等到我們上了年紀，頭髮都白了再一起去吧。

想起不該想起的事了。

3

「諸諸房屋」有限公司，位於京濱東北線的王子車站前，一棟大型住商大樓的一樓。上門一看，幸運的是諸井社長在辦公室，很快理解我的來意。

三雲勝枝在「粉彩公寓」的遷入申請書上塡寫的原先的住址，是江東區森下町的「森下安潔公寓」二〇三室。森下町，是鄰近隅田川下游的老街。

「當時你聯絡過這裡嗎？」

「沒有、沒有，完全沒接觸。萬一害三雲女士又讓她女兒找到就糟了。」

諸井和男社長的外貌，是典型的日本中年上班族，但一戴上墨鏡，立刻變得像「道上兄弟」。對房仲商來說，有時相當方便。

「杉村先生，如果你要去那裡，先吃午飯吧。」

於是，我們一起去附近的咖哩店。

「原來三雲女士仍活著啊……」

「不，還不清楚。」

與這件事有關的人，都不認爲盛田女士看到的是長得相像的陌生人。我正覺得他們心地眞是善良，社長便笑道：

「我才不是老好人。當時我就覺得挺可疑，因爲我也接到三雲女士的電話。」

原來不單單打給田上。

「她蚊子般輕聲說沒錢，付不出房租，活著也沒意思，所以要去死。電話隨即掛斷。」

電話是打到公司的代表號碼，來電顯示一樣是「公共電話」。

「你覺得什麼地方可疑？」

諸井社長立刻回答：「因爲她的房租都定時繳納。」

三雲勝枝從未遲繳「粉彩公寓」的房租。

「付不出房租跑掉的人，通常會先出現遲繳紀錄。然而，三雲女士每個月都按時繳交房租。彩子小姐沒提到這一點嗎？」

諸井社長表示，如果房客遲繳租金，他們會馬上向負責公寓出租事務的竹中彩子報告。

「就是竹中家的大媳婦。」

「彩子小姐是二兒子的太太。」

「咦，是嗎？那一號媳婦是麻美小姐嗎？」

就像這樣，我們一下便搞糊塗。

「接到電話後，我們根據契約上的條文，等待超過一個月，才清空一〇二室，完全符合規定。」

由於沒收到下個月的房租，解除租賃契約，清理遺留的物品。

「你們考慮過向警方通報三雲女士失蹤嗎？」

諸井社長明確回答：「二號媳婦問我是不是該報警比較好，但我制止她，認爲最好不要。」

「那麼，從之前的住址來看，是江東區公所的轄區嗎？你們沒去詢問，確認有無收到三雲勝枝的死亡通知——」

「才沒有呢，我們不會這麼多事。」

「記得三雲勝枝女士的女兒叫什麼名字嗎？」

社長拿著咖哩匙，思索三秒。「SANAE，漢字應該是一般的『早苗』。」

「三雲早苗是嗎？」

「大概吧，畢竟都離婚回去跟母親住了。啊，也可能沒從夫姓改回舊姓。」

要看離婚時的狀況。

「杉村先生，你瞧瞧申請書的附件，有三雲女士的健保卡影本。」

我翻閱社長遞出的薄薄檔案，確實有健保卡影本。

「昭和十五年五月出生……」

「對。一九四〇年出生，所以搬進『粉彩公寓』時是六十八歲。現在還活著，就滿七十歲。」

諸井社長苦笑。「不是盛田女士不會看人，其實我第一次在店裡見到三雲女士，也覺得她是年近八十的老奶奶。她外表真的很蒼老，恐怕這輩子就是過得那麼苦吧。」

——我就知道婆婆不會拒絕。

我漸漸體認到二號媳婦這句話的含意。

「那個年代死了丈夫，一個人外出工作，將孩子養到高中畢業，實在是非常辛苦。當時不像現在，有這麼多社會福利。」

「三雲女士以前是做什麼的？」

「聽說是在成衣公司工作。結婚時辭掉工作，丈夫過世後又回去公司，一直做到退休。」

社長「嗯、嗯」點著頭，漸漸想起來，注視著我說：

「竹中家善待那樣的老人家，是件好事。不過，我畢竟是生意人，即使有年金可付房租，也得弄清楚她能領多少。」

「這我當然明白。」

「她重新進公司後，屬於計時人員，不是全繳厚生年金（註），繳國民年金的期間比較長，所以能領到的錢很少。」

可是啊……他不解地歪頭。

「再怎麼少，年金每兩個月都會固定支付一次。在『粉彩公寓』安頓後，女兒也沒來討錢，只是爲了錢的問題，不會突然被逼得想尋死。」

我在咖哩香中點點頭。

「於是，我設想各種可能性。比方，檢查出嚴重的疾病。」

癌症，或心臟病之類的。

「某些從外表看不出來的重病。」

「治療需要花上大筆醫療費。」

「因爲必須對抗病魔，想必會對往後感到不安，然後鑽起牛角尖，心想乾脆一了百了。」

在這樣的情緒下，打電話給社長和田上，從「粉彩公寓」消失。雖然不清楚是不是眞的死去，不過——

「不無可能。」

「另一個可能的狀況是……」社長表情痛苦得一歪，「三雲女士的女兒找到她，或是三雲女士自行聯絡女兒，破鏡重圓——啊，她們不是夫妻，不能這樣形容。」

我明白他想表達的意思。

「不過，三雲女士可能主動回去女兒那裡嗎？」

「這就是親子關係的奧妙之處。她似乎沒別人可依靠，她們又是孤兒寡母。」

約莫是在「粉彩公寓」安頓後，三雲勝枝感到寂寞，不然就是擔心起女兒。

「這是最有可能的。眞是如此，很難坦白說出口吧？我也就罷了，她怎麼有臉跟竹中夫人說？」

房東那麼照顧她。

「只是默默消失，萬一房東報警搜尋就麻煩了，才會說什麼『我要去死』，含糊其詞，一走了之。」

這都是我猜的啦，社長笑道。

「如果是其他情況，三雲女士就算還活著也不奇怪。不過，變得比之前更時髦、有錢，我就不懂了。」

沒錯，這個問題極爲費解。還有，陪著她的年輕女孩是誰？

「關於她女兒早苗信仰的『大師』，你曾聽說什麼嗎？」

諸井社長搖搖頭，「反正是騙人的斂財宗教吧。」

和竹中夫人意見相同。

我在咖哩店前和社長道別，前往江東區的森下町。我第一次來，街道井井有條，循著街區告示

註：日本年金制度的一種，在五人以上公司工作者需繳納此種年金，其餘納入國民年金制度。

版一路走去，很快就找到「森下安潔公寓」。

那是一棟雙層公寓，灰泥外牆，平屋頂，通道和階梯都在戶外，洗衣機也在戶外，一、二樓各有五戶。看起來，像是「竹中粉彩公寓」加上幾戶，再放置二十年後的模樣。

戶外階梯靠外面這一側設有金屬信箱，上下兩排各五個，一樣十分老舊，處處生鏽，有些還凹陷。

二〇三室的嵌式名牌上標示：

「三雲」。

我站在原地思忖片刻，走上戶外階梯，按下二〇三室的門鈴。

一聲、兩聲、三聲。第三聲「叮咚」響起時，傳來開鎖聲。門繫著門鏈，打開約十公分寬。

「不好意思……」

從門縫間露出臉的，是一名褐色長髮的年輕女子。她穿著成套的皺巴巴運動服，似乎剛起床，嫌刺眼地瞇著雙眸。

「抱歉突然打擾，請問三雲女士在嗎？」

褐髮女子眨眨眼，「三雲女士？」

她的話聲頗沙啞，我應道：「是的。」

「你是哪位？」

「敝姓杉村，來找三雲勝枝女士。」

褐髮女子訝異地看著我：

「找勝枝女士？」

「對。」

「不是早苗女士？」

我努力保持表情不變：

「早苗女士，是勝枝女士的女兒吧？她住在這裡嗎？」

門突然關上，我在原地等待。

不久，門又打開。這次門鏈也拿下來，現身的是另一名女子，比剛才的褐髮女子更清醒一些。她穿長袖襯衫和牛仔褲，一樣留著褐色長髮，在後腦綁成一束，三十歲左右。

「抱歉，你是哪位？」

語氣俐落。仔細一瞧，她身後除了剛才的褐髮女子，還有一名黑色短髮、穿熱褲的年輕女孩（可能不到二十歲），挨在一起望著門口。

三個人神情都很不安。

「敝姓杉村，是偵探事務所的人員。」我遞出事務所的名片。「我在找三雲勝枝女士，想聯絡上她。我知道她一直到二〇〇八年十月都住在這裡。」

長袖襯衫女子撩起落至額上的一綹髮絲，交互看著我的名片和臉。

「偵探事務所？」

「是的。」

「不是管理公司的人嗎？」

「不是的。」

接著，她問了個超乎我現階段預期的問題：

「也不是警察？」

我裝出適度驚訝的表情：「妳們遇上什麼問題，需要求助警方嗎？」

我表現出恰當的關心，或許是這樣的態度起了效果，長袖襯衫女子瞥身後的兩人一眼，回答：

「我們不認識勝枝女士，從來沒見過早苗女士的母親。」

「原來如此。妳們是早苗女士的室友嗎？」

「嗯，對。」

後面的短髮女孩補上一句：「我們是星友。」

長袖襯衫女子猛然回頭，彷彿在叫她不要多嘴，隨即轉回來，掩飾地說：

「是室友。早苗女士也住在這裡……」

她眼神游移，欲言又止。我盡力維持懇切的表情等待。

這番努力是值得的，她繼續道：「不過她不在。」

「出門了嗎？」

「這……不太清楚。」

現場的三人裡，她似乎屬於大姊頭的角色，也因此顯得最爲不安。看得出那不安已滿到杯子邊緣，我這樣的第三者一問，就會溢出來。

「她大概三個月不見人影。沒來『聖域』，手機也打不通。我們不曉得早苗女士去哪裡。」

聽完她們的話，我拿著長袖襯衫女子翻遍屋子挖出的「森下安潔公寓」管理公司負責人的名片，前去拜訪。地址在一站之外的地下鐵車站前。

現身的負責人年輕時尚，穿著貼身的體面西裝，髮型也頗帥氣。我說明聯絡不上三雲勝枝和她女兒早苗，正在找她們。一開始有些雞同鴨講，但對方聽著，出現狐疑的神色，接著慌張起來。

「那房租呢？帳戶還在吧？」

令人驚訝的是，不僅是三雲早苗，他以爲勝枝也仍住在「森下安潔公寓」的二〇三室。這是有理由的。

從他進公司以前，三雲母女一直住在「森下安潔公寓」，是模範房客。然而，從二〇〇八年春天起，接連發生房租戶頭扣不到款的情形。打電話一問，三雲勝枝便急忙親自過來繳房租，但到九月底，她終於開口要求：

——能不能請你們寬限一陣子？

「又不是古裝劇的大雜院，沒辦法隨便通融。我告訴她，如果欠繳房租，一個月後就得請她搬出去。那次她似乎設法籌到錢，付清房租。」

可是，十月又扣不到款，電話也打不通。負責人前往一看，二〇三室無人應門，天然氣總開關緊關，電表也沒在跑。由於天然氣和電費都沒繳交，遭停止供應。這部分和剛剛竹中家二號媳婦說的內容符合。

這時，負責人才聯絡同住的女兒早苗，而不是找簽約當事人三雲勝枝。由於緊急聯絡人塡的是早苗的手機，他打過去說明狀況，早苗便驚慌失措地衝到管理公司。

——對不起！我和媽媽吵架，暫時離家出走。媽媽一個人可能管不好錢。

實際上，當時三雲勝枝四處投靠朋友，幾乎快淪爲遊民，到了十二月初，總算住進「竹中粉彩公寓」。

三雲早苗立即付清欠繳的房租：

——我想辦理變更手續，以後房租都從我的戶頭扣。

當時事情就這樣解決，隔年的二〇〇九年三月，二〇三室更新租約時，早苗說：

——我媽年紀大了，能不能改成用我的名義簽約？要重新簽約也沒關係。

取得房東同意（重新簽約，又能拿到一筆禮金，何樂而不爲？），管理公司便幫忙處理，就這麼一直到今天。

連母親的棺材本都搶奪一空（或者，正因如此？），三雲早苗出手卻相當大方——暫且不提這一點。

我不像竹中夫人那樣心胸寬大，不過，目前我不會揭發三雲早苗瞞著房東，擅自找三名室友（這可能違反租約）。因爲我對這名愛打扮的年輕負責人感到憤怒，但不是他拒絕我的要求的緣故。

「你們知道三雲早苗女士的工作地點嗎？」

「這類個資我們不能透露。」

如同他說的，現代的不動產管理公司，和古代的大雜院管事的不一樣，凡事都以契約爲優先，只要違反條文，一律不通融，這也沒辦法。

然而，三雲勝枝是從他進公司以前就住在那裡的房客，從未發生重大問題，而且是老人家，某天突然繳不出房租，他卻連一句「出了什麼事嗎？」都不肯關心。

明知對方全靠年金生活，一旦房租遲繳，卻只曉得嚴加催討，不肯瞭解狀況。更糟糕的是，和早苗談妥後，即使沒聯絡上三雲勝枝，甚至沒看見她的人影，卻完全沒確認：「妳和母親住一起吧？她還好嗎？」

這不是業務範圍的問題，而是身爲一個人，有沒有體恤之心的問題。

這年頭的年輕人實在太不像話！如果我這麼抱怨，幾個朋友一定會爆笑。我想著那幾個朋友，折返「森下安潔公寓」。這次她們讓我進門，還請我在廚房的椅子坐下。

室內很亂，休閒服和華麗的外出服混在一起，到處堆置或掛放，也有整齊吊在衣架上的。沒看到飛行外套。

我說明租約的事，三名女子似乎都鬆一口氣。

「我們不會馬上被趕出去吧？」

我佯裝納悶：「妳們有出房租嗎？」

長袖襯衫女子回答：「有。房租是一個月五萬五千圓，加上水電費，她們一人出一萬圓，我出兩萬圓。」

這一戶是約五十平方公尺的二房二廳，儘管全是女性，住四個人也相當侷促。

「沒得到房東同意就擅自分租，是違約的。」

「我們知道……」

「妳們從什麼時候住在一起？」

「去年四月，早苗女士說這裡剛續約。」

和管理公司負責人的話相符。或許三雲早苗在簽約時，就計畫找人合住，分擔房租。

「現在房租和各種費用的支付，是怎麼處理的？」

三人對望，又是長袖襯衫女子回答：「全交給早苗女士處理，從她的戶頭扣款，所以我們也不清楚……」

難怪一開始和我交談時，她會問：「你是管理公司的人嗎？」

「萬一戶頭的錢扣光，妳們打算怎麼辦？」

兩個年輕女孩頓時垂頭喪氣。

「橋到船頭自然直。」身爲大姊頭的長袖襯衫女子，板著臉丟下一句。「今年起，早苗女士經常外宿沒回來。有時說是去旅行，整個星期都沒回來。這次也是……」

以爲她很快會回來，拖拖拉拉，三個月就過去了。

「妳們和早苗女士，」我指向貼在客廳後方牆壁的海報，「是在那裡認識的嗎？」

海報約一張榻榻米大，上面一名女子打扮得猶如電影中的魔法師，一手拿著銀錫杖，一手高舉，像在宣誓。頭上合成的銀河閃閃發亮，腳下百花盛開。

「爲妳指點迷津的銀河精靈」。

「聆聽亞特蘭提斯聖女艾拉的神諭」。

團體名稱似乎是「燦星之子」，中央的魔法師是代表人或教祖，爲中心人物。由於那角色扮演般的衣飾加上化妝，教人看不出年紀，推測是四十歲以上，六十歲以下。

「沒錯，我們都是那裡的成員。」長袖襯衫女子冷笑。「你內心在嘲笑我們吧？」

我頓時一愣。

「沒關係，我們早習慣被嘲笑。可是，會嘲笑的人不可能懂我們的心情，也不可能幫助我們。」

其餘兩人點點頭。

「這裡的成員就是『星友』嗎？」
「對，靈通時特別契合、能夠彼此共鳴，使力量增幅的對象，稱爲『姊妹』。早苗女士和我是姊妹。」
「會員多半是女性嗎？」
「全是女的。」
「這張海報上的人……」
「是領導，我們都叫她『大師』。」
原來三雲早苗沉迷的並非男性教祖。
長袖襯衫女子似乎曲解我的驚訝，冷笑更深：
「『燦星之子』沒有教義，不是宗教團體，是一群在外界的社會中受到傷害的人聚集在一起，爲了進行更高次元的靈通而潔淨身心。所以，很多成員和我們一樣，離開家裡，共同生活。不過，大家都有工作，有孩子的人也會好好照顧孩子。」
我仰望海報，仔細檢視，再次承受三人嚴肅的目光。
「方便請教妳們的名字嗎？」
始終沉默的年紀最小的女孩，挑釁般尖銳應道：「只能說星友的名字。」
「嗯，也行。」
長袖襯衫女子懶懶地嘆一口氣，早一步自報「我叫貝兒」，接著介紹「她叫布可，這是琳格」。
然後，她對琳格說：「這些名字對外界的人沒意義啊。」

「不，目前知道這些名字就可以。三雲早苗女士的星友名是什麼？」

「坎德兒。」

我取出筆記本，「我能寫下來嗎？」

「請便。」

「剛才妳……貝兒小姐提到『聖域』？」

「那是『燦星之子』的總部。」

聖域，指的是她們的教堂吧。三雲早苗連那裡也沒去，已過三個月左右。

「那是大師的住家。住址、電話和電郵都印在那邊。」

就印在海報下方。

「有成員住在聖域嗎？」

「無處可去的人，聖域會保護她們。尤其是有嬰兒或孩子的人，會優先受到保護。」

三雲勝枝描述的遭遇，似乎帶摻雜相當多的誤會。女兒早苗不是迷上怪宗教，成爲教祖的情婦，或許只是加入這個團體，和其他成員一同生活。不過，在遭到勒索的母親眼中，或許沒太大差別，也無心瞭解詳情，一廂情願地認定女兒會變成這副德性，就是被男人欺騙。

「經營聖域需要花錢，所以錢愈多愈好。」

貝兒不必要地換上公事公辦的語氣。

「成員會工作賺錢，布施給聖域。這是爲了所有成員，並不是爲了供養大師。」

我點點頭，貝兒露出探詢的眼神：「你眞的相信？」

「請繼續。」

又是一聲懶散的嘆氣。

「如果沒有聖域，我早就死掉。她們也有類似的遭遇。」

「我是逃離繼父。」布克又刺眼般瞇起雙眸，像剛睡醒。「一開始，我是從家裡去聖域，但家裡的人不肯讓我去，我便逃走。」

「這樣啊……」

「琳格是在學校受到霸凌。」

「不要隨便告訴別人啦。」琳格厲聲抗議，生氣地瞪著我：「請回吧。坎德兒不在，你沒事了吧？到處探聽別人的隱私，不覺得很下三濫——」

「妳們兩個，」貝兒打斷她的話，「去買東西吧。」

「不要。」

「琳格，妳那種態度對嗎？」

令人驚訝的是，布克臭著臉、琳格神情氣憤，卻仍起身離開玄關。

「妳是指導者的身分呢。」

貝兒點點頭，「我只是比她們待得久一點。在這裡，坎德兒資歷最長。」

不過，聖域才成立六年。

「我提過許多次，聖域並不是多大的組織。」

「嗯，我漸漸明白了。妳們是將大師視爲心靈支柱的女性團體，並非神祕宗教之類，對吧？」

貝兒頷首，「我們都喜歡大師，也尊敬她。」

「可是，妳知道嗎？爲了布施，坎德兒拿走母親的存款和年金。」

貝兒皺起臉，厭煩地撩起垂落額前的頭髮：

「我知道坎德兒相當勉強自己。為了這件事，大師責罵她好幾次。」

這又與過去的資訊得到的印象不同。

「坎德兒誤以為，布施得愈多，升得愈快，會變成聖域裡的大人物。這不僅是錯誤的想法，更是對大師的冒瀆。」

她語氣中切實、真摯與壓抑的強烈憤怒，令我無法插口。

「她……當然她是受了傷，但並非真的無處可去才來到聖域，跟我們不一樣。」

一口氣說完，貝兒嚴厲地補上一句：「她很世俗，執著於在現世過好日子。」

「坎德兒離過婚，妳們知道嗎？」

「知道，我們聽過滿多次。」貝兒的表情依舊憤怒。「我們會圍繞在大師身旁進行告解，用自己的話，說出自己的過去。一開始頗情緒化，再三告解後，心情會漸漸平靜下來。這就是告解的目的。不過，坎德兒每次提到離婚，總以被害人自居，歇斯底里。」

——我是被拋棄的！

「她和職場上的同事外遇，被老公發現，才會離婚。根本是自作自受，她卻不肯承認。」

——我只是一時被激情沖昏頭！

「老公很快再婚，還生了孩子，她氣得直跳腳。」

太陽西沉，屋內不知何時變得昏暗。貝兒起身，打開頭頂的照明。

「妳知道早苗女士在哪裡工作嗎？」

屋內亮起來後，混在運動服和T恤裡的華麗衣飾的顏色，便清楚浮現。我忍不住望向那些衣服，貝兒注意到我的視線，解釋道：

「我和布克是酒店小姐，琳格總有一天會步上我們的後塵，但坎德兒不一樣。她認爲踏進特種行業，就永遠不再是正當的人。」

貝兒不曉得坎德兒在哪裡工作。「我們沒問過，她也沒提過。」

「聖域」本來就不追究成員在社會上的屬性。

「那與一個人的本質無關。坎德兒都穿套裝出門上班，應該是一般上班族吧。」

看來，只能追問那個愛打扮的管理負責人。

「這裡有她的照片嗎？」

貝兒不僅給我看照片，還用筆電讓我看影片。拍的是「聖域」舉辦的定期交流會和聖誕派對。

「就是她。」

那一看就是中年婦人，但服裝年輕，五官立體。頭髮及肩，但在不同的照片和影片中，髮型變化頗大，包括髮髻、辮子、鮑伯頭、鬈髮，也有穿魔法師風格服裝的照片。

「這是在靈通，其實是不能亂拍的。」

我向她借一張照片，是簡單的套裝打扮，全身幾乎都入鏡。

貝兒收起電腦，「如果坎德兒脫離『聖域』，我一點都不訝異。」

大概從去年秋天起，隱約就有類似的跡象。

「她會跟大師頂嘴，或在靈通時心思散漫……」

「在妳們的團體裡，這種行爲是禁忌吧？」

貝兒沒回答，而是說：

「不管傳遞再寶貴的眞諦，如果聆聽的人不是由衷相信，有時熱情也會冷卻。」然後，她又補上一句：「坎德兒埋怨，努力布施沒得到半點好處，也沒遇到好男人。我罵她太不莊重。」遇到好男人？哈！貝兒一臉唾棄。

「不過，她沒回來這裡，眞教人不懂。這是她的家啊。」

怒意從貝兒的臉上退去，恢復成冰冷的不安，像濕冷的沙地逐漸顯露出來。

「至於坎德兒的母親，我們眞的一無所知。」

我不認爲她在撒謊，或有所隱瞞。

「她的手機打不通？」

「好像關機了。」

傳簡訊也沒回覆。

「請把她的手機號碼告訴我。還有，妳們最後一次見到早苗女士，是什麼時候？我想盡可能知道正確的時間。」

這時，布克和琳格提著超市袋子回來，我請三人討論一下。

「大概是八月七日或八日。」她們答覆。

如同貝兒說的，她們也不曉得三雲早苗在哪裡工作。不過，關於早苗討厭特種行業的理由，布克給了我有趣的情報：

「坎德兒說，如果找到不錯的再婚對象，做的是酒店工作會很不利。」

雖然要看對方的身分及如何認識，但不失爲一種觀點。

「我突然上門打擾，妳們卻告訴我這麼多，非常感謝。要是想到什麼，或聯絡上早苗女士，希望能通知我一聲。」

起身後，我忽然想到，多餘地補一句：

「目前還不清楚早苗女士發生什麼事。這裡只住妳們三位，請務必小心。」

布克和琳格受到超乎預期的驚嚇，貝兒馬上以那懶散的語氣說：

「放心，有我在。」

她不給我追問的機會，繼續道：

「我殺過人，什麼都不怕。我不在乎。」

挑釁的口吻凍結氣氛。貝兒轉身背對我，走進廚房，著手整理布克和琳格買回來的物品。

我在玄關穿好鞋子，穿過外廊，走到馬路時，布克和琳格追上來。

「呃，不好意思。」

外頭已入夜，空氣清澈冰冷。

「貝兒說的不是眞的。」

我殺過人。這與她先前提到「要不是聖域，我早就死掉」似乎有關。

「貝兒不是壞人。」

「嗯，我也這麼認爲。」

「她說什麼殺人……」布克細小的眼睛瞇得更細。「其實是開車撞到人。那是意外，她不是故意的。」

「好像是很久以前的事，可是每次告解貝兒都會哭，她一定非常自責。」

我默默向她們點頭。

「這個給你。」

她們遞出兩張名片。一張是酒店小姐的名片，另一張是咖啡廳的名片。

「我們打工的地方。」

「這樣啊，我收下了。」

「剛才眞不好意思。」琳格說。

她渾圓的眼珠宛如黑水晶，在小鎮的巷弄裡悄然散發光輝。

「大師總是叮囑我們不可以講別人壞話，我道行還不夠。」

「不，我才不好意思。」

星友們返回住處。一個人佇立在初次造訪的街區，沐浴在路燈下，我忽然一陣疲倦，感到十分寒冷。

4

三雲早苗的手機打不通。

「您播的電話現在關機，或無法收訊。」

只聽到熟悉的語音合成訊息，手機尙未解約。

「噢，原來『靈通』是和靈聯繫溝通，而『靈通者』就是靈媒的意思。」

一晚過去，「侘助」的老闆又外送早餐過來。我沒訂餐，老闆是上門聽八卦的。不過，他不僅是情報通，嘴巴也牢靠，向他說明狀況的同時，我能順便梳理思路。

我吃著早餐，老闆用我的筆電連上「燦星之子」官網，不曉得是在喃喃自語，還是在發問。

「杉村先生，上面的術語你都懂嗎？」

「不必全部瞭解，照樣能辦事。」

「上面寫著，跟高次元宇宙的精靈靈通，便能得知這個世界賦予自己的使命。」

好厲害，他十分佩服。

「可是，精靈和靈是一樣的嗎？靈是鬼怪的一種吧？」

「老闆，你不用顧店嗎？」

「有打工店員和柳太太的姪子幫忙。這樣啊……」老闆不停點著滑鼠，「『聖域』就是『sanctuary』啊。不管是一貧如洗的人，或是罪人，只要向投奔『燦星之子』，她們就會伸出援手。」

「具體來說，就像基督教的教會。」

「是嗎？噢，這個好可愛。」

螢幕上出現裝扮成精靈的幼童。

「聖域裡的孩子，會在復活節打扮成這種模樣，尋找彩蛋。」

「昨晚我看過。」

「可是，雖然使用類似基督教的用詞，節日也和基督教一樣，卻不是宗教團體。她們並未招攬信徒。」

確實，「燦星之子」宣稱藉由靈通和宇宙神聖的精靈對話，讓所有女性成爲傳達精靈訊息的女巫，即可實現「身爲大宇宙邊境、太陽系第三行星的地球之子的終極幸福」，但這不是教義。同時，「燦星之子」呼籲，只要希望覺醒為女巫（也就是找到自己的指導靈）的女性，不管任何人，隨時歡迎。海報上的亞特蘭提斯聖女艾拉，便是這裡的「大師」——領導人的指導靈。

老闆轉過椅子，「受到這種宣傳吸引的人，現實生活中果然都有些問題吧？」

「不無可能。」

「然後，由於是要成為『女巫』，聚集而來的自然會是弱勢的女性。」

換句話說，是一種庇護所。

「不過，光靠善意互助的形式，不會產生糾紛嗎？」老闆流露擔憂的神色。「像這樣有了人和錢，或許會遭心術不正的人盯上。」

「也可能從一開始就是心術不正的人在經營。」

「這裡不是。」

「我可不敢斷定。」

「杉村先生真是個悲觀主義者。不過，想想你的人生，倒也難怪。」

「今天的早餐記在帳上。」老闆發出「嘿休」一聲站起，忽然想到似地說：「昨天你打聽到的要你多嘴。

那些星友的名字……」

貝兒、布克、琳格、坎德兒。

「貝兒是bell，鐘；布克不是一般的書，而是『The Book』，也就是聖經；坎德兒是candle，蠟燭。這是象徵女巫的三種道具。」

我頗為驚訝，「你真內行。」

「以前在書上看到的。很久很久以前，教皇將罪人逐出宗門時，會一邊宣告，一邊敲鐘，並逐一熄掉燭火。」

由於這個典故，這三項物品的組合，開始用來指稱女巫。

「那琳格呢？」

「或許是ring——代表教皇權威的戒指吧。」

「你的小知識挺有趣，但對現況有什麼幫助嗎？」

「應該沒有，拜。」

之後沒多久，我也出門，去向「森下安潔公寓」的住戶和鄰近居民打聽。從管理公司的年輕負責人任職前，三雲母女就住在那邊，或許與街坊有過交流。

然而，走一整天，我腿都快斷了，收穫卻乏善可陳。

當然，公寓的住戶和街坊鄰居對三雲母女不是毫無印象。隔壁二〇二室的老夫婦，知道有段時間二〇三室被停掉天然氣和電源，卻沒進一步關心或採取行動。

大多是如此。知道，但不會涉入，也沒往來。所以，沒人發現勝枝不見。

四處向鄰近住戶的打聽，我發現一件事：三雲母女並非在「森下安潔公寓」居住十年、十五年，頂多四、五年。或許是早苗離婚回到母親身旁時，兩人一起搬過來。

唯獨附近洗衣店的老闆記得早苗，說早苗常送洗衣服。

「這麼一提，好一陣子沒看到她。」

有一次，老闆接到清洗墊被的委託，上門取件並送還，但那是三年前的事。當時他也見到勝枝。

——家裡只有我和媽媽。

那時，三雲早苗這麼說。

「後來，三雲早苗女士還曾提起母親嗎？」

「唔，沒有。」

不是這一帶的人特別冷漠，這是痛恨令人窒息的地緣束縛的我們，及上一世代積極期望並打造出來、現代日本普遍的地方社群樣貌。在大都會地區，這種樣貌幾乎完全實現。

傍晚時分，我打算先撤退，於是往都營新宿線的森下站走去，忽然接到管理公司那名冷酷——換個不太過分的形容，不機靈的年輕負責人的電話。

「白天我去『森下安潔公寓』看過，三雲女士的住處有人啊。」

他似乎和我錯過。

「你遇到誰嗎？」

「沒有。不過，信箱上掛名牌，報紙都收進屋，電表也在跑。」

這樣就夠了，是嗎？

「還有，關於三雲早苗女士的工作地點……」

他終於願意提供個資嗎？

「我查看簽約的文件……」他也感到不安，不得不進行確認吧。「是派遣人員，不清楚是不是在固定的職場。」

「這樣啊，謝謝。」

「房租都順利扣繳，應該沒問題吧？」

去問你的上司吧。

「再觀察一陣子如何？」

他似乎鬆一口氣：「也是。」

我在地下鐵車廂內，搖搖晃晃地思考。

前年十一月，三雲早苗接到管理公司的聯絡，立刻趕去。她想必是嚇一跳，或許自覺做得太過火，擔心母親在哪裡、現在怎麼了——最起碼應該很不安。實際上的問題是，她有辦法尋找母親嗎？三雲勝枝說過，母女相依為命，沒有別人可依靠。

早苗付清遲繳的房租，並且續約（雖然精明地找室友分租），可能是對母親感到過意不去，希望留在這裡，也許母親總有一天會回來。

另一方面，三雲勝枝怎麼了呢？今年二月四日，她打電話給諸井社長和田上管理員，聲稱「我要去死」。當時，她是不是也聯絡女兒早苗？勝枝沒手機，但早苗有。她應該可以撥打女兒的手機號碼。

——她蚊子叫般輕聲說……

聽到母親說「我要去死」，早苗會有何反應？

我漫無邊際地想著，從地下鐵轉乘JR，在王子站下車。年關將近，我穿過站前的人潮，瞥見一項東西，腦海掠過疑問。

靠年金生活的儉樸老人，可能突然變得富有嗎？可能。遇上天大的幸運，就有可能。

我仰望站前彩券行上翻飛的廣告旗。

年終大樂透。

從時間上來看，是去年的年終大樂透。大獎是二億圓，加上前後連號獎，獎金最高三億圓。

光看可能性，是有希望的。

回家後，我再次檢查竹中家二號媳婦寄放的紙箱。沒有彩券。萬一中獎，不可能留在箱裡，但也沒保留未中獎的彩券。

三雲勝枝女士有沒有買彩券的習慣？她周遭的人也無法回答吧。雖然是不錯的想法，但難以驗證。

箱裡有個未拆封的平裝書尺寸的書套。我撕下膠袋口的金色小貼紙，取出內容物。

一摸便知不是便宜貨，頗有重量。

顏色是樸素的草木染。打開一看，內側繪著優美的胡枝子花。外側是素面，內側卻有圖案，匠心獨具。雖然是印刷上去的，卻相當精緻。書店不會送這麼好的贈品。

插進書本封面的口袋部分，角落縫著小標籤。

「吉本工藝謹製」。

我立刻上網搜尋。那是一家位在鎌倉市內，專做染布、織品和布製小物的專門業者。官網非常精美，不過展示的品項中，找不到內裡有這種巧思的書套。

第三天，上午九點。我打電話到吉本工藝，接聽的女聲富磁性，十分迷人。

我自稱新橋的咖啡廳「睡蓮」的員工，說明昨天有位客人把書套忘在我們店裡，拿起來一看，似乎頗爲昂貴，如果能夠歸還，希望能物歸原主。仔細一瞧，上面有你們的商標，我想或許能找到客人的線索，便打電話請教……

嗓音迷人的小姐措詞非常有禮。是的，內裡繪有日本畫的草木染書套，是我們的原創設計品。那不是印刷，而是一個一個手繪。

「是你們一般在賣的商品嗎？還是特別訂製的？」

「我們的店面有販賣，也出貨給幾家店鋪。」

「很不好意思，方便告訴我是哪幾家店嗎？」

「如果是客人遺落的，不妨等對方再度光臨？」

「那位客人是第一次上門，而且帶著旅行袋，不曉得會不會再度光臨……」

迷人的女聲說「你眞好心」，接著告訴我三家店鋪的名稱和地址。我道謝後，結束通話。

三家店都在東京都內，要依序拜訪很容易。不過，我決定先前往「鹿之倉風雅堂」。

因爲這家店位於上野廣小路。

這家店似乎年代悠久。

不是嫌建築破舊，店面小巧，古色古香。門口的單扇自動門上，掛的不是一般招牌，而是匾額。

上午十點多，應該剛開店，一名穿格紋背心的六旬時髦男子，拿白布仔細擦拭著光可鑑人的原木櫃檯。

「早安，歡迎光臨。」

我頷首回應，提著裝筆電的公事包在店內漫步參觀。

這家店有官網，我事先看過。主要是販賣家具飾品、日本陶器及和風雜貨的店，但商品都很高級。這一點在店內也可再次確認。單獨放在陳列架上的夫妻對杯標價二十三萬圓，旁邊的缽碗標價一百五十萬圓。兩種都是伊萬里燒的陶瓷器。

草木染的書套、面紙盒及手巾等，在布製品架上陳列。一個兩千五百圓，以書套來說是高級品，但在這家店裡，算是低價位商品。

櫃檯裡的年長男子戴上細銀框眼鏡，正在使用電腦。店內小聲播放著古典音樂。一區展示著邊框爲鎌倉雕（註）的細長穿衣鏡，及梳妝台等家具，貼有告示「本店提供室內裝潢諮詢」。

這時，出入口的自動門打開，一道甜美的話聲傳來：

「早安！」

我盡量不失禮地緩緩回望，不禁微微屏息。

年約二十五，臉蛋可愛，留著蓬鬆的栗色頭髮，穿著英文字母和布章組合、看起來很笨重的飛行外套。

她注意到我，行禮說「歡迎光臨」，走近櫃檯。

櫃檯裡的男子應一聲：「早。」

「不好意思，我來晚了。」

「今天元橋那裡的拼木工藝品會送來，佐伯先生的階梯櫃狀況如何？」

「沒問題，木部工房可以修理。他們說，之前爸也曾拜託他們。」

「是嗎？」

「你忘記啦？」飛行外套女子笑道。「對方一週左右就會給我們估價單。」

「友子，不好意思，這件事就交給妳處理嘍。」
「好。」
大概是家族經營的店，父女的互動令人莞爾。瀏覽展示架一圈後，我走近櫃檯。友子脫下飛行外套，隨手掛在附近的椅背，穿上格紋背心。原來那是這家店的制服。
「早安。」
我對兩人微笑，一手擱在櫃檯上。
「這裡的商品都好棒。」
鹿之倉父女雙雙面露笑容，恭敬行禮。
友子開口：「謝謝。您在找什麼嗎？」
「是的。我在新橋開一家咖啡廳——啊，只是很小的店。」
父親繼續操作電腦，友子隔著櫃檯與我面對面。
「最近預定要重新裝潢。」
「眞是恭喜。」
「既然要重新裝潢，我考慮更換一些陶瓷器。然後，常客推薦我，上野廣小路的『鹿之倉』有不錯的日本陶瓷，也能請教裝潢方面的問題。」
「這樣啊，太感謝了。」
雖然我不是田上，仍不太習慣爲了工作，信口開河編造故事，不禁有點心虛。

註：神奈川縣鎌倉市特產的雕刻漆器。

「那位常客，是姓三雲的女士——」

友子睜圓雙眼，笑得更燦爛。「咦，三雲女士嗎？是的，她相當關照本店。」

正中紅心。

「三雲女士，記得名叫早苗，她常和母親一起光臨我們的咖啡廳。」

「我和三雲奶奶滿熟的。」

儘管內疚，但我不以爲意，繼續瞎扯：「敝姓杉村。三雲女士是八月介紹我這裡，但我一直沒空過來。三雲女士有沒有提過我們的咖啡廳？」

友子一臉抱歉，「不，她沒特別提及。不過，三雲女士會來挑選新家的室內擺設。」

新家的室內擺設。

「對、對，三雲女士頗忙，最近都沒光顧我們的咖啡廳。原來她常到這裡。請轉告她，杉村向她問好，希望她偶爾會想起『睡蓮』的熱三明治。」

「好的，我一定會轉告。」

必須暫時打住，否則會顯得不自然——我正這麼想，鹿之倉先生推推銀框眼鏡，轉向我：

「三雲女士住在池之端的『和泉飯店』，不如帶你們家的熱三明治去拜訪她。我猜她應該早吃膩飯店的餐點，一定會很開心。」

這位優雅的老先生眞大方，我不禁感激神明。

「這樣啊，也對。她眞的很照顧我們。」

「多虧這些常客，你還如此年輕，就能把店經營到可重新裝潢的地步。」

「是的，全要感謝顧客的支持。」

「爸，你真是的。」友子苦笑。「這位先生是我們的客人，你這樣不太禮貌。」
我搔搔頭，「不不不，沒這回事。我逛一下就冷汗直流，憑目前的預算實在買不起。」
鹿之倉先生笑咪咪，「別這麼快放棄，一切都能商量。」
我應一聲「好的」，於是友子遞給我名片。
「負責室內裝潢設計的是家母，不過我也能幫忙。」
名片上印著「室內裝潢顧問　鹿之倉友子」。
「這樣啊，謝謝妳。」
我在心裡道歉。
「對了，妳剛才穿的外套好棒。」
鹿之倉友子回望椅背上的飛行外套，鹿之倉先生笑道：「她是配合男友的興趣。」
「爸，討厭啦！」
不久，我離開「鹿之倉風雅堂」。

位於池之端的「和泉飯店」，不用查我也知道。那是從戰前經營至今的洋樓風老字號飯店。戰後的占領時期，遭進駐軍接收，當高級軍官的俱樂部使用，是一棟風雅的建築物，立地頗佳。春季上野森林的櫻花盛開時，從飯店三樓的茶室眺望的景致絕美，我和前妻來過幾次。三雲母女住在這麼一家內行人才知曉的高級飯店？
單行道隔開的飯店對面，是一家連鎖咖啡店，之前我來時還沒開張。我決定在此盯梢。飯店有兩個出入口，但只有正面玄關設置供輪椅通行的無障礙坡道。我決定賭一把。要是今天撲空，明天或後天再來就好。

我在窗邊座位坐下，打開筆電工作。不是裝樣子，而是把截至目前的經緯整理成報告書。在店裡用過午餐，我暫時離開，在店門前繞繞又回來。下午兩點多，我點了糕點和咖啡，移到窗邊其他座位。

該做的事情做完，我滿懷溫情地想起「鹿之倉風雅堂」那對感情融洽的父女。我再次仔細瀏覽店鋪的網站。那是老字號的店吧，可能和竹中家一樣，是當地的資產家。

「鹿之倉」這個姓氏十分罕見。雖然不知是好是壞，但我隨手搜尋，就找到一則報導。

我瞪著螢幕愣住。

然而，我偵探的本能並未消失，幾分注意力仍放在和泉飯店的正面玄關。我注意到飯店門房打開大門，一名女子推著輪椅出現。

我闔上筆電丟進皮包，離開咖啡廳。

推輪椅的女子穿胭脂紅的大衣，皮革長靴的鞋跟叩叩作響。輪椅上的老婦人，將高布林織錦膝毯拉到胸口，留著深灰色短髮。

穿胭脂紅大衣的女子，從我來時的馬路往上野廣小路前進，或許正要去「鹿之倉風雅堂」。

我抓住行人剛好都經過的時機，出聲招呼：

「三雲女士。」

胭脂紅大衣女子回頭。是貝兒給我看的照片和影片中的女子。

「是三雲早苗女士，和令堂勝枝女士，對吧？」

我沒有打領帶，但穿著西裝和大衣，提著公事包。兩人沒回話，似乎都有些驚訝，但不帶警戒。

「什麼事？」三雲早苗反問，話聲意外高亢。

「勝枝女士，『粉彩公寓』的住戶都十分擔心妳。」

這時，母女臉上第一次浮現驚愕的神色。

於是，三雲早苗和我，又回到飯店對面的咖啡廳。

母親勝枝待在「和泉飯店」的大廳。我稍微說明狀況，她頓時面無血色，整個人嚇壞了。所以，早苗推著輪椅，三人一起回到飯店大廳，留下勝枝。

「妳在這邊看個報紙，我馬上回來。」

早苗俐落地對母親說，口氣並不粗魯。

「什麼都不用擔心。」她還這麼強調。

早苗態度高傲，彷彿認爲攻擊是最大的防禦。她不停地問：「我做了什麼壞事？」我則一再解釋：「妳和令堂給周圍的人添了一些麻煩，害他們擔心。」

一開始，我們在路上邊走邊說，但提到貝兒、布克和琳格時，早苗連打幾下噴嚏，才進咖啡廳坐下。

「我離開『森下安潔公寓』三個月啦，以爲頂多兩個月。」

「超過三個月。」

很多事要處理——三雲早苗第一次語帶辯解。

「我準備等新生活穩定下來，再過去那邊看看。」

她似乎沒考慮過，如果在那之前戶頭的錢扣光，「星友」會有多困擾。

「我想和她們斷絕關係。」

她大剌剌地說。

「眞的只是這樣。所以，我也叫媽媽不要告訴任何人，一個人離開。」

我對著今天第五杯的特調咖啡，壓低話聲：「現在妳和勝枝女士似乎十分富裕。」

早苗全身上下都是高級貨。多虧前一段婚姻，我能辨別出女性的衣著水準。

「遇到什麼好事嗎？」

早苗默默攪拌咖啡。

「要是妳不告訴我，我會繼續調查。」

早苗不快地冷哼一聲：

「彩券啦，去年的年終大樂透。」

果眞如此。

「是我媽中的。她買五張連號，中頭獎和前後獎。」

元旦當天，三雲勝枝在報上得知中獎，大吃一驚，打電話給女兒。

明明受到那樣的對待，女兒可能又會將這筆錢搜刮一空，老母親仍忍不住想依靠女兒。

「我立刻來找我媽。」

——媽，絕對不能告訴任何人！

「我提醒媽媽，這筆錢會改變我們的人生，往昔拖累我們的一切，都要一刀兩斷，兩個人一起過全新的生活。」

所以，她才不再靠近「竹中粉彩公寓」。
「媽媽很感謝房東那麼照顧她，不過要是放不下這些事，沒辦法展開新生活。」
「令堂接受了嗎？」
「當然！」
早苗尖銳地應道，不悅地抿唇，把咖啡匙丟進杯裡，猛然抬頭瞪我。
「要是別人知道我們中三億圓，不曉得會被什麼人纏上。」
有段時期，由於婚姻，我過起迥異於生長環境的富裕生活，深知「財富」的力量。金錢能豐富人，但暴富會讓人變得多疑。
「我跟媽媽說『什麼事都不用管，妳一個人離開公寓』，媽媽也照做。」
「可是，勝枝女士曾打電話給房仲商和管理員。」
早苗睜圓雙眼，彷彿感到好笑般，嗤之以鼻：「啊，那是我打的。」
原來是她假冒母親嗎？
「只要那樣說，應該就不會有人尋找我媽的下落，可是我媽做不來。」
所以，她才用「蚊子叫般的聲音」打電話嗎？
仔細想想，沒人聽過三雲勝枝在電話裡的聲音，要假裝不難。
「電話是二月四日打的。那麼，勝枝女士更早之前就離開『粉彩公寓』？」
「幹麼計較這種小細節？」早苗露出厭惡的神情。「從一月底，我們就開始住飯店。」
「一直住在『和泉飯店』？」
「這不重要吧？」

「中獎的彩券，是妳去兌換的嗎？」

「錢是我在管理。」她先是假惺惺地退後，又湊上來竊竊私語：「如果你願意保密，我可以付你遮口費。你想要多少？」

「給我遮口費？妳誤會了。」

「可是……」

「妳辭掉工作了嗎？」

「廢話。」

「即使隱瞞妳和令堂變成有錢人的事，也能好好跟妳的星友說一聲，退掉森下町的公寓，不是嗎？」

早苗抹著眼影、畫上粗眼線的雙眸一瞇：「星友？」

那些人——她語帶不屑。

貝兒提過，從去年秋天起，早苗對「燦星之子」的熱情便已冷卻。

「意思是，『燦星之子』不符合妳的期望嗎？」

「是啊。我以爲那是更實際、更有建設性的團體。」

以爲只要往上爬，就能開創三雲早苗新人生的團體，或是能爲她帶來好姻緣的團體，但她想錯了。所以，既然變得富有，她毫無留戀，巴不得快點告別那種地方。

「明明有段時期，妳捐獻那麼多錢。」

「因爲我本來有所期待。」

「眞是遺憾。」我滿懷嘲諷，「既然如此，妳和勝枝女士一樣，不是應該一月就能離開『森下安潔公寓』？」

當時她已住進飯店。

「爲什麼妳要在二〇三室一直住到八月初？」

三雲早苗露出懷疑我智商的眼神，「有些東西我想偷偷帶走，像是相簿、紀念品，還有我爸的遺物之類的。」

無法用金錢買到的東西。

「一點一點拿走，免得那幾個女人起疑，非常費工夫。」

「畢竟不能讓她們發現，其實妳變成億萬富翁了呢。」

女人對這類事情很敏感，必須留意穿著打扮和隨身物品。

「那麼，手機爲什麼是原來的門號？」

「我辦了新門號。」

「怎麼不把舊門號解約？」

「我很忙！」

錢她多的是，留著舊門號也不覺得浪費。

「喂，先不管這些。」早苗焦急地尖聲問：「付你多少錢，你才肯保密？」

「不必擔心。」我的手伸向放著兩杯咖啡的托盤。「我不會繼續追查。如果妳嫌我或僱用我的人麻煩，儘管搬去別的飯店。」

三雲早苗再度瞪著我。

「妳們在蓋新房子？」

「不關你的事。」
「是妳和勝枝女士的新家吧，希望會是很棒的房子。」
「咦，眞的這樣就結束？」
「那是妳們的人生。對了，上星期四，『鹿之倉風雅堂』的友子小姐幫勝枝女士推輪椅，經過上野車站前面吧？那是什麼情況？」
早苗眼神游移，「你怎麼連這個都知道？」
我沉默不語。早苗目不轉睛地細細檢視我，嘆一口氣：
「我帶著媽媽散步，順便去『風雅堂』討論裝潢，可是媽媽膩了。友子小姐湊巧要出門，幫忙送我媽回飯店。」
原來只是一件小事。
「今天妳們本來準備去哪裡？」
「附近的針灸診所，我媽腰痛。」
「這樣啊，請保重。」
我取過托盤站起。
「欸，眞的這樣就好了嗎？」
三雲早苗的話聲揉雜著猜疑和安心，霎時激起我內心的一種情緒。
「妳和貝兒關係似乎不太融洽。」
她又眨起眼，「什麼？」
「從很久以前，妳就看她不順眼吧？」

「哦，貝兒啊。沒錯。」她的眼角擠出不悅的皺紋。「她眞的很煩。明明沒資格教訓別人，卻老是囂張地對人指指點點。」

「所以，妳才成爲『鹿之倉風雅堂』的貴賓嗎？故意要她難看？」

三雲早苗頓時僵住，彷彿挨我一拳。不過，只有短短的一瞬間。她立刻滿不在乎地回答：

「那家店的貨很棒，我才會去光顧。」

「確實，妳送給媽媽的書套也很棒。」

三雲早苗一愣。

「妳不記得了嗎？依時間來看，約莫是過年後，爲了彩券的事去見令堂時給她的。」

「哦，那個啊。」

三雲早苗總算想起。

「大概從那時開始，我經常到『鹿之倉風雅堂』買東西。那家店眞的不錯，鹿之倉父女的感情也好得令人羨慕。」

她口吻中隱含的惡意，是針對貝兒，而不是眼前的我。

「問完了吧？我不能丟著我媽一個人那麼久。」

三雲早苗瀟灑離開。

我步出咖啡廳。往後好一陣子，我不想再聞到咖啡的香味。

隔天早上，我請柳太太和盛田女士過來事務所，說明調查內容。柳太太爲中頭彩的事感到驚奇，盛田女士則是開心上星期四她果然沒認錯人。

「總之，三雲奶奶沒事就好。」
「我會奉上報告書。」
兩人都表示，不需要那麼正經八百的玩意。
「杉村先生動作眞快。」
不愧是專家，柳太太稱讚。
「只是運氣好。」
「因爲兩、三下就查出來，我替你打掃垃圾集中處半年吧。」
我有些失望，盛田士女笑道：
「剩下的半年我來。」
然後，她又說：
「杉村先生，我實在是感同身受——我是指三雲奶奶的事。總有一天，我會和她一樣，變成孤伶伶的老太婆。」
所以，這樣的結果教人有些欣慰。
「這表示往後我也可能遇到好事，像是中頭彩之類的？」
「是啊。」我一附和，柳太太便插話：「妳應該快點找個人嫁啦，現在努力還不遲。」
「才不要，我早就沒希望。說到結婚，杉村先生才應該結婚吧？」
「啊，手機似乎響了。」我逃離現場。
再次擁有家庭——一個有人等我回去的家。姑且不論往後是否還有這樣的機會，但目前我不認爲自己會心生渴望。我的家是這間事務所。這裡是我的歸宿，我的聖域。

即使坐滿愛湊熱鬧的歐巴桑，又未嘗不可？

貝兒和布克都是夜間上班，應該很晚才起床。我在下午一點多按門鈴，貝兒來開門。她告訴我，琳格去上班，布克上髮廊。

「我等一下也要去聖域。」

確實，她一身外出的打扮。

「那麼，在這裡談就行。」

我將門確實關上。

我只向貝兒透露，三雲早苗和母親住在一起。

「她不會再回來。或許最近她就會聯絡妳們，也可能不會聯絡。不管怎樣，妳們最好趕緊找到別的住處。」

我們會的，貝兒接受建議。

「貝兒小姐。」我鄭重其事地說：「現在——妳仍會在春、秋分的佛事或祭日，去拜訪鹿之倉家嗎？」

貝兒察覺我查到什麼，變得面無表情，垮下肩膀。

我無法直視她。

「我會這麼問，是發現三雲早苗成爲『鹿之倉風雅堂』的座上賓。她和鹿之倉家的女兒友子似乎滿要好。」

貝兒連聲音都發不出，杵在原地。不僅僅是面無表情，簡直是面無血色。

「由於妳對三雲女士有不少批評，她懷恨在心，應該是故意整妳。她在告解中得知妳的過往。」

想必是這樣——貝兒低喃著。話聲虛弱，不停顫抖。

「妳絕對不能用外面世界的身分和三雲女士碰面，我是這麼認爲，才多管閒事來提醒妳。非常抱歉。」

貝兒搖搖頭，「我沒有去過店面，鹿之倉家在本鄉。」

「這樣啊。」

我在網路上搜尋「鹿之倉」，找到的報導也寫著，車禍發生在本鄉二丁目的路上。

「離開交通監獄後，我去向他們賠罪過一次，但他們趕我走，說不想再看到我，也不肯告訴我墓地。」

我只是重複著「這樣啊」。

二〇〇〇年四月十日晚上九點左右，鹿之倉義行、優子這對年輕夫妻，在斑馬線上遭闖紅燈的轎車衝撞。報導沒寫出駕駛的姓名，僅提到是十九歲的上班族。

這起車禍中，鹿之倉義行幾乎當場死亡，優子心肺停止，被送到醫院急救，不久後逝世。

鹿之倉優子當時懷孕五個月。

「當時我剛拿到駕照。」貝兒的話聲仍在顫抖，繼續道。「我家的狗——牠很老了，大家都非常疼牠，但牠和我最親……」

那天晚上，狗突然生病。

「我整個人都慌了，正要送牠到平常去的動物醫院……」

滿腦子只想著生病的愛犬。

「沒仔細看前方……」

她閉上眼，全身僵硬。

貝兒小姐——我再次出聲：

「我不會要妳忘記，這不是能忘記的事。不過，妳已贖罪，可以好好收拾心情。」

她沒回答，緊閉的眼角滲出淚水。

「會覺得『燦星之子』拯救妳，只有聖域是妳的歸宿，也是無可厚非。然而，一直處在這樣的狀態，眞的是好事嗎？」

貝兒張開雙眼，撩起覆在額上的頭髮。淚水溢出，滑過臉頰。

「況且，只要是一群人打造出的組織，難免都會變質。」

這一點正如同「侘助」老闆說的。

「或許『燦星之子』和聖域往後也會改變，不再像現在這樣。」

貝兒流著淚，盯著玄關旁的牆壁。

「妳不妨試著摸索另一種生活方式，先聯絡家人如何？」

貝兒平板地說：「我遭到判刑後，媽媽就上吊自殺。」

然後，她總算抬手抹去淚水。

「爸爸和姊姊也不肯原諒我。」

恐怕是情感決堤，她彷彿發出慘叫，放聲痛哭，但很快又嚥下哭聲。

我無能爲力，半晌之間，只能默默與她相對。

「請用敬仰『大師』的心，好好珍惜自己。」

我總算能開口。

「在布克和琳格的眼中，妳如同姊姊。雖然不明白靈通契不契合，但比起三雲女士，她們才是妳的好姊妹吧？她們都喜歡妳，在爲妳擔心。」

貝兒吸了吸鼻涕，雙臂環抱身體，彷彿要保護自己。

「要是遇上任何困難，請聯絡我。我會幫妳。」

貝兒通紅的雙眼望著我：

「謝謝。」

我離開後，二〇三室的門關上。我應該再多說一些，但我想不到能說什麼。歸根究底，偵探也只有這點能耐。

希望莊

1

等紅綠燈時，雨水變成大朵的雪花。

我趁綠燈穿過斑馬線，踏進正面大樓「指定看護保險特定設施　花籠安養院」入口的自動門，一名靠在入口門廳的大窗戶旁，看著外面的中年男子立刻轉過頭，向我走近。

「是杉村先生嗎？」

他穿襯衫配領帶，藍色夾克的胸口別著附照片的證件。

我們迅速交換名片。男子的名片是彩色印刷，附有和證件一樣的圓臉照片。「社會工作師　花籠安養院經理　柿沼芳典」。

「很快就找到這裡嗎？」

「是的，我的事務所在附近。」

「這樣啊。不過，天公可眞不作美。」

一早就開始下雨，但現在窗外雪花紛飛，一片雪國景色，幾乎讓人忘了這裡是埼玉市南部的市區。

「大衣和雨傘請交給我，這邊走。」

大廳設有櫃檯，但此刻沒人。看似提供給訪客的幾組會客沙發空空蕩蕩。沒有背景音樂，鴉雀無聲。

「現在是早餐後的休息時間。」柿沼經理解釋：「下午就會熱鬧起來，也會有外面的訪客。」

「原來如此，抱歉在這種時間打擾。」

「相澤先生較早到。房間在二樓，走樓梯好嗎？」

「當然。」

敞開的防火門外，樓梯間陰暗冰冷。牆上油漆有漏水的痕跡，階梯上的止滑條處處脫落缺損，與大廳是天壤之別。大廳以暖色系的裝潢和擺設統一風格，既溫暖又舒適。我彷彿看到不能見人的後台。

再次來到華麗舞台的二樓一看，壁紙是苔綠色，鋪米黃色油氈地毯的走廊旁，木紋拉門一字排開，清潔明亮而溫暖。

「這一樓都是單人房。武藤寬二先生住的是二〇三室。」

他指示的單人房拉門敞開，一名大塊頭男子正在忙碌。衣著輕便，是毛衣搭牛仔褲。

「相澤先生，客人到嘍。」

柿沼經理出聲打招呼，男子迅速回頭。

「幸會，我是杉村偵探事務所的杉村三郎。」

我在單人房門口輕輕頷首。

「呃，嗯。」男子發出曖昧的應聲，「幸會，我是相澤幸司。」

他毛躁地摸索牛仔褲口袋，朝室內努努下巴。

「不好意思，裡面很亂。咦，我忘記帶名片盒出門嗎？」

對方似乎不是嚴謹的人。

「我可以保證，這位就是相澤先生。」柿沼經理和他似乎頗熟。「那麼，有什麼事請叫我。」

柿沼經理關上拉門離開。

這是約三坪大的房間。一個按鈕就能操作的看護床、設在要處的扶手，顯示出這是安養院的單人房。除此之外，設備與一般商務旅館大同小異。

房間確實挺亂。單門衣櫃和床邊的五斗櫃抽屜都開著，東西全堆在床上。幾乎都是衣物，也有雜誌和書籍。其中成人紙尿布的包裝特別引人注目。

相澤先生拿起一旁布面高腳椅上的大型波士頓包。

「請坐。」

然後，他收起笑容，面向我。

「如果要認眞調查，最好讓偵探看一下我爸的私人物品，所以請你來這裡。抱歉，要你跑一趟。」

他的父親武藤寬二，在上上個星期一，二〇一一年一月三日上午五點三十二分，心肌梗塞逝世，享年七十八歲。從逝世的兩個月前起，他對安養院的工作人員和柿沼經理，還有一次是對兒子相澤先生，不時進行告白。儘管斷斷續續，但摻雜許多具體的事實。

他說自己殺過人。

而我被找來，就是爲了調查這番告白的眞實性。

「我爸是在去年三月住進這家安養院。」

相澤先生坐在床上，微微蜷著背說。

「在那之前，我們會利用這裡的短期住宿服務，他也挺中意，覺得住在這裡可以放心。他都會自己做這類決定。」

相澤先生一雙大手的粗手指不安地動著。

「所以，雖然我想在家照顧爸爸，但他的腿不行，沒辦法走路，也曾跌倒骨折，就算能坐輪椅，一個人上下輪椅仍有困難。」

如廁也不方便——他的聲音變小。

「我和內子都是全職工作，實在難以負荷。」

將年事已高、日常生活需要貼身照護的父母送進安養院——明明不是可恥的事，也沒人有資格責備，孩子卻會於心不安，無法不為自己辯護幾句。我的父親病逝，母親健在，但我能體諒他的心情。

「我能理解，這裡的環境相當不錯。」

「嗯，唔，我想最起碼讓他住單人房……」

「令尊喜歡將棋（註）嗎？」

仔細看看留下來的雜誌，全是將棋雜誌。書籍也都是棋士的評傳，及將棋專書。

相澤的笑容回到臉上，「我爸最喜歡將棋，這是他唯一的興趣。」

「他厲害嗎？」

「我完全不會下棋，所以不懂，不過我爸會玩高級玩家的電腦遊戲。」

「那應該很有一手。」

「他常玩『詰將棋』。我爸說那算是一種謎題，跟將棋又是另一種樂趣。」

他懷念地瞇起眼。

「只是，這些興趣也……跌倒撞斷腰骨，是在三年前吧，大概從那個時候開始，漸漸沒辦法玩。體力不支，可能也沒辦法專心。頂多看看電視上的對弈轉播，或翻翻雜誌。」

決定搬進這裡，收拾行李時，相澤先生本來想把父親在家愛用的棋盤和棋子放進去，但父親說：

——那些東西留著吧，有人想要就送出去。

「不過，他並未痴呆，所以……」

即使欲言又止，我也曉得他的意思。該進入正題了。

「首先，我想請教，相澤先生的家人都同意這次調查嗎？」

相澤先生不僅塊頭大，五官也很碩大。雙眼圓滾滾。

「不，內子和兒子一無所知。聽到我爸那番話的，家裡只有我一個人。」

「原來你有兒子。」

「對，有兩個。我們家共五個人，我爸單身——啊，這樣說挺奇怪。他和我母親年輕時就離婚，之後一直單身。」

註：從中國傳至日本的棋類遊戲，也稱日本象棋。

「原來如此，你也沒告訴家人。」
「這不是能隨便說出口的內容。」
他的表情不單是嚴肅，還帶有一絲怯意。
「柿沼先生和這裡的工作人員，有沒有可能告訴你的家人？」
「不會，我請他們不要透露。」
畢竟不是什麼好聽的內容——他壓低聲音。
「要是我爸以前開車肇事逃逸，或酒後發生衝突，失手打死人之類，還算好的——說好也是有語病啦。」
他語氣急促，表情歪曲。
「但這件事……說白一點，就是我爸，呃……做了像變態一樣的事……」
我平靜地打斷：「目前不清楚是不是事實。」
「咦？啊，對。」
「那麼，我只跟相澤先生一個人聯絡和報告。」
麻煩你了，相澤先生彎下龐大的身軀行禮。
「說明一下我們事務所的規定。這類調查會先收取五千圓當聘用金。一星期後進行初步調查報告，到時再討論是否繼續調查。如果決定繼續調查，會說明大概需要多少費用……」
相澤先生的嘴巴張成一個「O」字型，於是我停下話。
「五千圓？只要五千圓嗎？」
「第一個星期花的幾乎都是交通費。除非去太遠的地方，否則五千圓應該足夠。」

其實是去年十一月，杉村偵探事務所開張後接到的第一個案子，聘用金就是五千圓，而且案子順利解決。爲了討個吉利，訂下此一價碼，不過這就保密吧。

相澤先生又微弱地「哦……」一聲，接著笑道：

「沒有啦，竹中太太說杉村先生是個規矩的人，看來是眞的。幾乎是憨厚到家——啊，說人家憨不好。」

「不會。」

竹中太太是我租來當事務所兼住家的老房子的屋主，是一位資產家夫人。相澤夫妻在池袋經營義大利餐廳，竹中一家似乎是他們的熟客，由於這層關係，才會把我介紹給他。

「那麼，不好意思，接下來的內容我會做筆記。」

我取出淡黃色筆記紙和原子筆，相澤先生在床上重新坐好。

「方便起見，武藤寬二先生吐露的內容，我就稱爲『告白』。首先，這番告白有哪些人聽到？」

「我、柿沼先生，及負責照顧我爸的看護見山小姐。啊，還有一個人，不過他不是直接聽我爸說，是我們交談時，他恰巧在場。」

是清潔人員之一，名叫羽崎新太郎的青年。

「我爸突然說起那些話時，他剛好來打掃，便聽到了。」

相澤先生從外套口袋取出智慧型手機。

「我們餐廳週四和週日公休，我習慣在週四下午來看爸爸。呃，行事曆在——」

他操作手機。

「對，是上個月十六日。當時，羽崎匆匆忙忙趕到，道歉並解釋他去幫忙廚房大掃除，晚了一些來打掃。會客時間是下午，一般打掃和洗衣之類的雜務，應該上午就結束。」

羽崎打掃整理時，相澤先生坐在角落——

「我爸坐在床上看電視。在這裡，他大部分都是像這樣打發時間。」

電視播著下午的綜合新聞節目。

「沒多久，我爸開始嘟嘟噥噥。」

——這種情況啊，像附在身上的髒東西，擋也擋不住。

「我問他在說什麼，他伸手指向電視。電視湊巧在播一名年輕女子慘遭殺害的新聞，詳情我記不清楚……」

查一下應該就知道。

「令尊指著那則新聞，說『像附在身上的髒東西』，是嗎？」

「對。所以，我回應：是這樣嗎？就像遇到路煞吧，眞可憐。我爸又說：不僅是被殺的人，殺人的也一樣。」

——會幹出這種事，就是被壞東西纏上，自己是無可奈何的。

相澤先生收起智慧型手機，大手按在額頭上。

「請稍等，我說明一下正確的對話內容。」

——爸的觀點眞奇特。

——會嗎？不過有些事，自己也無能爲力吧？

——唔，或許有某些原因。比方，爲了分手爭吵之類的。

——不是那樣。這個女生是遭到攻擊吧?是被壞東西附身的男人幹的。就是有這種情況,我再清楚不過。

——爸怎會冒出這麼奇怪的話?說得彷彿你有經驗。

——明明完全沒那個意思,卻一時腦門充血,鑄下大錯。

我停下原子筆,「腦門充血,鑄下大錯?」

「對。」

「他確實是這樣描述嗎?」

相澤先生點點頭。「我無從附和,含糊笑笑,敷衍過去,對話就到此結束。」

「令尊沒繼續說嗎?」

「對。不過,他用非常可怕的表情瞪著電視,我默默一起看。這時,羽崎表示『我打掃完了,先失陪』,準備要離開,我便跟著他到走廊。」

——我爸剛才冒出奇怪的話,請不要放在心上。

「他有什麼反應?」

「他露出不懂我在講什麼的表情,但畢竟是年輕人,相當老實,看起來有些驚慌。」

我覺得滿尷尬——相澤先生搔搔頭。

「後來,我留在這裡將近一小時,觀察我爸的情況,不過沒任何異狀。他沒再冒出奇怪的話,因爲新聞播完,就開始重播懸疑劇。」

——爸,你常看這類電視劇嗎?

——這很無聊,我才不看,只是讓電視開著而已。房間太安靜我會睡著。

「我以爲是爸爸推理劇看太多，把劇情和現實混淆，想試探一下，但看來並不是。」

相澤先生返回時，父親開著電視，在看將棋雜誌。

「那天我回家後，仍十分掛心，週日又來找柿沼先生商量。」

柿沼經理是管理這家安養院的照護、生活相關事務的負責人，也是與家屬的對應窗口。

「我和柿沼先生滿聊得來，於是我告訴他，其實週四發生這樣的事，沒想到……」

——寬二先生也跟你提起這件事嗎？

「柿沼先生解釋，我爸對他和看護見山小姐說出類似的內容。從上個月，也就是十一月初起，前前後後說了幾次。柿沼先生很猶豫要不要向我報告。」

我們立刻請看護見山小姐過來，說明狀況後，她也一臉困惑。

「她安慰我，有時老人家會突然冒出奇怪的話，驚嚇旁人。」

不過，相澤先生從見山看護那裡，聽到三個具體的細節：寬二先生提到他形容爲「鑄下大錯」的事，是發生在「昭和五十年八月」，「有個年輕女子遇害，但凶手沒有落網」，「當時我住在東京的城東區」。

「在我看來，事情愈來愈令人擔憂。」

「之後，令尊曾再提起這件事嗎？」

「沒有，對我只有那一次。」

「你主動問過他嗎？」

「或許我應該這麼做，但我問不出口。我只跟柿沼先生和見山小姐談過。」

他覺得實在無從問起。

「除此之外，令尊有沒有特別奇怪的地方？」

「感覺上沒有……」相澤先生噘起唇，接著說：「也可能是我太遲鈍。畢竟我連爸爸的死亡徵兆都沒察覺。」

一月二日傍晚，寬二先生在安養院的餐廳心臟病發作，緊急送醫，隔天一早便在醫院逝世。

「醫生解釋，我爸的動脈硬化嚴重，全身血管脆弱得像玻璃。由於血液循環不順，他總是手腳冰冷。」

相澤先生突然想起般摩擦雙手。

「血栓塞住大腦，就是腦梗塞；塞住心臟動脈，就是心肌梗塞。主治醫生提過，我爸的情形，隨時可能出事，我早有心理準備，只是沒想到會這麼突然。」

我沉默著，沒說出誰都能想到的安慰話語，比方「幸好沒痛苦太久」。

「不過，現在回想……」相澤先生望著遠處繼續道：「我爸都會在除夕回家，住到元旦晚上，初二的上午回到這邊。我們是做餐廳生意的，過年要營業，我和內子還得四處拜年，相當忙碌，所以我爸也能體諒。然後，上次送我爸回來，他坐在這裡……」

相澤先生輕拍床鋪。

「一臉滿足，笑咪咪地說，伸江——啊，伸江是內子，做的年糕雜菜湯眞好吃。爲了避免我爸噎住喉嚨，內子把年糕切得很小塊再煮，都融在湯裡，糊糊爛爛的。與其說是年糕雜菜湯，更像添加雞肉、小松菜和魚板的麻糬湯，我爸卻說好吃。」

——眞的謝謝你們。

「他的語氣非常誠懇，可能有不久人世的預感。」

我露出微笑，「如果那是令尊給你的道別，實在教人羨慕。」

「是嗎？」

「是的。」

「那麼，來看看我爸的物品吧。」

約莫是一直坐著交談，他不禁難受起來。

衣物和雜物、消耗品類沒什麼異狀，雜誌和書籍沒註記，沒東西夾在書頁裡，也沒特別折起的書頁。

「我爸的老照片和賀年卡之類的收藏，雖然不多，但都在家裡。應該會需要看看吧？」

「如果能暫時借給我，幫助很大。令尊的朋友和知交會參加葬禮嗎？」

「我們只進行家祭，僅僅通知親戚。不過，我爸應該有一小本通訊錄——」他環顧室內，苦笑道：「或許在這裡，我找找。」

「麻煩了。因爲是要追查過去的事，必須仰賴身邊朋友的記憶。」

不料，相澤先生露出有些困窘的表情：

「這樣啊……可是，杉村先生，坦白講，我不是很瞭解爸爸。」

什麼意思？

「哦，我和爸爸在十年前重逢——過了年，所以是十一年前。重逢後的事我當然知道，之前就……我小學就和爸爸分開，長達三十年都沒見面。」

2

委託偵探進行調查，對大部分的人來說，都是前所未有、一輩子可能僅有一次的經驗。每個人都不熟悉流程，經常到了後面，才透露出重要的訊息。

「我的父母在一九七〇年離婚——那個時候我九歲。我爸是入贅女婿，離婚後就離開家裡。講白一點，他是被趕出去。」

一樣是一月，大概是這個時期的事。

「大過年的，親戚聚集在家裡，決定我父母離婚、我爸必須離開相澤家。約莫一週後，我爸就離開。直到二〇〇〇年初春，爸爸到店裡來找我，他都下落不明。其實，之前我連他是不是還活著都不清楚。」

我緩緩點頭，「本來想找機會請教爲什麼令尊姓武藤，原來有這樣的緣由。」

這對父子之間，有一段長達三十年的空白。出事的昭和五十年，是西元一九七五年，如果寬二先生的告白是事實，就是發生在這段空白時期的事。是離婚後五年，他四十二歲時的事。

相澤先生說：「所以，或許是爸爸到了晚年，不小心吐露我完全不知情的人生經歷，一想到這裡，我就覺得心痛。」

原本我有些納悶，父親提到如此可疑的事，本人又已逝世，孩子卻特地僱人調查，實在教人不解。若在這樣的背景下，就不難理解。

「容我問個私人的問題，你父母離婚的原因是什麼？」

相澤先生的表情，彷彿看到生理上無法接受的景象，說：

「我母親有別的男人。」

我在筆記寫上「母親外遇」。

「相澤家從我外祖父那一代起，在千葉開設機器零件工廠，叫相澤有限公司。昭和二十四年創業，一開始是家小工廠，但隔年韓戰爆發，工廠規模一口氣擴大。」

是所謂的「韓鮮特需」。

「即使在我記憶的範圍內，生意也做得非常大，全盛時期僱用二十名以上的員工。」

武藤寬二就是工廠的員工之一。

「我母親是獨生女，她對我爸一見鍾情，吵著無論如何都要跟他結婚。母親當時十九歲，外祖父母大力反對，但母親大吵大鬧，威脅不讓他們結婚就離家出走。由於鬧得沒完，外祖父母終於讓步，讓我爸入贅相澤家。」

昭和三十四年春天，兩人結婚，寬二入贅相澤家。隔年的三十五年，一九六〇年五月，長男幸司出生。相澤有限公司的生意蒸蒸日上，一帆風順。

「我的童年過得非常安逸，沒想到一夕變調，才九歲我就醒悟人生無常的道理。」

相澤先生的母親外遇的對象，是經常出入公司的當地銀行業務員。

「我爸原本只是一介僱工，這是最不利的地方。外祖父不想搞壞和銀行的關係，母親又堅稱她的婚姻欠缺考慮，是一時衝動，想重新來過。這也是當然的，畢竟她都有了。」

相澤先生做出表示懷孕的動作。

「那個時候，也可能是寬二先生的孩子吧？」

「母親一口咬定絕不可能，我爸完全沒反駁，所以應該是別人的吧。」

室內暖氣頗強，他卻感到寒冷般哆嗦一下。

「這眞是男人的惡夢。不過，從很久以前，他們夫妻恐怕就是名存實亡。在母親心中，我爸又變得只是一介傭工了吧。我長大結婚生子後，漸漸開始這麼想。」

愛意是會冷卻的，他感嘆道。

「母親不喜歡我爸，一旦愛情冷卻，便沒辦法繼續一起過日子。然後，她無法忍受和不喜歡的男人維持夫妻狀態。她是個千金小姐，從來不曉得什麼叫忍耐。」

一九七〇年一月，寬二先生恢復舊姓武藤，兩手空空地離開相澤家。他前腳才剛離開，母親的外遇對象後腳就補上來，辭掉銀行的工作，當上相澤有限公司的副社長，七月正式入贅。秋天，與相澤幸司同母異父的弟弟出生。

「母親和我爸離婚時，說我是相澤家的繼承人，會妥善照顧我。不過，弟弟出生後，這樣的口頭約定也……」大塊頭的相澤先生用厚實的大手掌，在大臉前甩了甩：「忘得一乾二淨。外祖父母和母親，都只關心弟弟，我像是寄人籬下的外人。」

擔任副社長的繼父頗有生意頭腦，將相澤有限公司的事業進一步擴大，這對相澤先生也不是好事。

「繼父待我很冷漠，從沒看他笑過。母親成天巴結討好他，更別提要拉近我們的關係……」

相澤先生的母親甚至說：

——誰教你這麼像你爸。

相澤輕撫寬下巴，笑道：「這張臉和我爸眞的挺像，高壯的身材也一模一樣。恐怕是愈大愈像，母親和那個人看著不舒服吧。」

他稱呼父親爲「我爸」，但稱呼母親爲「母親」，而不是「我媽」。

「由於家裡的狀況，高中我讀寄宿學校，一畢業就去東京上廚藝學校。學費是外祖父出的，生活費靠打工。」

「你年輕時就立志當廚師嗎？」

「我只是希望學得一技之長，自食其力。而且，我想從事與家業完全無關的工作。」

我似乎能理解他的心情。

「成年後，我僅僅回那個家一次，是去參加外祖父的葬禮。當時我以奠儀的名目，一毛錢不少地將他出的學費全數歸還。除了弟弟以外，底下還有三個妹妹，但直到回去前，我根本不曉得有最小的妹妹。」

後來一直處於斷絕關係的狀態。

「成年後，你想過要找令尊嗎？」

之前對我的問題都立刻回答的相澤先生，第一次略顯躊躇。

「不是完全沒想過。我只是覺得，事到如今再去找他，可能會給他添麻煩。」

我爸或許也擁有新的家庭。

「小時候，心裡對我爸有一種恨——不，不是恨，應該是失望吧。」

爸爸不肯來接我，連爸爸都不要我。

「被家人當成累贅時，經常幻想、期待爸爸會來接我。過年到神社拜拜，我都會祈禱，希望今年他來接我。很可愛吧？」

「嗯，聽起來挺難過，卻也教人莞爾。」

相澤先生靦腆地笑。「況且，實際上我根本沒有尋找爸爸的線索。既不曉得他的老家在哪裡，和那邊的親戚也不曾打交道。」

重逢後，相澤先生總算能詢問父親的出生地和家人。

「我爸的老家是栃木縣的農戶，非常貧窮。在三男二女中，他排行老二，小學畢業就離家工作。家裡只期待他寄錢回去，不可能資助他。加上入贅相澤家後，他眞的是粉身碎骨地拚命工作，連親生父母的葬禮都沒參加。」

離婚恢復武藤寬二的身分後，「他回老家看過一次，但整座建築消失不見。田地變成別人的，誰也不曉得這家人去哪裡。」

爸爸變得比我孤獨——

「雖然耗費三十年，令尊和你終於重逢。」

「對，多虧有電視。」

二〇〇〇年二月，當時相澤先生和太太一起經營的小餐廳，受到電視節目報導。

「現在的店開在池袋西口，不過當時的店位在東口的住商大樓裡，實際上是僅有兩坪的小店。如今回想，我眞是走在時代的最先端。」

那是一家立食餐廳，卻提供道地的義大利料理。

「就是這一點有趣，吸引藝人上門採訪。在電視上頂多播出三分鐘，但我爸偶然看到那個節目，才會來找我。」

——相澤先生，有位老先生紅著眼睛待在大樓門口，長得跟你很像。

「隔壁店家的人來告訴我，我想著『不會吧』，出去一看，居然眞的是我爸。哎，幸好我們父子長得實在太像，即使暌違三十年，仍一眼就認出來。我爸那張臉，好似鏡子裡變老的我。」

當時，父親武藤寬二是六十七歲，兒子相澤幸司即將步入四十大關。

「我立刻向伸江介紹爸爸，開始往來。那時他住在位於大森的公寓，在附近超市當停車場指揮人員。」

——沒想到住得這麼近。

「起先我爸非常客氣。當然，不管是對伸江或我都一樣。不過，我想快點和爸爸住在一起，伸江也明白我的心情。」

離婚後，寬二先生前往東京，輾轉在與相澤有限公司類似的機器零件公司或工廠任職，一直工作到六十歲。他沒再婚，退休後便做起計時人員。

「他說有年金，足夠老頭子一個人生活。」

二〇〇三年，相澤先生遷移到現今的店面，二〇〇五年在埼玉縣和光市蓋起自己的房子。他們說服寬二先生搬來一起住。

「我爸性格老實，但內子仍有所顧慮，生活上難免發生磨擦。內子付出許多，我非常感激。」

相澤先生的表情，第一次打心底變得明亮柔和。

「如今，愈來愈多的年輕人因爲家庭的關係犯罪，每次看到報導都感到切身之痛。只要一個差錯，我也可能步入歧途。」

是伸江救了我，他繼續道。

「內子是我高中同學的妹妹。我十六歲認識她，一直交往到結婚。」

仲江一家感情極好，相澤先生透過她，首度體會到家庭的溫暖。

「多虧內子，我才能擁有家庭。她讓我瞭解家人在一起的喜悅。所以，希望我爸能體會到那樣的幸福，哪怕只有一點也好。」

這沒必要記下來，我默默望著他。

「不過，杉村先生，至今我仍無法原諒母親他們的殘忍。」

相澤先生的語氣轉為嚴峻。

「我也曾明白地告訴爸爸，聽完他哭了。」

——是我不好，害你這麼寂寞、吃這麼多不必要的苦，都怪我太沒用。

「我爸說：一開始就不應該結婚，你媽那時還是個孩子，不明白結婚生子、繼承家業是怎麼回事。」

——只要我拒絕，逃走就好，但我心生貪念，妄想和小姐結婚，往後就能變成工廠的老闆。

「我爸還在替母親講話。善良到這種地步，我都不禁可憐起他。」

相澤先生的語氣苦澀到不行。

「但看到他哭著這麼說，我總覺得氣消了。」

相澤先生聳聳肩，再度苦笑。

「我和爸爸之間，過往的事從此一筆勾消。然而，我依舊無法原諒母親。」

無法壓抑的憤怒，令他的目光陰沉。

「連身為兒子的我都忿忿不平，身為遭到背叛的丈夫、被逐出家門的女婿，我爸當時不曉得多不甘心。可是，他卻壓抑著這些念頭，硬逼自己忍下來，繼續過日子。」

萬一長久的忍耐，忽然鬼迷心竅般爆發？

「我不是懷疑，只是認爲就算眞的發生過我爸告白的那種事，也無法苛責。」

所以我才害怕，相澤先生解釋。

「昭和五十年，已是三十五年前，但對當時的我爸來說，被趕出相澤家僅僅五年。」

不是人生劇變已過五年，而是僅僅五年。是在枯萎、變成溫和的老人更久以前，正值盛年的四十二歲。

「或許是我胡思亂想，不過，我爸一時氣昏頭殺害的女人，搞不好很像母親。正因能理解我爸心中的痛，我既傷心又難過，而且害怕。」

我停頓一下，「喀嚓」一聲按回原子筆的筆尖：

「我知道了。」

相澤先生一震，抬頭看我。

「我接受委託。這代表從此刻起，你的擔憂全交到我的手中。」

相澤先生注視我半晌，不久後垂下肩膀。「嗯，交給你了。」

「要查到令尊與你重逢前的住處，需要住民票（註）和戶籍謄本。他已逝世，恐怕都註銷了，不過有這些資料，可以更快、更確實地查出。我想拜託你申請這些資料。」

「好的，我會立刻處理。」

我環顧室內，「你一個人來整理嗎？」

「咦？對，內子要顧店。」

他看看手表，有些慌張：

「她想來幫忙，但我擔心自己會哭，讓我獨處比較好。」

這想必也是一段溫馨的對話吧。

將相澤先生留在二〇三室，下樓途中，我在樓梯平台深呼吸。過去的我，也有部分是「遭到背叛的丈夫」、「被逐出家門的女婿」。不是完全，僅僅是部分。所以，只要深呼吸，便能平復內心的波瀾。

柿沼經理的辦公室在一樓事務所的深處。放置電腦的辦公桌前，設有簡單的會客區。

「怎麼樣？要不要找見山小姐過來？還是要分開，證詞才不會互相影響？」

「不需要這麼嚴格，兩位一起吧。清潔人員的羽崎新太郎先生……」

「他今天休假。」

柿沼經理撥打內線電話，約五分鐘後，見山看護走進辦公室。令人感激的是，她還端來放有咖啡的托盤。

「恰巧是休息時間。」

見山看護約三十五歲，留著短髮，看起來個性活潑。

「我和看護人員會提交日報，可從紀錄上確認何時發生什麼事。」

柿沼經理啓動桌上的電腦。「日報也是用電腦記錄呢。」我說。

根據見山看護的日報，武藤寛二先生第一次「告白」，是去年十一月九日星期二，用過午飯

註：日本各地由市町村製作的居民資料文件，以個人爲單位，有編號、姓名、生日等資料。

後。

「這天，武藤先生不是在餐廳用餐，而是在房間。早上量體溫時他有點發燒，我協助他進食，一直陪他到服下飯後的藥。」

當時房裡一樣開著電視，寬二先生在看白天的綜合新聞節目。

「節目裡提到，東京都內一名年輕女子遭到殺害。」

——眞可怕。見山小姐是女性，看到這類報導，一定比我害怕。畢竟世上有許多壞男人。

——是啊，我得多加小心。

——再怎麼小心，一旦遇上沒良心的傢伙，想跑都沒地方跑。

——咦，別說這麼嚇人的話。

——可是，沒良心的人，天生就沒良心。會幹出這種事的人，只要一把火上來，就會變了個人。我很清楚。

——咦，你很清楚？

——嗯，我有經驗。講這種話，見山小姐恐怕會討厭我。其實，我挺沒良心的。

見山看護回溯記憶，露出困擾的苦笑。

「那時我笑著敷衍過去：咦，今天寬哥怎麼啦？淨說些可怕的話。」

「寬哥？」

「對，我們看護人員都這麼稱呼他。武藤先生說，這是他年輕時的綽號，喜歡我們這麼喊。」

「我叫他寬二先生。」柿沼經理出聲。

「原來如此。日報上，怎麼記錄這段對話？」

柿沼經理看著電腦螢幕念出：「『午餐時，武藤先生情緒有些低落，說自己是沒良心的人。下午三點量體溫，體溫恢復正常。』」

這時，柿沼經理和見山看護，都沒怎麼把寬二先生的發言放在心上。

「老人家偶爾會想起往昔的事，突然發脾氣，或覺得自己的人生很失敗，陷入沮喪。」

「那眞的都是本人的體驗嗎？」

經理和看護對望一眼。

「幾乎都是。」見山看護回答。「不過，有時會把不是自己的經歷，當成親身體驗。」

柿沼經理點點頭，「比方，某個人的母親吃了很多苦，那個人便想著『啊，媽這輩子過得實在太苦了』，然後像自己的事一樣心痛不已，向別人訴說。不是故意撒謊，也不是編造的。」

「這要怎麼確定？」

「我們不會逐一確認眞假，但大部分的情況，自然而然就會知道。」

第二次發生在十一月十八日，這次是柿沼經理聽到寬二先生傾訴。

「寬二先生在三樓的復健室接受腳部溫熱療法時，我巡視經過。」

腳部的溫熱療法，是使用具備與足浴相同效果的機器來溫暖雙腳。

「療程約二十分鐘，所以我坐到他旁邊閒聊一下……」

寬二先生表示，這陣子他夜裡都睡不好。

「他會夢見以前的事，於是我問他是怎樣的夢？」

——以前我幹過大逆不道的事，死人才會入夢來找我。

「他說得一本正經，但語氣平淡，態度也相當平靜。」

——你一定受到不小的驚嚇吧。
——畢竟我幹了壞事，自作自受啊。
——你幹了什麼壞事？
——唯獨這件事，連對經理也不能透露。就是這麼壞的事。
這個時候，他也說「我是沒良心的人」。
「我寫在日報裡。當時，我和寬二先生的主治醫生討論過。」
寬二先生在安養院合作的醫院血液循環科看診。
「而且，他可能需要安眠藥。」
「血壓也偏高。」見山看護插話。「即使服用降血壓藥，血壓也降不下來。」
「對對對，我們很擔心，在想是不是該換個藥。」
寬二先生接受主治醫生的診察。
「但本人表示，沒特別不舒服的地方。醫生認爲，與其說是身體不適，更可能是心理造成的問題，或許有什麼事讓武藤先生心情緊張，連帶影響到血壓。」
「有什麼讓他緊張的事，是嗎？」
「對，像是和院友或工作人員吵架。簡單地說，就是情感上的問題。」
「有嗎？」
「我們完全沒注意到類似的情形，所以……」
可能是「告白」引發的疑慮並未消失。
見山看護點點頭，「接下來是十二月後，我在日報上寫的是……」

「二日和八日。」柿沼經理捲動電腦畫面。「然後，二日再次提起時，寬二先生第一次提及具體內容，說是昭和五十年八月的事。」

當時，見山看護在協助他用早餐。

「我一時弄不清那是多久以前，拿紙筆計算，才曉得是三十五年前的事。」

——那麼久以前啦……

「他百感交集地說著。」

——可是，見山小姐，如今殺人沒有時效了吧？

「我不清楚，於是應道：咦，這樣嗎？」

——命案沒有時效，一旦殺人，只能一輩子逃亡。

「真是如此嗎？」柿沼經理問。

我點點頭，「是的。去年四月，修訂後的刑事訴訟法生效，廢除殺人等重大刑案的公訴時效。」

「不過，那適用於法律公布後的案子吧？」

「假如尚未到達時效，基本上過去的案子也適用於新法。」

經理和看護又是一陣驚訝。

「寬哥居然知道這種事。」

「畢竟他看的新聞比我們多。」

然後，寬二先生這麼說：

——那是昭和五十年八月的某一天，悶熱得要命。就算靜靜坐著，也熱到腦袋發昏，才會被怪東西纏上吧。

「內容逐漸變得具體，我有些害怕，頭一次主動問：寬哥，到底發生什麼事？」

——還什麼事，就殺了個年輕小姐啊。眞是太殘忍啦。沒良心的人才幹得出這種事。

——凶手抓到了嗎？

——沒有，沒良心的人是抓不到的。

——太可怕了，是在哪裡發生的？

——當時我住在東京的城東區。在附近鬧出那樣的事，我眞的很過意不去。

然後，他反覆說著「凶手沒抓到」、「沒良心的人必須躲躲藏藏一輩子」。

寬二先生並未明講「沒良心的人」就是自己、他就是凶手，卻如此暗示。

「聽到這裡，我不禁覺得可能不是單純的記憶混亂。」見山看護掩住嘴巴。「我和經理討論，是不是應該和家人——相澤先生商量？沒想到……再下一次是八日吧？」

柿沼經理看了看日報，「對，這天見山小姐協助寬二先生入浴。」

「入浴結束，換好衣服，我推著輪椅送寬哥回房，寬哥突然開口。」

——上次說那些話，嚇到妳了，對不起。不過，我會看人說話，妳不用擔心。

我將這段發言一字不差地記下。會看人說話？

「寬哥一副歉疚的神情，接連向我說兩次『對不起』。」

「所以，我們想再觀察一陣子，磨磨蹭蹭一直沒解決，最後是相澤先生來找我們。」

那是十二月十六日。

「除了兩位和相澤先生以外，其他工作人員知道嗎？」

「沒有。」柿沼先生立刻回答。「啊，相澤先生來找我後，我和羽崎談過一次，其他員工都不知情。如果有什麼異狀，應該會向我報告，這是可以確定的。」

避免打草驚蛇，柿沼經理沒詢問其他員工。

「我也一樣。」見山看護附和。

「寬二先生不是只有見山小姐一個人照顧吧？」

「當然。我們會排班表，起碼有三名看護輪流。不過，我和寬哥感情最好。」

「你們十分親近呢。」

「寬哥是好人。」見山看護充滿活力的圓臉籠上陰影。「他突然走掉，實在令人寂寞。」

是啊——柿沼經理低喃。

「明天能見到清潔人員的羽崎先生嗎？」

「可以，他上早班，七點就會來上班。」

「我會盡量迅速談完，還請多多包涵。」

「我會再陪同。」柿沼經理應道。

「麻煩了。不過，聽起來，武藤寬二先生思路相當清晰。」

「是啊，他腦袋非常清楚。」見山看護強調。「他僅有身體狀況差，思緒清明。只要他想下將棋，一定還是很厲害。」

她與武藤寬二感情好應該不是謊言，語氣十分誠懇。

「這樣一來，他的這番『告白』，想必有些道理或依據。」

我漸漸認為，這不是記憶混亂，或現實與虛構故事混淆。兩人也有相同想法，才會感到困惑。

「這……會嗎？」

見山看護神色消沉。

「唔，牽扯到記憶，是心理上的問題吧？有些事唯有本人才知道，妳不必這麼認眞煩惱。」

柿沼先生開朗地安慰她。

「這次的調查也一樣，只要相澤先生心情上能接受就行。杉村先生，對不對？」

「大概吧。」我避免明確回答。「剛剛在樓上聽相澤先生談起往事，寬二先生年輕時離婚，和兒子分開很長一段時間，吃過不少苦。」

「寬二先生曾是入贅女婿呢。他逝世後，聽相澤先生提到這些事，我們都很驚訝。」

「寬二先生主動談過相澤家，或埋怨相澤家嗎？」

沒有，兩人異口同聲。

「寬二先生想法相當正面，從來不會向別人埋怨。」

「我也只聽寬哥說，多虧電視才能和兒子重逢……」

「兩位平常都和寬二先生聊什麼？」

柿沼經理微微偏頭，望向見山看護：

「聊什麼……但他並不是健談的人。」

「嗯、嗯。」見山看護點頭附和：

「我們照顧的長輩中，有些渴望交談，一打開話匣子就停不下，寬哥不是那樣的人。」

「他沉默寡言嗎？」

「算是普通，跟他聊天頗愉快。」

「我不懂將棋，不過他會和名叫佐佐木的男看護聊將棋。」

「他喜歡高中棒球。」見山看護似乎突然想起，「也常看電視的相撲轉播。」

「他提過以前的工作嗎？」

柿沼經理交抱雙臂，「寬二先生以前是工程師。」

見山看護噗哧一笑，「有一次柿沼經理這麼說，引來寬哥取笑吧？」

「是嗎？」

「寬哥是傳統的師傅啦。他說在當師傅的期間，是很棒的時代，這個國家的製造業相當興旺，不愁沒工作。」

「他是做機器零件的吧？」

「應該沒錯。他退休後，好幾年指甲都是全黑，怎麼也弄不乾淨。大概是機油滲進去。」

「他曾待在日產汽車（ＮＩＳＳＡＮ）吧？」

「那是三樓的小山先生。寬哥告訴我，他在造船公司做了滿久的。喏，現在是叫ＩＨＩ嗎？」

約莫是指石川島播磨重工業。

「不過，寬哥待的是下游承包商的小鎮工廠，不是大企業的員工。」

「妳記憶力眞強。」柿沼經理搔搔鼻頭。「我實在不行，一堆人說的事都混在一起。」

兩人和樂融融地笑著。

「這樣啊。抱歉占用你們的時間，最後我再問個問題。」

雖然可能會破壞難得的溫馨氣氛，但不能不問。

「只是愼重起見，希望不會冒犯到你們。武藤寬二先生的死因，有沒有任何可疑的地方？」

柿沼經理純粹是嚇一跳，見山看護似乎不明白問題的意思。

「可疑？」她反問。

「完全沒有。」柿沼經理回答。「他坐在餐廳的桌旁，等晚飯上桌，突然心臟病發作。當時我在場，立刻進行急救，並叫救護車，還是來不及。」

是病逝，柿沼經理說。「毫無疑點。」

他的語氣已沒先前溫和。

「原來『可疑』是這個意思？」見山看護總算理解，目光轉爲銳利。「你懷疑院裡有人害死寬哥嗎？」

「別生氣。喏，杉村先生也強調，只是愼重起見，問問而已。」

對幫忙打圓場的柿沼經理有些過意不去，但我接著問：「有沒有可能是自殺？畢竟是在那樣的『告白』後發生的。」

——我滿沒良心的。

「自殺！怎麼可能？」見山看護驚呼，臉色大變。「別人也就算了，寬哥絕不可能這麼做。」

見山小姐、見山小姐……柿沼經理試圖安撫。

然而，她非常激動：

「我們絕不會讓入住的長輩自殺。他們不會的。這是我們的職責。」

我明白了——我應一聲，結束話題。道別離開之際，見山看護仍滿臉怒容。

入口門廳的大窗外，大雪又變回雨水。這場冰雨，十分適合向溫柔的人們投以冷酷質問的偵探。我在冰雨中打開傘。

3

我必須查證兩起案件。第一起，當然是昭和五十年八月的女子遇害案；另一起，是疑似觸發寬二先生「告白」的，去年十一月的年輕女子命案。

這種時候，如果是昔日的偵探，應該會前往圖書館，打開報紙合訂本。現代的偵探則是坐在電腦前，搜尋幾家新聞網站。

去年十一月的命案，我很快找到相關報導。九日星期二清晨六點左右，有人在東京都板橋區一座運動公園內，發現一具遭到勒斃的女屍，一身慢跑打扮。第一發現者是鄰近住戶、清晨去慢跑的夫妻。遺體在公園內慢跑路線旁的灌木叢中，仰躺在地。

警方迅速查出身分。由於被害人愛好慢跑，與發現遺體的夫妻相熟。死者是住在現場附近單房公寓的服飾公司員工，高室成美，二十三歲。她一個人住，不過前晚十點半左右，與朋友傳簡訊聊天時提到「我出門慢跑一下」。推測是後來離開公寓前往運動公園，在慢跑道上遭受攻擊。現場清楚留下掙扎推擠的痕跡。死者在與凶手扭打的過程中流鼻血，灌木叢的葉子驗出斑斑血跡。由於查明是死者的血液，攻擊與殺害地點應該就是此處。

死者並未遭到性侵，但衣著凌亂。運動衣和短褲被褪下，底下的緊身褲拉到膝蓋處。襪子和運動鞋還穿著，手套、護目鏡和帽子掉落在草叢裡，只有運動毛巾不知爲何整齊疊成三折，放在遺體旁的地上。

凶器是她攜帶的iPod耳機線，在她的脖子纏繞三圈，深深陷進皮膚。

據說，高室習慣下班回家後，每週在公園夜跑兩、三次。朋友好幾次勸她，女生獨自在陰暗的公園慢跑很危險，但她說：

——晚上跑一跑比較好睡。

她表示會提高警戒，不必擔心。實際上，除了iPod以外，她還帶著防身警報器，可惜沒能派上用場。

十一月九日中午，見山看護協助用餐時，寬二先生在電視上看到的應該就是這起命案的報導。這是年輕女子慘遭殺害的悲慘案件，而且剛發現「熱騰騰」的遺體，白天的綜合新聞節目想必會當成頭條處理。以報紙來比喻，相當於占據頭版。

然後，寬二先生對見山看護說：世上有許多壞男人。

這起發生在運動公園的命案，明顯是性犯罪。雖然詳情不明，但認定凶手是男性也不奇怪。寬二先生說，身爲女性的見山小姐應該會感到害怕，算是一般的反應。不過，這種情況下的「一般」意義重大，表示寬二先生的記憶並未模糊，而且情緒平靜，甚至會替親近的看護人員擔心。

命案報導持續幾天，暫時歸於沉靜，但到了十一月十五日，警方查到一個監視器畫面，又引發話題。現場附近全是民宅，沒有超商，找到的影像也是設置在民宅玄關的監視器拍到的。這戶人家，位在被害人從住處前往運動公園的路線正中間。

案發當晚的十點四十二分，被害人一身慢跑打扮，戴著鴨舌帽，擺動雙手，轉著脖子，悠哉走過監視器鏡頭。錄影畫質不錯，但由於鏡頭的角度，看不清楚她的臉。

約二十秒後，同樣從畫面右邊至左邊，一名戴黑毛線帽、穿黑夾克的男子騎自行車經過。幾乎看不到男子的臉，但既不顯得匆忙，也沒可疑之處。

然而，約四十分鐘後的影片中，戴黑毛線帽、穿黑夾克的男子，匆匆騎著自行車，從左往右邊通過。

從右至左，是前往運動公園的「去程」，相反則是「回程」。

理所當然，戴黑毛線帽的自行車男子嫌疑重大，媒體也大篇幅報導，徵求相關情報。監視畫面中，沒有馬路護欄等可供對比的景物，但被害人身高一六二公分，推估男子身高約一七〇公分，年齡二十到三十歲，自行車款式普通，但仔細分析後，發現前輪有白色污漬。

後續報導到此爲止。那麼，十二月十六日，寬二先生向兒子「告白」時，「神情可怕地瞪著」的電視在播些什麼？

謎底很快查出。這天，被害人高室的父母召開記者會，懸賞一百萬圓，給提供案件情報的人。下午的兩個綜合新聞節目報導這場記者會，還從案發的運動公園連線，回顧整起案情。寬二先生看了這個節目，說出「會幹出這種事的人……」這句話。

後來調查沒有進展。監視器的自行車男僅是可疑的嫌犯，未能查出身分。線索只有那段影片，案情遲早會陷入膠著。穿上類似的服裝，感覺我也符合影片中的人物特徵。

不論凶手是一開始就盯上高室成美，或碰巧在路上看中，應該都十分熟悉附近的環境。由於沒查到可疑的車輛，推測凶手是徒步或騎自行車到現場。從這一點來看，自行車男確實具備頭號嫌犯的資格。

被害人似乎遭到凶手毆打，流了鼻血。右眼周瘀血，鼻梁右側和右眼下顴骨突出的地方，有一眼即可辨識的擦傷。行凶之際，凶手應該戴著粗糙的手套，因而造成擦傷。另外，從凶手毆打被害人的右臉判斷，很可能是左撇子。這一點在報導中也反覆提及。

戴黑毛線帽的自行車男，在監視器畫面中沒戴手套。十一月九日還不夠冷，即使是夜裡，戴手套禦寒仍會顯得不自然。如果是工作手套，除非身上的服裝符合，否則一樣突兀，容易引起注意。不管凶手是自行車男或別人，應該都是攜帶手套，犯案前才戴上。

這一點讓人懷疑是預謀犯案，但凶器是被害人身上的耳機線，又似乎是一時情急，抓起手邊的物品使用。歹徒原本是意圖強暴，並無殺人的打算，因此遭到女子反抗，慌了手腳。爲了制服被害人，歹徒失手殺人，畏怯之餘，儘管褪下被害人衣物，卻無法達成一開始的目的，逃離現場——會是這樣嗎？

可是，爲何要將運動毛巾疊成三折，擺在被害人身旁？

我在電腦前撐著臉頰尋思，一旁的智慧型手機響起。是「侘助」的老闆。

「喂，杉村先生嗎？」

由於我沒回簡訊，他直接打來。

「今晚的定食是俄羅斯酸奶牛肉，你要吃嗎？」

「要。」

還附奶油番紅花飯喔，老闆補充。

「老闆，什麼情況下，會把運動毛巾折疊放在地上？」

老闆沉默片刻，回答：

「毛巾放在地上？不是鋪在地上嗎？」

「如果不是攤開，而是疊成三折，是要做什麼？」

「一樣啊，折疊起來，坐在上面。換成是我，就會這麼做。」

通話結束。坐在上面？總覺得不適合這起命案的現場狀況。

雖然有些掛心，但也不能淨是執著於這一點。在我眼中，另一起命案才是正題。

昭和時期的案件，尤其是戰後的案子，相關紀錄和報導十分豐富，其中大部分都數位化，上傳到網路，因此和去年十一月的案子一樣，先透過搜尋引擎找線索就行。我暫時離席，煮熱水沖泡即溶咖啡，然後拿著馬克杯，直接打電話給「蠣殼辦公室」的某位人士。鈴響三聲，對方就接起。

「我在睡覺……」

「抱歉。小木，我是杉村。」

木田光彥，二十六歲。他是「蠣殼辦公室」的兼職員工，但不知為何，不論什麼時候打電話，他總在辦公室，幾乎形同定居。他負責調查工作，主戰場是網路汪洋。他嚴重運動不足，虛弱到挪開辦公桌上堆積的文件都可能閃到腰，在網路汪洋中卻是一名悍將。據他本人聲稱：「我是無敵海賊王的手下，大概名列三號隊長。」

「我三十八小時沒睡耶。」小木哀嘆。「杉村先生真的跟我犯沖，每次都在我睡覺時打來。」

「抱歉，我想拜託你查件事。」

「你查要花三天，但交給我只要三十分鐘的差事，是吧？那算你三萬就好。」

我都叫他小木（第一次見面時，本人如此要求），不過認識他的人幾乎都叫他key——keyboard的key，而且他的嗓音尖銳。

我簡短說明委託內容。

「發生在昭和五十年八月，未偵破的殺人懸案？」

小木尖聲反問。

「對，被害人是年輕女子。這個『年輕』，範圍可以放寬一點。」
「地點在哪裡？」
「自稱與那起案件有關的人，」我避免使用「凶手」這個字眼，「當時住在東京城東區，他說『發生在附近』。」
「那樣一來，杉村先生，不用查我也知道。城東區不必說，整個東京都內，昭和五十年夏天都沒有那種未偵破的懸案。」
「你記得？」
「當時我還沒出生好嗎？我不是記得，是知道。」
我對懸案特別有一套啦，小木解釋。
「我明白了。不過，還是請你大略調查一下。」
「我才不會做什麼大略調查，只會精準、執拗、綿密地調查。」
小木雖然能幹，但很愛碎碎念。
去「侘助」吃過晚飯回來一看，已收到調查報告。小木愛碎碎念，但真的非常能幹。
有兩個大型檔案，內容是報紙和週刊的報導，及類似「刑案史」的資料摘錄，也有照片。
「我找到兩起案子，不過凶手都落網了。」
一起是昭和五十年八月三日，東京都中野區的四十八歲主婦三田榮子，在自家遭到刺殺的命案。一週後，警方逮捕她的小叔。疑似是金錢糾紛引發殺機。
另一起發生在八月十六日，城東區三角町某貨運公司倉庫，有人發現該公司的女職員陳屍其中。被害人名叫田中弓子，二十三歲，遭到性侵後勒斃。

這起案子很快偵破。兩天後的十八日，同一家貨運公司的二十歲員工茅野次郎，在朋友陪同下，前往城東警署的特別專案小組自首，坦承犯行，當場逮捕。盂蘭盆節連假期間，茅野在辦公室見到被害人，遂而行凶。

報紙社會版的報導簡略，但小木找到的晚報報導詳盡一些。田中因住得近，假日有時會到公司，餵食辦公室裡養的金魚。這天，她出門前跟家人說「我去一下辦公室」。遺體是在倉庫找到的，但行凶現場是辦公室，而且有翻找值錢物品的痕跡。因此，當初認為田中可能是遇上行竊的小偷，才會慘遭橫禍。實際上，下手的是她的同事。

據說，田中是吉永貨運的招牌小妹，非常受歡迎。茅野從以前就愛慕著田中，案發半個月前要求交往卻遭到拒絕，但他並未死心。出事的十六日當天，「我想再跟她談談」，於是守在辦公室等她來餵金魚，沒想到反遭田中唾罵「你煩不煩」、「噁心」，「我一時腦門充血，鑄下大錯」——茅野如此供稱。

我在電腦前一個哆嗦。昭和五十年八月的命案，被害人是年輕女子，凶手是男性，「一時腦門充血，鑄下大錯」。

案情概要與這樣的供詞，都符合寬二先生的「告白」。

茅野次郎的照片，報上的畫質粗糙，看不清長相。週刊誌的彩照應該是移送檢方的場面，在兩名刑警左右包夾下，他坐在警車後座，垂著頭，蜷著背。然而，這張彩照也只看得出理了個大平頭。

下一份檔案，小木附上這樣的說明：

「你提到的未偵破懸案，也可解釋為嫌犯在法庭上否認行凶、聲稱自己是冤枉的，所以順便附上審理資料。」

是兩起案子的審判相關資訊。中野區的案子，我草草瀏覽過去。我關注的是城東區三角町的案子。

遭到逮捕後，經過半年的首次開庭，檢方依強姦殺人罪嫌起訴茅野次郎，求刑十五年。律師展開辯論，主張被告並無殺意，他會自首，就是深具悔意的緣故。此外，犯案的三週前，被告剛過二十歲生日，應該援用《少年法》的規定。

不愧是小木，這場審判的報導，引自法律雜誌《判例研究》。昭和五十三年六月發行，總卷第一二五期。附帶一提，這期雜誌會提到「貨運公司職員命案」，是因爲一二五期是針對「《少年法》的援用是否恰當」的特集。

或許是律師的辯論說服力十足，判決是強姦致死罪，處十年徒刑。茅野次郎沒上訴，入獄服刑。

這起案子在司法上的處理完全結束。

如果相信小木的記憶力（及死纏爛打的執著），寬二先生「告白」的案子，只可能是吉永貨運的命案。然而，最關鍵的凶手已落網，案件偵破，這部分與「告白」不符。

我又在電腦前撐著臉頰，自言自語：「眞奇怪……」

——哪裡奇怪？

沒人反問我。

離婚後經過整整兩年，我已習慣。武藤寬二花了幾年才習慣？習慣這種眞正孤單一人、自言自語的淒涼。

4

「花籠安養院」的清潔人員，上午特別忙碌。我聯絡柿沼經理約了九點，但一直等到十點多。原本要陪同的柿沼經理有急事，不久就離開，最後我在他的辦公室，和青年羽崎面對面。

羽崎穿淡藍色全套工作服，腳上是橡膠底的便鞋，頭髮理得很短，鬍子也刮得相當乾淨，沒打耳洞。身高約一七〇公分，偏瘦，差不多二十歲出頭。

「抱歉打擾你工作，請坐。」

羽崎僵硬地坐到沙發邊緣。

「別緊張，只是請教幾個問題。」我笑道。

青年抹抹人中，小聲說：「我很少進來。」

「你不負責這裡的打掃工作嗎？」

青年縮著肩膀點點頭，又抹了抹人中，也許是他的習慣。他的指甲剪得頗短。

「只有挨罵時，柿沼經理才會找我過來。」

「這樣啊……柿沼先生很嚴格嗎？」

「如果接到客訴，他也只能罵我們。」

「明明打掃得這麼乾淨，真的會有人抱怨嗎？」

「唔，很多啦。」

不是冷漠粗魯，他應該是害羞，也像不習慣與人交談。

「那麼，進入正題。關於之前住在二〇三室的武藤寬二先生……」

我提出來意。羽崎低著頭，音量不大，但仍好好地回答。

去年十二月十六日的事，他還記得，不過主要是打掃完畢要離開二〇三室時，相澤先生叮囑他不要亂講話。

「他叫我別放在心上，可是我不懂他在指什麼。」

「你在打掃時，沒聽到相澤先生和武藤寬二先生的交談內容嗎？」

「上頭交代我們要把耳朵關起來。」

「柿沼經理交代的？」

「主任交代的，清潔主任。」

「因爲入住者和訪客的對話是隱私？」

他低下頭似地點點頭：

「有些人會生氣，怪我們偷聽。」

「哦，這樣啊……眞的很辛苦。」

他沉默不語。

「武藤寬二先生是怎樣的人？」

「他……」羽崎吸了吸鼻涕，「他不會囉嗦。」

「他跟你說過什麼嗎？」

「打掃時我們不會聊天。」

「那麼，不只是和武藤先生，你們清潔人員和入住者或訪客——」

他打斷我的話：

「完全不熟。」

他第一次直視我，然而，我卻不曉得他在看哪裡，也許是他顯得浮躁不安的緣故。那穿著便鞋的腳尖動個不停。

「好。這樣就可以了，謝謝你。」

羽崎很快站起，剛要轉向門口，又猶豫地望著我。

「聽說……你是偵探？」

「是的。」

「你在調查什麼？武藤先生做過什麼事，是嗎？」

我擺出笑容，「這你不用在意。不好意思，占用你的時間。」

我打開辦公室的門，目送羽崎離去。他推著放在走廊角落的清潔用具推車，步向大廳。今天北風一樣寒冷，但天空一反昨日，一片晴朗。大廳也有職員的身影。羽崎縮著身體，快步經過他們旁邊。

我忽然想起，昨天上二樓時行經的陰冷樓梯間，也就是這家安養院的後台。跟羽崎的身分一樣，不會出現在舞台上。他們努力維持安養院的清潔與舒適，卻彷彿不存在於這裡。

我回到事務所，處理必須先解決的雜務，下午一點多，玄關門鈴響起。門口是一名少年，穿紅色羽絨衣搭牛仔褲，右手提著紙袋。

「杉村先生嗎？」

個頭小，五官像女兒節娃娃般端正。

「對。抱歉，你是哪位？」

「我是相澤。」少年回答：「爸爸派我來的。」

委託調查的事，不是瞞著家人嗎？

少年提起紙袋：

「這是我爺爺的相關文件，裡面有爸爸給你的信。」

「這樣啊，謝謝。」

我接過紙袋。

「我可以進去嗎？」少年問。

他的鼻頭都凍紅了。

「啊，請進。」

我請他進屋，打開紙袋。相澤先生的信是一張便條，潦草寫著大大的字。

「被我小兒子發現了。他叫幹生，讀高一。他想見你，所以我派他過去。辦完差事，請立刻打發他回來，麻煩你了。」

抬頭一看，我對上相澤幹生的視線。

「爸爸和媽媽都忙得要命。」

「店裡生意很好呢。」

少年歪著頭，「你來過我們家的餐廳嗎？」

「沒有，可是聽常客提過，也看過美食雜誌上的介紹。」

「這樣啊。」

幹生脫下羽絨外套，底下只穿一件長袖T恤。身材瘦小，長相和體格約莫都遺傳自母親。他在事務所的會客區沙發坐下，觀察起室內。

「呃，你今天不用上學嗎？」

「學校放假。」

見我沒回話，他停止東張西望，看著我補上一句：

「創校紀念日。」

既然父親派他來，應該是眞的。

「紙袋，請看看裡面。」

「咦？啊，也是。」

紙袋裡裝著一本薄薄的相簿，及一個透明文件夾，收著各種影本：戶籍謄本、住民票、駕照和健保卡、年金手冊記載姓名和基礎年金編號的一頁。

「這是以前留下的吧？」

這些是武藤寬二在世時的文件影本。謄本類的日期，大多是前年的二月或三月。

「爺爺搬去安養院時需要辦手續，所以申請各種文件。」

「爲什麼影印起來？」

「之後就曉得交過哪些文件。」

相當周全的作法。相澤先生應該是想到，我的調查只需要影本就足夠，可省下跑機關申請的時間。我立刻著手確定實際上是否如此。

二〇〇五年，武藤寬二搬到埼玉縣和光市，與兒子相澤先生同住，住民票隨之轉移。相澤先生提過，父親以前住在大田區大森的公寓，符合住民票上的紀錄。搬遷前的住址是，大森四丁目二之五之一〇五。

要再追溯二十年前的事，必須取得更早的住民票紀錄，但看過戶籍謄本的影本，我就知道不必麻煩了。

一九七〇年（昭和四十五年）一月寬二先生離婚，脫離相澤家的戶籍後，戶籍暫時遷回栃木的老家，隔年四月又遷出。本籍雖然可任意設在本人希望的地方，但一般都是設在出生地或居住地。寬二先生應該是得知老家的人都已離散，便前往東京，找到工作和住處，安頓下來，才遷移本籍。東京都城東區春川町二丁目三號。我拿出地圖對照，春川町就在發生職員命案的三角町隔壁。

「私家偵探不需要執照嗎？」

幹生檢查完室內，似乎準備檢查我。

「沒有國家考試。」

「我也沒看到你掛出執照或資格證書。即使是我，也能自稱私家偵探嗎？」

「未成年不行。」

「校內偵探呢？」

「跟學生會長一樣，要先候補，經過選舉才能當吧。」

幹生冷哼一聲。聽不出是瞧不起學生會長、選舉，還是我的回答。

「謝謝，辛苦你跑一趟。」

他沒要起身的樣子。

「難得學校放假，怎麼不出去玩？」

「你在調查我爺爺的什麼事？」
「你怎麼曉得令尊委託我調查？」
「我爸講電話時，聲音大得要命。」
我不禁笑道：「這樣啊。不過，你只曉得是『爺爺的事』，卻不曉得詳情。」
「我有點渴。」
「要喝咖啡，還是日本茶？」
相澤幹生揚起一邊嘴角，壞心地笑：「我想喝可可。」
雖然很神奇，但家裡居然有。上週末，前妻帶女兒過來，我急忙跑去買。
五分鐘後，幹生喝一口我（禮數周到地）以客用茶杯奉上的熱可可，嫌難喝般伸舌：「粉粉的。」
「不巧沒牛奶了。」
我打開寬二先生留下的相簿。第一頁夾著相澤先生的便條：
「這是我爸的照片，他過年回家的時候拍的。遺照就是這張。」
背景約莫是相澤家的客廳。大花瓶裡插著松枝、草珊瑚和葉牡丹，充滿新年的氣息，寬二先生和相澤先生並坐在前面。眞是一對極爲相像的父子。寬二先生眼眶有些泛紅，露出溫和的笑容。
「我可以幫忙。」幹生開口。
我大吃一驚，但沒表現出來。
「要調查我爺爺的事，有親人幫忙比較快吧？」
我沒回話，翻著相簿。大部分是搬進兒子家後的照片，只有前面幾張是往昔的照片。獨居男人少有機會拍照入鏡。

四十多歲的寬二先生、五十多歲的寬二先生、六十多歲的寬二先生。某些宴會場合、旅行出遊的地點、工作場所、工廠拉下的鐵門前。比較稀罕的一張，是寬二先生背對小神社的鳥居佇立，年紀比現在的相澤先生大。只有一張是褪成黃色的黑白照，穿日式圍裙的女子，抱著襁褓中的嬰兒。這也是寬二先生吧。從親人離散的老家傳到他手中，碩果僅存的一張過去。

相片中沒任何可確認案發地點的線索，直接調查城東區春川町和三角町比較快。

幹生焦急地提高嗓音：「我說要幫忙，你沒聽到嗎？」

我抬起頭，「如同你看到的，這是個人事務所，沒錢僱助手。」

「我可以當義工。」

「這裡不需要外行人。」

「明明你也沒執照。」

這個少年真的很會酸人。

「居然派你過來，看來令尊對這件事，並沒有我想像中重視。」

「家父非常重視。」

也很會學人口舌。

「我說要向媽媽告狀，爸爸拗不過我，才讓我過來。」

「你都這樣威脅父母嗎？」

「有時候，不這麼做，他們不會聽我說話。」

我闔上相簿，轉向幹生。他明顯受到驚嚇，微微斂起下巴。

「你非常擔心吧。」

少年一陣慌亂，徒勞地努力掩飾。

「不過，目前你只能耐心等調查結果出爐。我的委託人是你父親，對他有保密義務。這次的情況，更是爲了保護你爺爺的名聲。」

我不再開口，幹生也不吭聲，某處清楚傳來秒針走動的聲響。事務所開幕時，我收到好幾個時鐘賀禮，全掛上去或擺起來，不曉得是來自哪一個鐘。

幹生小聲問：

「我爺爺做了什麼嗎？」

「我無法回答這個問題。」

「他做了壞事嗎？」

我本來想應一句「回家問你父親」，忽然靈光一閃，反問：

「你知道什麼，是嗎？」

幹生益發驚慌。

「果然沒錯。」

他瞪著我，抓起羽絨外套站起。

「煩啦！」

我還沒反應過來那是罵人的話，幹生已跑出事務所。我追上去，在門口停步。

新春的陽光下，雜亂但住起來愜意的街景中，相澤幹生小跑步沿著處處凹陷的道路護欄離去。

這幕情景似曾相識。幾小時前，我才看到十分相像的背影。那是「花籠安養院」的羽崎。一個是想從周圍目光中隱去自己，另一個是想無視周圍，但背影同樣寂寞。

要調查過去的土地狀況，找地方自治團體的公所負責單位（多半是住宅課或住宅整備課），及上當地圖書館查詢住居地圖比較快。

我事前查過圖書館的藏書資訊，幸運的是，城東區規模最大的區民中央圖書館有齊全的舊住居地圖。前往一看，發現有很棒的閱覽室供查閱這些資料，只需在入口登記即可。

找到昭和五十年的住居地圖後，接下來只差一支好用的放大鏡。幸好我恰巧也有。一樣是事務所開幕的賀禮，是以前的職場上司送我的。

——偵探怎能缺少放大鏡，對吧？

透過放大鏡，我在昭和五十年的城東區三角町，找到吉永貨運有限公司。往昔的住居地圖記載不一定完善，也有缺漏，但上頭記載的範圍內，三角町的運輸公司僅有這麼一家。

另一方面，春川町二丁目三號，只顯示建築物所在的方框，不知名稱。與周圍相比，方框尺寸不大，應該是住宅。如果三十五年前，當時四十二歲的武藤寬二住在這裡，會是公寓嗎？如果是透天厝，他有同居人嗎？

寬二先生沒再婚。這一點從戶籍資料看得出，但若他人生某段時期曾和女人同居，而沒登記，也是很自然的事。倒不如說，三十七歲恢復單身後，完全沒與女人交往的可能性更低。

離開圖書館時，太陽已西下。明天再開始打聽，不過先去三角町和春川町走走也不錯。我正這麼想，手機響起，是柿沼經理打來的。

「杉村先生嗎？啊，今天沒辦法陪同，眞是抱歉。你有沒有和羽崎說到話？」

「有，一下就談完了。」
「這樣啊……」
「發生什麼事嗎？」
「不，沒什麼事……」
周圍十分吵雜，而且透過電話總有層隔閡，我立刻提議：
「我現在過去好嗎？我在東京都內，差不多要一小時。」
「那太好了，我等你。」
抵達「花籠安養院」時，柿沼經理在櫃檯和職員討論事情，但很快就拿著外套走近。
「我下班了，要不要一起吃晚飯？附近有家不錯的店。」
才剛認識，並非委託人，純粹是關係人，忽然表現得如此友善，必定都有理由。
柿沼經理帶我去的不是居酒屋也不是食堂，而是日式小餐館。柿沼經理似乎是常客，和師傅、老闆娘稍微打聲招呼，立刻被帶進裡面。包廂非常小，坐三個人就嫌擠。
啤酒和小菜迅速上桌擺好，安坐下來後，柿沼經理輕輕舉杯：
「辛苦了。」
我只沾一下啤酒算數。
「啊，要你特地過來，真不好意思。」
不出所料，他一副難以啓齒的表情。
「那個……調查進行得如何？」
我微微一笑，「才剛起步。」

「也對，就是說呢。」
他喝完杯裡的啤酒，再度斟滿，看著我：「身爲第三者，我沒權利說三道四，不過這次的調查，能不能……想想辦法？」
「想辦法？」
「呃，就是……穩妥地……」他注視著我，換了個說法。「或者，讓調查不了了之。」
原來這就是他的理由。
老闆娘端菜過來。柿沼經理熟絡地吩咐：「我們談一下工作，結束再喊妳。」
「你是擔心，我調查武藤寬二先生的過去，如果眞的查出什麼，可能會牽連到『花籠安養院』嗎？」我開口。
柿沼經理明顯一陣驚慌：「呃，也不到這種程度。畢竟我們沒任何疏失啊。」
「我也認爲院方並無疏失。」
「可是……只是……」
在近處觀察，會發現柿沼經理的熱情，全靠表情和動作營造出來，他的眼神毋寧算是嚴肅。眞是辛苦的工作，我不禁想著。
「寬二先生只告訴我是『不好的事』，不過依相澤先生的描述，似乎是殺人命案吧？」
「聽起來是這樣。」
「然後，現在已無時效，就算是以前的案子，也能繼續追查，對吧？」
這項事實令他十分震驚。
「沒錯，但這次的情況，縱使寬二先生眞的曾犯罪，他也已去世。」

柿沼經理蹙眉，「我擔心的不是寬二先生，而是相澤先生。」

這種說法有些賣關子。

「相澤先生彷彿毫無自覺，不過從我的角度來看，他是個名人。許多雜誌報導過他，最近又有電視台請他上節目。」

相澤先生是當紅餐廳的明星主廚。

「要是發現這樣一個名人的父親殺過人，媒體必定會大肆炒作。世人總睜大眼在尋找類似的醜聞。」

「相澤先生找你商量這件事時，你勸過他嗎？」

「如果我知道他僱用偵探，絕對會當場阻止。然而，事態在我不知情的狀況下變得這麼棘手……」

「棘手」的我保持沉默，忽然想起昨天柿沼經理的態度莫名開朗，還說「只要調查一下，相澤先生心情上能接受就好」。

「寬二先生真的是好人。」柿沼經理似乎感觸良多，「他這輩子吃了許多苦，性格卻絲毫沒扭曲。我見過形形色色的長輩，像他那樣的人眞是難得。他完全沒脾氣，總是沉穩和藹。對看護不必提，也常對清潔人員說『辛苦了』、『謝謝』。」

用來當遺照的照片，笑容極爲溫和。那就是故人原本的面貌嗎？

「他常感嘆，多虧幸司和媳婦，自己眞的很幸福，明明是個失敗的父親，卻能歹竹出好筍。相澤先生有這麼好的父親，而且都逝世了，他還傻瓜般將父親意義不明的話看得那麼認眞，四處調查，實在不曉得在想什麼……」

大概是察覺我的視線，柿沼經理有些尷尬地打住。

「柿沼經理，我瞭解你的心情。只能告訴你，不管是怎樣的調查，我都只會告訴委託人結果。」

柿沼經理懷疑地眨著眼：

「意思是，即使是殺人命案，杉村先生也不會報警嗎？」

「如果我認爲有必要報警，或許會和相澤先生討論。但調查結束要怎麼做，決定權在相澤先生手中。」

柿沼經理沉默半晌，點點頭：「我懂了。噯，喝吧。」

難得的好菜都要涼了，我拿起筷子。

「我有些問題想進一步請教。」

寬二先生在一月三日逝世，他在「花籠安養院」的單人房，卻保留到昨天，也就是十七日。由於是民營安養中心，保留愈久，得花費愈多錢。退房的時間不會太晚嗎？

這麼一問，柿沼經理慇懃地斟滿啤酒，回答：「沒錯。我們的管理費和看護服務費用，是預付包月制，所以可保留到一月底。不過，如果提早退房，可折算剩下的日子退還費用。只是，相澤先生太忙，沒辦法立刻收拾整理。」

柿沼經理考慮到這一點，曾提議介紹遺物整理業者給相澤先生。

「相澤先生表示，他想親手整理父親的住房，我們便沒去動。」

「原來如此。這段期間，有沒有人造訪二〇三室？」

柿沼經理夾起生魚片，眨了眨眼。

「這麼一提，有的。」
是寬二先生的孫子，他回答。
「杉村先生，你怎會知道？」
純粹是直覺。
「相澤先生的兒子，來的那個是……小兒子。」
「那就是幹生？」
「名字我不清楚。寬二先生逝世前，他的孫子曾跟著父母來探望，但不曾單獨出現。」
「幹生是一個人去的？」
「對，大概是七日或八日吧。葬禮在五日，總之是在那以後。」
「他來做什麼？」
「說是母親吩咐他來拿東西，我便從櫃檯帶他過去。」
柿沼經理說，沒看到幹生回去，也不曉得他在房裡待多久、拿走什麼。
「只有那一次嗎？」
「對。」
父母常要幹生幫忙跑腿，至於他是不是乖孩子，則很難講。他會威脅父親，聲稱母親吩咐他來拿東西，應該也是謊話。
「另一件事，是關於寬二先生——就算他住的是單人房，和安養院的其他入住者，多少還是會有交流吧？」
「餐廳和娛樂室是共用的。我們尊重入住者的隱私，但陷入孤立就不好了，所以會留意。」

「寬二先生有特別要好的朋友嗎？」

柿沼經理沉吟片刻。「不清楚，寬二先生是那種喜歡一個人悠閒打發時間的人……」

「方便請你幫忙詢問嗎？」

「哦……請不要太期待。在住進我們這樣的安養院的長輩裡，寬二先生算是非常獨立自主。其他長輩不是重聽，就是失智，都有不少問題。」

「我明白了。見山小姐個性開朗，手腳又很俐落呢。」

「她在我們這裡做了三年，之前在特別養護老人之家待過五年，是我們看護的大姊頭。」

「看護多半是女性嗎？」

「我們有七成是女性。」說到這裡，柿沼經理露出久違的笑咪咪表情。「我們院裡的女性，爲寬二先生取了綽號。」

二樓的紳士先生。

「咦？眞棒。」

「即使從前地位不凡，老了還是可能變成『失控老人』，寬哥卻非常紳士。這個綽號再貼切不過。」

柿沼經理像爲自己的事驕傲，神色忽然一沉。

「寬二先生是這樣的人……若說他年輕時遭老婆背叛，憎恨起女人……他眞的做了那麼可怕的事嗎？」

相澤先生眞的想太多——他語帶責怪。

「畢竟是以前的事。」我應道。

喝掉兩瓶啤酒，享用據說是招牌料理的鯛魚茶泡飯，（說服堅持要請客的柿沼經理）平分付帳後，我返回家中。整理今天的調查筆記時，我發現一件事。

——我爺爺做了什麼嗎？

——他眞的做了那麼可怕的事嗎？

相澤幹生和柿沼經理是這樣說的。

但羽崎的說法不同。

——武藤先生做過什麼事，是嗎？

他果然聽到寬二和幸司父子的對話。他口中的「做過什麼事」，應該是指「做過那時候武藤先生說的那種事」。

5

相當於寬二先生的本籍春川町所在的地點，如今有三棟木造三層住宅緊密相連。外觀都一樣，只有三角屋頂的顏色不同，看起來像文具店賣的箭頭便利貼，約莫是新成屋。

隔壁的理髮店讓我吃了閉門羹：「推銷的？我要招呼客人，不方便。」對面的超商，不管是年輕店長或店員也NG：「不清楚，我們跟這附近不熟。」

再過去兩戶，有一家灰泥修理痕跡醒目的瓦頂酒行。屋齡之老，和我租的老房子有得拚，不過在店門口打掃的是個染褐髮的女孩。

不好意思……我出聲打招呼。

「方便請教一下嗎？我在找以前住在這一帶的人。」

我的外表和氣質似乎非常安全，不會引起戒心，在這種情況下相當有利。即使是這樣的謊言，別人也願意聆聽：「我在找叔叔，他和我爸吵架斷絕往來，我爸現在才顧念起親情，想和他重修舊好。」

拿著掃把的褐髮女孩進屋喊著：「奶奶！奶奶！」

不久，一名佝僂的老婦人隨女孩走出店面，一邊將編織膝毯綁上腰際。

我繼續對兩人演戲。

「這個嘛……」老婦人沉思片刻，「昭和五十年……我嫁過來，是在三十三年。」

「您一直住在這裡嗎？」

「是啊，如同你看到的，這是家老店。你問是那裡，對吧？」

老婦人指著像便利貼般並排的三棟木造住宅。

「是的。」

老婦人一陣思索後，開口：

「哎呀……不記得了。」

「變成三角屋頂的房屋前，有一棟大廈展示屋吧？」

看似老婦人孫女的女孩出聲。「大廈展示屋」就是樣品屋，近來都特地蓋在興建中的房屋以外的地點，多半是這麼稱呼。

「這一帶興建許多新大廈，所以那邊的大廈展示屋也換過三次吧。」

「應該比那更早。我叔叔住的似乎是傳統老公寓……」

老婦人回頭看我：「你們家人之間眞疏遠。」
「是啊，實在讓人見笑。」
「以前那裡不是空地嗎？」孫女出聲。「滿大一片空地。我上幼稚園時在那裡堆過雪人。」
「妳不是平成以後才生的嗎？這位先生說的是更久更久以前的事。妳安靜點，少插嘴。」
老婦人要孫女安靜，又蹙起眉深思。比我更熱心的孫女屏息等待。
不久後，伴隨隨著鼻息，老婦人嘆道：
「還是想不起來……」
「討厭啦，奶奶怎麼這樣！」
孫女拿著掃把往地上一敲，垂頭喪氣。
「幫人家問一下爺爺嘛。」
「只要知道以前在那裡的公寓名稱就行了嗎？」
「對，不過也許是獨棟房子。」
「唔，是什麼都無所謂。你會再來嗎？」
「是的。敝姓杉村，呃……」我佯裝找名片，「名片不巧用完，抱歉。」
「沒關係。」
這類小演技在我離開後，會受到怎樣的評論，我無從得知。坦白講，我並不想知道。即使這對平易近人的老婦人和孫女批評「那個人有點可疑」、「搞不好是新的詐騙伎倆」也沒辦法。即使如此，只要沒驚嚇到她們，而是讓她們覺得好玩地笑笑，那就好了。
馬上又在酒行周圍閒晃有些尷尬，於是我前往三角町。

昭和五十年是吉永貨運有限公司的地點，如今蓋起公寓。正面玄關旁的基石上，寫著「平成十六年竣工」，或許吉永貨運一直保留到當時。

然而，詢問巷弄對面一家小巧的麵包店後，些微的期待立刻破滅。對方表示，公寓興建以前，那裡是投幣式停車場，再以前就不清楚了。

「那裡從很久以前就一直是投幣式停車場。」

「老地圖上看來，那裡曾是貨運公司。」

「我不清楚耶……」

這麼一來，只能全靠兩條腿和耐性。必須對照地圖，避免重複和疏漏，前往可能有線索的地方打聽。首先是餐飲店、理髮店和美容院，還有洗衣店和酒行之類會送貨到府的商店。接著是長住此地的老房子居民、町內會、自治會或消防團的辦公室（近年愈來愈少）、加油站、煤油行。至於娛樂相關行業，我不會依賴酒吧或小酒家。因爲麻煩，而且很多時候，向酒家打聽到的訊息不太可靠。打聽範圍內有棋藝俱樂部和將棋沙龍的機會不大，但如果有，會是不錯的消息來源。麻將莊和小鋼珠店則是相反（爲何如此，在經驗値尚低的我眼中，眞是個謎）。超商也不怎麼靠得住，意外可靠的是補習班。由於是孩子們會去的地方，老闆和講師通常會留意近鄰。不過，像這次追查過去的情況，也無法期待。

只有一項鐵則：千萬遠離派出所。

不然會惹來多餘的麻煩。

我在三角町單純地尋找吉永貨運，卻不巧沒遇到任何人說「我知道」，或是「我不知道，不過可以幫你問問朋友」。

用過午餐，把三角町的鄰町（春川町另一邊的町）也走訪一半，仍毫無斬獲，我在公車站空出的長椅上稍稍休息。昭和五十年實在太遙遠，我以手機搜尋該年發生過什麼事，結果顯示：「經濟企畫廳發表，日本經濟在前年首度於戰後出現負成長」、「史蒂芬・史匹柏執導的電影《大白鯊》大賣座」等等。

這時，相澤先生打電話來。

「喂，杉村先生？抱歉、抱歉。」

嗓門確實挺大。

「原本昨天想打過去，但實在有點忙……」

「我知道相澤先生很忙，請不用在意。」

「幹生那小子，有沒有做出不禮貌的舉動？」

「沒有、沒有。不過，他怎麼曉得在進行調查？」

「那傢伙，劈頭就問我：『爺爺瞞著我們什麼事嗎？』我實在不懂他怎會發現。」

相澤幹生不光是偷聽父親的通話，似乎在那之前就知道些什麼。而且，父親完全沒察覺。

「我要他別瞎操心，沒事了。」相澤先生說。

我倒不這麼認爲。

「對了，找到令尊的通訊錄了嗎？」

「找到了。共有新舊兩本，不過很多名字都畫線刪掉，不曉得能不能派上用場。」

「賀年卡呢？」

「只找到五張，眞教人寂寞。全是爸爸搬來和我們一起住後認識的人，像是內子的親戚、附近診所的醫生。」

都是我也認識的人，他補充道。

「爸爸搬來時，跟以前的朋友斷了聯絡嗎？還是，他主動斷絕關係？」

他的語氣變得憂愁。

「總之，我送通訊錄過去。」

原本要說「我過去拿」，卻改變主意。「麻煩你了。如果我不在，請投入信箱即可。信箱有上鎖，十分安全，你可以放心。」

「好的。」

後來，我又在町裡四處行走，空手而歸。隔天，繼續昨天的打聽行程。要回去春川町的酒行還嫌太早。

中午過後，我在離三角町地下鐵兩站的汽車維修廠有一點小收穫。

「對對對，以前三角町有家貨運公司，經常停著一整排四噸卡車，生意應該很好。」

小鬍髭半白的社長懷念地說。

「剛踏進這行時，老爸把我踢出門，叫我出去拉生意。我完全不曉得要做什麼，不管是計程車行、貨運公司，或停著小卡車的工廠，看到就跑進去毛遂自薦。」

不過，在社長的記憶裡，那裡不叫「吉永貨運」。

「你提到的吉永，是吉永小百合（註）的吉永吧？如果是那樣，我不可能忘記。那家貨運行的名字更普通、更菜市場名。」

社長似乎是吉永小百合的鐵粉。

「這一帶是老街吧？昭和五十年左右的事，應當會有人記得，卻意外地打聽不到。」我說。

「因為泡沫經濟破滅後，整個變了樣啊。三角町一帶也不例外，以前有許多倉庫和工廠，如今全變成公寓大廈。」

那麼，或許只是住居地圖上沒記載，以前還有其他貨運公司。

「那家貨運公司出過事。」

「什麼事？」

既然不記得，表示當時他也不知道，或跟那裡沒關係，所以沒留下印象。

「不是什麼大不了的事，謝謝你。」

我繼續走。這次折回三角町，和去程畫出相反的半圓，四處打聽。

途中有棟細長的四層大樓，一樓是帽行，上面的樓層似乎是住家，但從結構來看，並不是公寓。帽行感覺不是租的，而是大樓的屋主。我暗暗想著，進去一看，竟中了大獎。

「吉永貨運，我記得。」

櫃檯坐著一名頭髮染成亮栗子色、穿混色時髦編織毛衣的婦人。嗓音沙啞，年紀約五十後半。

「都多少年了，還來找我們做什麼？」

我聽不明白，於是儘管惶恐，仍直接反問：「府上和吉永貨運有關係嗎？」

「你不知道卻跑來問？」

「意思是——」

註：吉永小百合（一九四五～），日本演員，有日本國寶影后之稱。

婦人瞇起眼，彷彿在掂量能發作到什麼地步。

「你不知道那件案子？」她的話聲陰冷，像是調侃。

「是指昭和五十年八月的案子嗎？」

「你明明知道嘛。」她冷冷地說。「當時死掉的，就是我們家的人。」

我愣在原地。被害人田中弓子，就住在吉永貨運附近。然後這家店的店名是——

「我們家是田中帽行。死去的田中弓子，就是我姊姊。」

她直盯著我。我緩緩移開視線，逃離她的目光，深深低頭行禮：

「非常抱歉。令姊的事，請節哀順變。」

我掏出名片，說明原委：最近逝世的長輩曾提到吉永貨運的命案，雖然只有片斷，不過家屬是第一次聽說。因爲不曉得故人與案子有何關聯，深感不安……

案發當時，田中帽行的婦人應該二十歲左右，與姊姊弓子想必很要好。她的眼神帶著猜疑，嚴厲到近乎敵視。

然後，她這麼回答：「那位長輩是吉永貨運的人吧？」

在那裡工作的人，她補上一句。

「凶手的同事。對他們來說，這也是不願想起的回憶。而且，公司後來也沒了。」

「吉永貨運倒閉了嗎？」

「案發後不到一年就收起來。鬧出員工殺人這種事，哪能繼續在那裡做生意？」

殺人的是員工，遇害的也是員工。

「田中女士，妳一直住在這裡嗎？」

她靠在放收銀機的桌上，望著散亂的傳單，僅微微點頭。

「妳還記得與命案相關的事嗎？」

她沒回答，眉間的皺紋變深。

我隨身帶著幾張從寬二先生的相簿抽出的照片，正猶豫該不該拿給她看，她開口：

「我見過凶手。」

「茅野次郎，對吧？」

她瞪著發票，吐出一句「那個男的很噁心」，眼周逐漸失去血色，愈來愈蒼白。

「夠了吧？請你離開。」

我是個軟弱的偵探，再次行禮說「眞的非常抱歉」，轉身步向門口。這種情況下，不能再探問更多。

這時，她出聲：

「提起我姊的長輩，不是吉永社長吧？」

我回過頭，應道：「不是。」

「當時社長一直來我們家，哭著向我們賠罪。」

「不過，以社長的年紀，早該過世了。」她自言自語著：「我父母也早就走了。」

——全怪我督導不周。

她孑然一身待在這間店、這個家嗎？

「可是，那個人還活著。他沒被判死刑。」

冷不防地，一股情感在她內心熊熊燃燒。她臉頰泛紅，雙眼炯炯發亮。

「難道，你口中的長輩是茅野？」

我平靜但明確地否定：「不，是一位七十八歲老先生，名叫武藤寬二。這個月三日逝世。」

不管那是什麼情感，帽行婦人內心燃燒的事物很快消失，恢復冰冷的氣息。她看起來彷彿變成灰燼，不過我隨即發現自己錯了。

她早已是灰燼，一團人形的灰燼。灰燼深處，失落與悲憤不斷燃燒，餘火從內側持續焦灼、折磨著她，而非溫暖她。

「我不認識。」

我離開田中帽行。雖然歪打正著，但這一下撞得實在太痛，幾乎令我呼吸不過來。

6

或許會有人質疑，這種時候搞這些好嗎？但隔天一早，我便前往位於大宮的某機構參加研習。偵探也需要進修。

這場研習，是「蠣殼辦公室」隸屬的藍色申報會（註）主辦，主旨是講解偶爾會有部分修訂的稅法和財務規定的新知。由於是針對企業會計人員的研習，我也以「蠣殼辦公室」的員工身分參加。契約調查員參加這類研習和讀書會時，辦公室會給予方便，不過報名費要自行負擔。

原本打算讓腦袋和雙腳休息一下，順帶瞭解企業財務概要，不過實際上，聽著對毫無預備知識的人而言猶如天書的上課內容，我滿腦子想的都是寬二先生和三十五年前的案子。

研習下午一點多結束。我直接前往車站，坐上電車，前往城東區春川町那家有老瓦頂的酒行。

今天老婦人和孫女都不在，顧店的是一個穿極輕羽絨背心、戴頂端有毛球的毛線帽的老人。

聽到我自報身分，老人發出「噢」一聲，滿臉笑容。

「老太婆說你是新型詐騙集團的手下，到底是怎樣？」

我笑著回答：「不是詐騙集團，其實我是調查員。」

我遞出名片，老人戴上老花眼鏡，仔細檢視：

「調查員？噯，隨便什麼都好啦。現在蓋著那積木般房子的地方，以前是公寓。」

簡潔明快的答覆。

「我想知道的是，昭和五十年當時的事。那是三十五年前——」

「三十六年前吧？年都過了。」

「啊，是的。」

這位老人家腦袋非常清楚。

「沒錯。昭和五十四年，『希望莊』拆除，五十年確實還在那裡，也有人住。」

「希望莊？」

「嗯。那是一棟木造雙層建築，石棉瓦屋頂，外觀髒兮兮，名字倒是取得挺好聽。」

「您怎會記得這麼清楚？」

「那裡的住戶是我們的客人。」

註：一種所得稅及法人稅申報方式，因其原本的申報單爲藍色而得名。爲獎勵採用複式簿記法進行藍色申報，日本政府推出各種優惠措施，並加以推廣。

「希望莊」的居民常來買啤酒和日本燒酒。

「說是公寓，其實本來是一般的獨棟房子，只是分租出去而已。住的全是些單身的臭男人，一放假就聚在一起喝酒，會來我們這邊買酒和下酒菜。」

「五十四年拆除，這一點確定嗎？」

「嗯，當時我拜託來拆房子的工務店，順便將我們家屋頂換成輕量瓦。原本是陶瓷瓦。

「我可不想地震時被屋瓦壓死。」

這樣啊——我愣愣附和。我也只能附和。

「昭和五十年八月，隔壁三角町發生一起命案。您還記得嗎？」

老人立刻點頭，「貨運行的女職員遇害的命案，對吧？」

然後，他渾圓的手揮向「希望莊」舊址。「殺了人的小哥，就住在那裡。我見過他。」

我注視老人指示的方向。

武藤寬二的本籍所在地，也住著茅野次郎。

「他常來我們店裡買東西，是個瘦巴巴、怯生生的小夥子。那件事讓我覺得，人眞是不可貌相。」

我從口袋掏出寬二先生的照片。是他四十歲左右的照片，穿著工作服，蹲在拉下的鐵捲門前。

「您認識這個人嗎？」

酒行老闆又戴上老花眼鏡，比剛才更仔細端詳。

「不認識……」他歪歪頭，「這不是那個小哥吧？」

「不是，但當時似乎住在那裡。」

老店主再看一次照片。

「臉實在記不得。」

「他叫武藤寬二。」

武藤、寬二，老闆複誦一次，搖搖頭。「或許有這個年紀、樣貌的人。那裡有個老先生，是沒救的酒鬼。」

那應該很容易留下印象。

「案發當時，也驚動這一帶嗎？」

老店主用力點頭，上半身連帶晃動。「當時鬧得眞是沸沸揚揚。殺人這麼恐怖的事，這一帶至今只發生那麼一次。」

記憶非常鮮明。

「希望莊也有刑警上門，去搜房子。」

茅野次郎自首後，警方進行房屋搜索。

「我家老太婆和妹妹那時還很年輕，嚇得要命，吵個沒完。」

老店主眨了眨眼。

「這麼一提，之後希望莊的人來向街坊賠罪。」

也到我們店裡來道歉——他又望向手上武藤寬二的照片。

「是這個人嗎？他不停行禮，說『對不起，驚嚇到大家』。」

表現得像凶手的親人一樣。住在希望莊的「一群臭男人」，感情應該很好吧。

這時腦中一道微光亮起，我詢問老店主：
「凶手不是遭警方逮捕，而是案發兩天後自首。聽說是朋友陪他去投案，那是不是希望莊的人？」
老店長驚詫地斂起下巴：
「這我就不知道了，畢竟我不在現場。」
不過，我覺得挺有可能。
「這一帶的老住戶，只剩我們這一家。希望莊那裡的地主，也早就賣掉土地搬走。」
感覺繼續四處走訪，也不會有更多收穫。
「還給你。」老店主遞出照片。「抱歉，沒能幫上忙。」
「哪裡，老闆幫了我大忙。對了……」
雖然是多餘的問題，我仍繼續道：
「前天我遇到的，是老闆的太太嗎？」
「嗯，是我家老太婆和孫女。」
「太太似乎完全不記得希望莊？」
老店長大笑起來，連帽頂的毛球都跟著搖晃。
「這年頭，我們老人家大意不得。一下兒子打電話嚷嚷缺錢、一下孫子哭訴被綁架，詐騙無孔不入。老太婆是看到可疑的傢伙上門，故意假裝痴呆。」
原來都是裝的？甘拜下風。
「我是不怕啦，誰教我是一毛不拔的鐵公雞。哎，雖然不清楚是怎麼回事，你也辛苦了。」

老店主拍拍我的背，把我送出酒行。

我想到兩種假設。

假設一，吉永貨運發生的命案，眞凶不是茅野次郎，而是武藤寬二。兩人一起住在希望莊，感情極好，因爲某些理由，茅野次郎爲武藤寬二頂下罪嫌，成了他的代罪羔羊。案發經過三十五年，步入老年的武藤寬二，在幸福的晚年生活中爲過去的錯誤懊悔，懷著贖罪的心情，欲吐露眞相，卻甩不開猶豫，沒能明確告白。

假設二，武藤寬二與吉永貨運命案的凶手茅野次郎十分親近（可能茅野投案時，就是武藤寬二陪同）。不過，出於某些理由，武藤寬二將部分事實扭曲，說成自己才是凶手，沒被逮捕，逃亡至今。

假說一相當勉強。昭和五十年確實距今年代遙遠，但即使憑當時的法醫學和鑑識技術，茅野若不是眞凶，警方應該很快就會查出。這類案件，通常會留下大量跡證，而且被害人是遭到勒斃，脖子上理當有凶手的手印和指紋，只要調查這些證據，凶手是誰便一目瞭然。

話雖如此，就算採用刪去法，假說二一樣十分勉強。寬二先生爲何要扭曲部分事實？他思緒清明的腦袋，其實出現痴呆症狀嗎？相澤先生提過，寬二先生的死因是心肌梗塞，但他全身的血管狀態極糟，隨時可能堵塞。這類記憶混淆、前後矛盾的虛構故事，會是腦血栓或腦梗塞的初期症狀嗎？

拼圖還缺少幾片，有必要更深入調查寬二先生的周遭。於是，我趕往「花籠安養院」。

我被紅燈擋下，在馬路另一頭等待。今日天氣不錯，但一月下旬的太陽已逐漸西斜。安養院坐東朝西，微弱的夕陽反射在大廳的大窗戶上。

門口處，一名女清潔人員在乾擦自動玻璃門。擦完外側，正要著手擦內側。大門有許多人進出，污垢特別容易被注意到，需要仔細清理。

交通號誌轉綠，我穿過斑馬線。

女清潔人員從玻璃上方開始，大大地左右擦拭。我放慢腳步，等她擦完。只見她全心全意投入工作。

擦拭自動門下方前，她先將掛在腰際的毛巾疊成三折，放在腳邊，然後雙膝跪到上面。

我彷彿聽見一道細微的「喀嚓」聲，需要的拼圖碎片掉落眼前。

又是一陣毛骨悚然。

原來如此，原來是這麼回事。

問題不在於寬二先生竄改過去的事實。那是次要的，關鍵的核心是，他在說給誰聽。

我直接經過安養院前，邊走邊整理思緒。

與他人對話之際，我們並非只意識到眼前的對象。有時夫妻在對話，卻是在說給一旁的孩子聽（若不想被聽到，會刻意壓低音量）。連自言自語，有時也是希望在場的人回應，才會說出口。

另外，針對某人的讚美或批評，有時會故意對著不同的人說，好讓目標對象聽見。許多情況下，比起直接告訴本人，這樣更有效果。

武藤寬二會不會也在做這樣的事？

他心中有所懷疑。對日常生活中，在身邊工作的某人產生疑念。

又經過兩個十字路口，我走到建築物後方，打電話給柿沼經理。等候片刻，他接起電話。

「柿沼先生，你在哪裡？」
「咦，我在辦公室啊。」
「你一個人嗎？」
「對。」
「有件略微複雜的事要跟你談，現在方便嗎？」
「可以，什麼事？」
「先請教你一下，你們那裡的清潔人員，跪地清潔時，習慣墊毛巾嗎？」
柿沼經理一愣，不禁笑出聲：「你沒頭沒腦地說什麼啊？」
「抱歉。不過，這一點很重要。」
「喔……唔，是吧，他們經常這麼做。」
地板很硬，直接跪著會痛，他繼續道。
「重新裝潢前，這裡是舊辦公大樓。地面鋪著裝飾板，不過底下就是水泥地。」
「你們會獎勵墊毛巾的作法嗎？」
「也不到獎勵這麼誇張。之前有些工作人員會穿護膝或膝套，但有人抗議很難看，便禁止了。」
現在應該是各自想辦法吧。」
「我明白了。另外，羽崎新太郎是右撇子，還是左撇子？」
「什麼？爲何這樣問？」
「晚點我會解釋。柿沼先生不知道嗎？」
「他是左撇子。」

我停頓一下，放緩語氣：

「柿沼先生，你知道去年十一月八日，板橋區運動公園發生的命案嗎？」

柿沼經理一臉困惑，「那件案子和我們有關係嗎？」

「或許有關。」

這次他沉默許久。

「由於太忙，我幾乎抽不出時間看報，所以不清楚。」

見山看護的情況應該也差不多。

況且，即使安養院裡的人和寬二先生一樣，知道運動公園命案的新聞，看到監視器畫面，也很難去懷疑身邊的人。其中也有不想隨便懷疑親近的人的心理在作用。

不過，羽崎新太郎符合那起命案的凶手特徵。

武藤寬二注意到此事。不光是年齡和身高，羽崎新太郎是左撇子，需要跪地工作時，習慣將毛巾折疊起來，這些寬二先生都知道。畢竟他總是留意看護和清潔人員的工作狀況，甚至經常慰勞他們。

然後，寬二先生擁有不同於旁人、稱得上「鑑識眼力」的特質。因爲他曾遭遇罕見的經驗。

三十五年前的夏天，他與出於愛慕及恨意，失手殺害女子的年輕男子住在同一屋簷下，而且恐怕與他感情不錯。

在那名男子——茅野次郎投案前，與他一起住在希望莊、意氣相投的「臭男人們」，注意到茅野的變化了嗎？可能沒發現，等他坦白犯行才想到。不管怎樣，那都是比委託偵探調查更罕見、特異的體驗。

武藤寬二看過殺人者的眼神。待在凶手的身旁長達兩天，一直在近處目睹那個人被罪惡感壓垮，終於自白一切。

所以，他才會發現，心中的疑惑才會愈來愈深。甚至，或許是先產生疑惑。那是一種無法言說的直覺，唯有過來人擁有的天線，捕捉到的細微電流波動。

清潔人員羽崎新太郎十分可疑，這陣子看起來不對勁——

然而，這些不足以對身旁的人加諸如此重大的嫌疑，並且說出口。因此，寬二先生運用清晰的頭腦，試著旁敲側擊。

寬二先生開始「告白」。萬一隨便引發騷動就糟了，於是他挑選對象，愼重行事。我以前殺過人。我殺過女人。腦門充血，不小心鑄下大錯。沒良心的人才幹得出來。現在死人還是會到夢裡找我。殺了人，就得躲躲藏藏一輩子——

選擇見山看護和柿沼經理，應該是期待他的話能間接傳到羽崎耳中（雖然現實上未能如願）。對兒子幸司「告白」時，環境條件相當難得，因爲羽崎本人就在旁邊，而且電視正在報導該起命案。

沒錯，寬二先生在向柿沼經理或見山看護「告白」時，他們可能沒注意到，其實和幸司先生那時一樣，羽崎就在附近。清潔人員總不起眼地在各處默默工作。

或許只是周圍的人不知道，寬二先生和羽崎獨處時，也試過一樣的事。非常有可能。

正因在日常生活中處處留神、發言字斟句酌，並觀察目標人物的反應，才會導致寬二先生的血壓飆高。因爲他隨時處在緊張狀態。

那麼，爲何他要把茅野次郎的案子，說得像自己下的手？

大概是考慮到，比起「我認識的人殺過人」，說成「我殺過人」、「但沒被抓到」，更容易傳達出「我很清楚幹這類壞事的人的心情」。如此一來，「死人到夢裡找我」、「必須躲躲藏藏一輩子」等發言，會更具分量。換句話說，他在傳達：雖然沒落網，逃到今天，但這根本不是好事。即使到了這把歲數，我仍活在後悔的折磨中。

——羽崎，我在懷疑你。

——如果你是那起命案的凶手，快去自首吧。

寬二先生是否心存這樣的期盼？

那麼，羽崎新太郎又是如何反應？他眞的是運動公園命案的凶手嗎？

柿沼經理完全沒插話，默默聆聽我的說明。電話另一頭是一片死寂。

「柿沼先生？」

「是……」

「羽崎在那邊嗎？」

「他上日班，今晚到八點。」

話聲變得細微，彷彿忍不住想避人耳目。

「這樣剛好，我想去他的住處瞧瞧。」

運動公園命案的凶手，應該熟悉現場附近的環境。

「我知道這是員工的個資，但情況特殊，方便告訴我他的住址嗎？」

柿沼先生嘆一口氣。

「請稍等……」

通話進入保留。柿沼經理約莫是在猶豫，也可能是去找別人商量。

「喂？」

經理總算接起電話，聲音壓得更低。

「員工名簿上的住址是這裡。」

他低喃般匆匆念出地點，我複誦一遍。

「謝謝。」

結束通話，我用手機查詢地圖。

畫面出現板橋區內的町內街道。同一個畫面裡，有一大片綠地。

那是運動公園。

電話響起，是柿沼經理打來的。

「杉村先生，我也……呃……」

他也看到地圖，話聲相當沮喪。

「很遺憾，可能性提高了。」

傳來憤怒的鼻息，柿沼經理說：「我常和員工聊天，也會跟他們去居酒屋，就是所謂的喝酒交心。如果誰哪裡不對勁，我馬上就能看出——我怎麼會看不出來？」

這話不是在對我說，而是在自責。或許過去在希望莊，和茅野次郎一起生活的室友們，也有相同的感慨。

從羽崎新太郎的住處前往「花籠安養院」通勤，有兩條適當的路線。

去程我走其中一條。轉乘地下鐵和私鐵線，再從車站徒步約十五分鐘。公寓雖然新穎，但既小又廉價，專門租給單身年輕人。與其說是個家，不如說是只有一張床的棲身之處。即使如此，建築物旁仍有專用的自行車停車架，印有住戶號碼。

羽崎新太郎住一〇二室，他的自行車停車架是空的。

依據新聞報導，監視器拍到的嫌犯的自行車，前輪有白色污漬。那段畫面電視重播許多次。如果凶手看到，不是清除污漬，就是會換掉輪胎。不過，最迅速安全的方法，就是丟掉自行車。

我檢查一〇二室的門，發現必須收回廉價公寓的評語。因爲門鎖用的是新型點波鎖，必須藉專門工具才能破解。我檢查周圍，但信箱底部和遮雨棚上方、面向走廊的鐵窗底下，都沒發現備份鑰匙。

我離開公寓，卻覺得這樣比較好。此刻我連用來翻箱倒櫃的手套都沒帶，如果順勢闖入屋內，污染可能變成證物的東西，就本末倒置了，會愧對寬二先生在天之靈。

回程我打算走另一條路線，搭私營公車到最近的JR車站。夜幕籠罩市街，無人公車站的燈光益顯陰冷。

我抬頭仰望公車路線圖，看見一個彷彿刻意要我發現的站名。

下一站就是「區民運動公園前」。

7

相澤先生沒聯絡負責運動公園命案的特別專案小組。

「我們的常客裡，有轄區警署的高層幹部，我想先找對方商量。」

他詢問能不能提供我的調查報告書。

「報告書是給相澤先生的，要怎麼使用，都請自便。」

接下來只能等待。「蠣殼辦公室」派來案子，我投入工作。原本想在去辦公室時順便和小木打聲招呼，但我們似乎眞的犯沖。他鑽進睡袋，躲在辦公桌底下睡死了。

一月二十七日早晨，警方以運動公園命案嫌犯的名目逮捕羽崎新太郎。刑警在公寓前叫住他，直接拘捕。

指紋、掌紋、毛髮、鞋底的痕跡，物證很多，本人立刻招認。報導中記述，刑警問「知道我們爲什麼來找你嗎？」，羽崎新太郎回答：

——知道，對不起。

案發當晚，羽崎新太郎前往超商回家途中，看見被害人高室成美，尾隨上去。他以前看過她好幾次。

——我覺得她挺漂亮，身材又好。

他沒有強暴對方的念頭，只是想拍張女人的裸照。

失手殺人後，因爲遺體看起來太慘，尤其是被害人的死相很恐怖，他沒達到目的，逃回公寓。後來就像平常一樣生活。

——無法想像我會做出那種事。彷彿自己變成另一個人，糊里糊塗做出那種事。

轉述羽崎的這番供詞時，綜合新聞節目的記者表情忿忿不平，但比起憤怒，我更感到背脊發涼。

寬二先生這麼說過：「這種事就像被壞東西附身，是不由自主的」、「自己是無能爲力的」。這應該是指三十五年前的茅野次郎，但應該也道中羽崎新太郎的心理，精準得教人發毛。奇妙的是，羽崎沒在供述中提到，將毛巾疊成三折放在遺體旁。習慣就是如此潛移默化。不過，他這麼說：

——我痛恨我的工作。日復一日，聞到的全是老人的臭味，我實在受夠了。

我在電視上看到柿沼經理在「花籠安養院」前遭記者包圍的景象。平日笑容可掬，其實眼神嚴厲的經理，收起全副天生的親和，始終一臉悲愴。

「員工居然做出這樣的事，眞的對不起社會大眾。」

他再三行禮，如同過去在希望莊，與茅野次郎意氣相投的某個室友，到處向街坊賠罪那樣。

這次「蠣殼辦公室」派下來的案子必須花費許多時間處理，相當辛苦，星期日下午總算處理完畢，我精疲力盡地回到家。

只見相澤幹生坐在我的事務所兼自家門口。今天他揹著背包，膝上放著一個扁平的大紙箱。他抬頭看我，問道：「有烤箱嗎？」

相澤先生做的披薩，重新烤過後依然美味。或許是上次的熱可可讓幹生學乖了，他沒囉嗦，和我一起喝咖啡、吃披薩。

「爸爸邀你去我們餐廳吃飯。」

「遇上值得慶祝的事，我一定會去。」

享用完披薩，我倒著第二杯咖啡應道。

「爺爺的通訊錄仍在你那裡嗎？」

幹生一點都沒有內疚的樣子，回答：「還給我爸了。」

「令尊叫你拿給我吧？」

「不是不需要通訊錄了嗎？」

以結果來看，的確如此。

「你撥打通訊錄上的電話號碼，查到什麼嗎？」

幹生嚇一跳，但立刻重新振作，又揚起嘴角：

「我找到爺爺以前的女友。」

他一臉得意。雖然令人氣惱，但我吃了一驚。

「眞的嗎？對方是怎樣的人？」

「還用說嗎？是個年紀一大把的老奶奶。」

「我不是問那個，比方聲音聽起來如何？」

少年尋思片刻，應該是在想怎麼形容。

「很開朗，口氣有點粗魯。」

「她是什麼時候和爺爺交往的？」

「他們同居三年左右。那段期間，日本年號從昭和變爲平成。」

那麼，就是武藤寬二離開希望莊後的事。

「他們本來打算結婚，但她的母親生病，她非回去故鄉不可。」

「她的故鄉在哪裡？」

「長崎。」

好遠啊，我感嘆道。

「可是，爺爺知道她的電話。雖然我不曉得爺爺有沒有打過。」

當然有打。問題在於，最後一次打電話是什麼時候。

「她說爺爺喜歡長崎蛋糕，有時寄給他，他會很開心。」

——長崎的蜂蜜蛋糕果然不一樣。

幹生看著披薩空盒。他瘦小纖細，像女兒節人偶，也像隻小鳥。

「令尊把調查結果告訴你了嗎？」

他點點頭，「也告訴媽媽和哥哥了。」

「可是，你早就知道我查到的事了吧？聽爺爺說的嗎？」

幹生飛快眨了眨眼，目光仍盯著空盒。

然後，他冒出一句：「我在超商順手牽羊。」

那是在國一暑假，他繼續道。

「你嗎？」

「對。」小鳥般的少年轉向我，露出笑容。「我當場被抓，超商店長打電話到我家，是爺爺接的。」

相澤夫妻正忙著餐廳的生意。

「我以爲爺爺會馬上告訴爸爸，然後爸爸從店裡衝來，責罵我在他忙得要命時添麻煩，結果不是。」

爺爺來了。

「那時爺爺還不用坐輪椅，只撐著拐杖，步伐蹣跚。然而，他還是滿身大汗地走到超商。」

孫子偷竊被捕，他立刻趕來。

「他一看到我就劈頭大罵：你這個混帳東西！我從來不曉得爺爺居然會吼得那麼大聲。」

然後……幹生的話聲沙啞。

「爺爺向店長道歉，說著『對不起、對不起』，搖搖晃晃就要下跪，搞得店長反倒慌了。」

寬二先生付清幹生偷拿的商品金額，帶他回家。

「爺爺沒問我爲什麼偷竊，說是根本不用問。」

——幹生，你一定是心裡又煩又亂，對吧？

「有時明明完全沒要這麼做，回神一看，卻做了壞事——爺爺說，他知道這種情形。」

——可是，絕對不能再犯。不管心裡再怎麼煩亂，不能做的事，絕對不能做。你得趁著這個年紀，牢牢記住。

「爺爺警告我，不然會被可怕的東西蒙昏頭，做出不可挽回的可怕行動。」

我默默聆聽。

「我覺得非常恐怖。」幹生接著道：「爺爺這樣說，彷彿他幹過那種壞事。」

我點點頭。這似乎讓幹生放下心，他從我臉上移開目光，垂下頭。

「所以，我問了爺爺。只見爺爺一臉爲難……」

——是以前的事。

「他告訴我了。」

「住在希望莊時的遭遇？」

「對。關於那件案子，爺爺沒說得很清楚，不過他告訴我當時有多驚訝、是怎樣的感受。」

後來，幹生上網搜尋過案情。

「那些住戶裡，茅野年紀最小，大家十分疼他。那棟公寓叫什麼……？」

「希望莊。」

「對，希望莊總共住著六個男人，大夥親得像一家人，每天都過得很快樂，所以爺爺打擊特別大吧。」

案發後，茅野次郎變得不太對勁。眼神游移不定，整個人浮躁不安，夜裡還會說夢話大叫。希望莊的人都知道吉永貨運的命案，於是質問他，才引出他的自白。

「茅野投案時，似乎有人陪同？」

「那是我爺爺。」

果然如此。

「爺爺一直把茅野當成兒子看待，啊，所以……」

——要替我跟你爸保密喔。

「爺爺覺得撇下親生兒子不顧，把無關的陌生人當成兒子看待，要是被我爸知道，會很尷尬。」

雖然對寬二先生過意不去，但我笑了。幹生噘起嘴抗議。

「抱歉。」

「這一點都不好笑。」

「沒錯。後來就算你心情不好，也不會再偷東西了吧？」

「廢話。」

幹生鼓起腮幫子，但也笑了，然後表情恢復平靜。

「我順手牽羊的事，爺爺沒告訴爸媽。」

——今天的事，是爺爺和你的祕密。

「我沒辦法變成像哥哥那樣的模範生……可是，我沒做壞事。」

這段話我當成沒聽見。再美好的家庭，仍免不了有些糾葛，或產生自卑情結。

「葬禮結束，你去過爺爺在安養院的住房吧？」

幹生倏地抬頭，「你怎麼知道？」

「我可是個偵探。不過，我不知道你去做什麼。」

「我什麼也沒做。」

我猜也是。

「只是有點想去看看。」

他是一個人去悼念、緬懷寬二先生吧。

「寬二先生是了不起的人，你應該以他為傲。」

「可是，爺爺不在了。」

我不曉得還有什麼說法，能夠如此直率表達出深切的失落。這句話的稚氣，也深深打動我。

「是啊，眞是遺憾。」

「要是我多去探望他就好了，可是……」

「沒關係，不用在意，爺爺明白的。」
有時去探望，只會讓訪客和被探望的人都陷入悲傷。
「寬二先生已不在。往後你可以花上六十年，變成像寬二先生那樣的老爺爺。」
幹生撇下嘴角，維持這個表情很久，然後開口：
「沒辦法啦，爺爺是獨一無二的。」
對於腳踏實地工作一輩子的市井小民來說，沒有比這更棒的墓誌銘。

當晚深夜，事務所的電話響起。一接聽，只傳來人的呼吸聲。
我靜靜等待對方開口。
「……杉村偵探事務所嗎？」
似曾相識的話聲，但我一時想不起。
「是的，我是杉村。」
又一陣沉默。
「我是田中帽行的人。」
啊，我想起來了。是那沙啞的嗓音。
「那天真是抱歉。」我說。
她再度沉默，呼吸聲變得急促。
「我有事想請你調查。」
我立刻猜到是什麼事。

「我想知道茅野次郎現在怎麼了。」

聽到這裡，我注意到她有些口齒不清。田中弓子的妹妹喝醉了。

「我想知道他在哪裡、做什麼。請幫我調查。」

我靜靜呼吸兩下，然後回答：「我隨時能答應妳的委託，但不是現在。」

爲什麼？她反問。

「好好討論後再決定吧。妳也可以先跟家人或朋友商量。」

「爲什麼現在不行？你馬上答應我！」

她的聲音走了調。

「後來我一直在想，我應該更早這麼做，所以——」

「茅野次郎如今過著怎樣的生活，知道比較好，還是不知道比較好？重要的是，哪一種答案才能讓妳得到心靈的平靜？我還無法做出判斷，恐怕妳也是。」

電話另一頭，是呈人形的白色灰燼。我聽到那灰燼痛苦的喘息聲。

然後，她這麼說：

「那天，是我騎自行車載姊姊去的。」

載她去吉永貨運。

「姊姊坐在自行車後座。我跟朋友有約，在吉永貨運前讓姊姊下車後，跟她揮手說拜拜就走掉。」

昭和五十年八月，悶熱的夏季午後。

「是我載姊姊去送死！」

電話唐突地掛斷。我放回話筒，佇立原地，聽到秒針轉動聲。因爲沒有其他聲音。

差不多該檢查一下聲音是來自哪個鐘了，我著手行動。

電話再也沒響起。

沙男

1

二〇一一年過了立春，時序應當進入春季的二月六日，星期日下午四點。我穿過擁擠的人潮步向新宿車站，忽然有人叫我：

「三郎先生！」

我停步左右張望，一回頭，差點與背後的男子撞個正著。新宿的街道連深夜行人都絡繹不絕，星期日下午更是猶如沙丁魚群大遷移。我是打亂魚群方向，逆流而上的沙丁魚。

放眼望去全是人，找不到聲音來源。但我並未放棄，環顧四周。我不覺得是叫錯人，況且東京幾乎沒人會叫我的名字而不是姓氏，還加上「先生」。

「這邊，在這邊。三郎先生！」

一群看似學生的人潮湧來。他們的肩膀縫隙間，一隻戴綠褐色手套的手左右揮舞著。我在移動的人牆之間，瞥見那隻手的主人。

我忍不住大聲應道：

「店長！」

分開人潮走過去，只見中村康夫抓著護欄，墊起腳尖向我揮手。腳邊放一個小波士頓包，及塞得鼓鼓的、看似沉甸甸的膠膜紙袋。

「果然是三郎先生。」

中村先生和我相差二十歲，今年五十九歲。距離六十大關只差一步，但身體很健朗。他不僅臉圓，個性也很圓融，而且活力十足。樸素的西裝上穿著卡其色登山外套，腳上踩著陳舊的黑色短靴。

「店長，好久不見。」

「許久沒聯絡，杉村組長。」

我們像好萊塢電影裡的日本人一樣，互相行禮。

「今天來洽公？」

「嗯，參加關農振的講座，順便拜訪客戶，剛要回去。」

你看起來過得不錯，他拍拍我的手肘。

「聽杉村先生說，事務所生意很忙？」

這邊提到的「杉村先生」指的是我哥哥，杉村一男。

「雖然成天窮忙，不過託你的福，還算過得去。中村先生，你要搭幾點的『ＡＺＵＳＡ號』回去？如果有時間，要不要一起喝杯咖啡？」

「三郎先生有空嗎？」

「今天是星期日，我沒問題。」

不過，也正因是星期日，車站附近找不到可悠閒待著聊天的咖啡廳，於是我們走一段路到商務飯店附設的咖啡廳，才安坐下來。雖然店長推辭，但移動期間我替他提紙袋，頗為沉重。

「袋裡裝著講座上拿到的資料，又去神保町買一些書。我想在回程途中讀一下。」

「店長還是老樣子，眞用功。」

「可是，講座上我睡著了。」

關農振——關東甲信越（註）農林振興協會，顧名思義，是促進關東甲信越地方自營農家的交流與振興的民間團體。我的故鄉，山梨縣的桑田町也有不少農家和農業生產法人加盟。

「這次的講題是〈網路市場上的產地直送商業新模式的形成，及與新興ＩＴ業者的新型態合作關係〉。」

「都是很新的議題呢，我大概也會睡著。」

「就是說吧？」

中村先生本身不是農家的人。他做了很久的水果盤商，不過十年前，包括我哥哥家在內的桑田町八家農戶，聯合組成「夏目產地直銷集團」時，他一開始是以業務顧問的身分參加。後來集團經營上軌道，他便擔任直營店「夏目市場」的店長。經營店鋪的同時，一步一腳印地持續開拓「夏目產地直銷集團」的產品通路，是個生意人。

中村先生和我喝著咖啡，互道近況。「夏目市場」和集團本身似乎都生意興隆，實在令人開心，拿來跟我捉襟見肘的事務所相比，都嫌不好意思。他告訴我，最近學校和醫院的客戶增加不少。

註：甲信越地方各別為日本舊地名「甲斐」、「信濃」及「越後」，為現今的山梨縣、長野縣和新潟縣。

「由於這個緣故，我對醫院餐和減肥餐熟悉許多。」

「醫院餐還能理解，但怎會有減肥餐？」

「假如是女校，除了營養之外，最必須注意的就是熱量啊。不努力鑽研一番，會趕不上時代潮流。」

所以他才會買一堆書研讀。

店長十分忙碌，而且妻子在家裡等，不好挽留他太久。見中村先生瞥一眼手表，我便結束話題。

「你下次何時返鄉？」

「應該是盂蘭盆節連假。」

「壽子女士身體健康，不過有時看起來挺寂寞。」

壽子是我母親。

「電話裡倒是完全聽不出來。」

中村先生一笑，「她就是那種個性。」

我的母親頗沒口德，是眾所皆知的「尖牙利齒」，連姊姊都怕她，說「媽簡直是蛇蠍的同類」。

我們又穿越擁擠的人潮前往新宿車站南口。通過驗票口，臨別之際，中村先生忽然想起般回頭。

「三郎先生，你在這裡……」

在這個遼闊的東京。

「雖然不太可能，但應該沒碰到卷田先生——廣樹先生吧？」
我看著他的雙眼，搖搖頭。
「這樣啊，倒也難怪。」
他望向往來的人潮，低喃著「畢竟人這麼多」。
「而且他不一定在東京。」
就是啊，店長又說。
「那麼，雖然更不可能，但你應該沒想過要找他吧？」
車站裡的廣播很吵。
「沒想過。」我回答。
這樣啊。中村先生像是放心，也像是失望。
「嗯，那就好。」他露出微笑。「儘管爲時已晚，但也因事過境遷，才說得出口。當時我一直在猜想……」
「猜想？」
「三郎先生決定再次回到東京，開偵探事務所——當然，最大的理由是蠣殼家的少爺挖角你，不過……」
實際上並非如此，但在心情上，「蠣殼辦公室」確實形同杉村偵探事務所的母公司。即使那裡的所長，在中村先生眼中，也是個「少爺」。不過，所長眞的很年輕，被當成小少爺看待也沒辦法。
「可是，我還是會想，會不會是那起事件的關係，三郎先生無法完全放棄，總有一天要眞正解決。我想太多了嗎？」
中村先生看起來是希望我肯定，又像是希望我否定。
我也是如此，懷抱兩種矛盾的心情。答案爲「是」與「不是」參半。
「那起事件，是讓我開始這份工作的契機。」我回答。「不過，也僅止於此。」
中村先生望著我，沒說「這樣啊」，也沒點頭。
「在這裡交談會妨礙通行呢。」他只是說說，並無移動的意思。我也一樣。
「『伊織』目前的情況如何？」
「早就倒了。味道變差，完全不行。」
「啊，果然。」
「現在是一家豚骨拉麵店。豚骨拉麵是九州名產吧？怎會流行成這樣？」
「東京的豚骨拉麵店也很多，有知名連鎖店來開店。」
「是嘛，那我試著去推銷食材。」
中村先生眨眨眼，彷彿還想說什麼，卻打消念頭。這是與意外重逢的杉村三郎道別的最佳時機。
中村先生輕輕舉起手，「那麼，希望能早日再會。」
我行一禮，「好的，希望很快能再碰面。」
車站內往來的人潮吞沒他的卡其色外套，一下就消失不見。
我走向中央線的月台，反省著自己太不機靈。中村太太愛吃甜食，剛剛應該買些「流行成這樣」的甜點當伴手禮，給中村先生帶回去。

別提送禮，還收到東西。不似回憶那樣溫柔美麗，但說是記憶又過於鮮明的種種往事，從心底浮現。

——總有一天要眞正解決。

雖然結束，卻並未解決。確實，就是這樣一起事件。

2

高中畢業前，我一直住在山梨縣北部的桑田町。上大學去了東京，一、二年級住在都內的大學宿舍雙人房，三、四年級獨自住在神田神保町的老公寓。爲了賺取房租，我打工的地方之一，是童書出版社「藍天書房」，畢業後幸運成爲正職員工。

「侘助」的老闆水田大造說我是「悲觀主義者」，還分析「想想你的人生歷程，倒也難怪」。根據老闆的劃分，身爲藍天書房編輯時，是杉村三郎的人生第一期。

我的人生第二期，以和今多菜穗子的婚姻揭幕。由於這場婚姻，我辭掉藍天書房，成爲菜穗子的父親——今多嘉親會長統率的今多財團的一員。這是今多會長提出的結婚條件，我接受了。我很喜歡童書編輯的工作，甚至認爲那是我的天職，不免感到可惜，但並不後悔。在我心中，菜穗子就是如此重要。

今多會長將我招入門下，不是要女婿繼承事業。菜穗子是會長外室的女兒，有兩個同父異母的哥哥，都非常傑出優秀，今多財團的事務只需交給哥哥們即可，菜穗子過得無憂無慮。身爲丈夫的我，當然也沒什麼重要的責任（這不是指我的身分輕鬆，而是地位無足輕重）。我被派到發行人爲社長的集團宣傳雜誌編輯部，繼續當編輯。

雖然是巧合，不過這份宣傳雜誌，也就是社內刊物，同樣名為《藍天》。換句話說，與菜穗子結婚，導致我的生活環境出現巨大的變化，但我依然是「藍天」的編輯。

今多嘉親是財經界的龍頭之一，資產龐大到難以想像。菜穗子在父親的羽翼庇護下，過得安樂富裕。成為她丈夫的我，也得到富裕的生活，就是所謂的釣到「金龜妻」。因此，儘管生活環境劇變，但對我來說，完全是幸運。後來我們生下女兒桃子，身在老闆所謂「如詩如畫的幸福」中。

可是，我們夫妻之間，潛藏著那幸福的詩畫無法徹底表達的題材。我察覺這一點，菜穗子也注意到了。然後，比我更誠實，在好的意義上是出身良好而不知害怕、勇敢無畏的她，率先停止無視這個問題。

我和菜穗子的婚姻畫下句點。杉村三郎的人生第二期結束。

那是二〇〇九年一月的事。

我下定決心返回故鄉，想暫時與過去的生活徹底切割。那時，哥哥告訴我父親重病，於是我毫無猶豫。

話雖如此，短短「決心」兩個字，卻是義無反顧的重大決心。因為母親曾大力反對這樁婚姻，盛怒之下竟丟出一句：

「我養你到這麼大，不是要讓你當有錢人家女兒的小白臉！」

當時，家裡幾乎與我斷絕關係。除了母親覺得可稍微軟化態度時以外，都當成世上沒有我這個兒子。這不是我的被害妄想，母親曾一清二楚地宣告：我就當你這個兒子死了。

這麼一提，返鄉後，我前往父親的病房探望時，姊姊喜代子恰巧也來醫院。一看到我，她就說：

「咦，死人復活了。」

姊姊認為母親的毒舌媲美蛇蠍，但我覺得她也不遑多讓。她沒惡意，就是舌頭太鋒利。至於病床上的父親，聽著沒笑也沒生氣（那時並非打太多止痛藥，導致神智混濁的狀態），像與母親廝守的歲月中一直以來那樣，僅僅露出有些為難的表情。

於是，老闆口中的「杉村三郎的人生第三期」開始。三十六歲離婚，同時失業，回到出生的故鄉，寶物只有七歲的女兒和探視權。

孑然一身地返鄉一看，睽違約十年的故鄉整個改頭換面，比我的體感記憶擴大兩倍，出現許多新大樓和房屋。農地減少，縣道沿線多出大型購物中心，並開拓新的分流道和橋梁。

四十二歲的哥哥，和四十歲的姊姊，生活也煥然一新。原本在公所任職，同時經營小果園（種梨子和李子）的哥哥，不知何時，居然成為專業農戶，而且是農業生產法人「夏目產地直銷集團」的幹部。哥哥的長男在北海道的大學攻讀林業，長女就讀高一。

姊姊是當地小學的教師。比她大十一歲的姊夫窪田原本是國中校長，但現在姊姊轉調學校，姊夫進入地區教育委員會，成為教育長。兩人之間沒有孩子。以為他們夫妻過著悠閒的生活，沒想到不知何時養一隻尾巴捲捲、長相聰明的柴犬，寵到甚至僱用保姆來照顧。柴犬是公的，名叫健太郎。我寄住在姊姊家，和健太郎混得很熟，非常清楚姊姊和姊夫如此溺愛牠的理由。

我返鄉不久，父親便出院，開始在家療養。哥哥和大嫂都忙於果園和「夏目產地直銷集團」的工作。母親身為主婦，料理家事，照護父親，一有空就到果園勞動。

我好幾次向母親和哥哥提議，想住在家裡照顧父親，及幫忙果園的工作。但前一個請求母親嚴厲拒絕，後一個請求則是哥哥婉拒。

母親至今仍在生我的氣。我有三大罪狀，罪狀一：不顧父母大力反對，執意結婚。罪狀二：這場婚姻失敗了。罪狀三：過了三十五歲，竟失業在家。

罪狀一和二，事到如今已無可奈何，但罪狀三，我也覺得沒臉見人。我曾考慮透過「藍天書房」時代的關係，繼續找編輯的工作。只是，我希望待在父親身邊，直到他病情穩定，而且也不想在這段期間無所事事地寄人籬下，才會向哥哥提議「幫忙果園」。沒想到會遭到拒絕，實在意外。

哥哥首先是說：「現在不能因爲是親人，就任意決定要怎麼做。」

這一點我理解，既然加入農業生產法人組織，果園就不單屬於杉村家的資產。但以家人的身分幫忙農務，不是什麼大問題吧？實際上，母親也會幫忙，「夏目產地直銷集團」應該也不會毫不通融。成員都是當地人，有些從我小時候就認識，甚至還有我的同學。

我這麼辯駁，哥哥支吾起來。

「你沒辦法再務農了。」他接著解釋：「你在都市生活的時間，比在這裡更久，早就是都市人。況且，十幾年來過著和我們完全不一樣的富裕生活，怎麼可能下田搞得渾身是泥？」

要是大肆宣稱我在東京「被都市的千金小姐一時興起撿去，過著小白臉生活」的母親也就罷了，居然連哥哥都這麼說。我憤慨不已，但我也不是平白度過十年婚姻生活。哥哥不擅言詞，對這件事的回答卻宛如朗讀官方聲明，讓我悟出背後有鬼。

於是，我詢問姊姊，她當下肯定我的疑慮：

「沒錯，和美討厭你。」

杉村和美是我大嫂。

「果然……」

「她很生氣，說你事到如今跑回老家，到底想幹麼？一定別有目的。」

「我才沒有什麼目的。」

「我知道，因爲我瞭解你。不過，和美不這麼想。何況，從客觀的角度來看，她的解讀才是一般人的想法。」

「姊，大嫂直接跟妳說的嗎？」

「怎麼可能？你這個傻瓜，我是聽到的。」

聽到那些在各處反射的回音，她解釋道。

我心知回到老家，會在周圍激起一些反應，所以謹守分際。但對大嫂周圍的人——講得更明確點，站在大嫂那邊的人，實在無從表明心志。

「所以，你不要住在家裡比較好。不必顧慮我們，先住在我們家吧。」

然後，快點找到工作。

「多大的人了，成天無所事事，會腐蝕心志。工作不是義務，而是爲自己好。」

挺有教師說教的派頭。

「我知道。不過在這裡，沒那麼容易找到差事吧？」

「你會做什麼？」

活到三十六歲，我卻無法抬頭挺胸當場回答，實在窩囊。

「會做什麼……我之前是編輯。」

「我們家爸爸人面很廣，他應該能幫忙介紹。」

「我們家爸爸」指的是姊夫。在我的記憶範圍內，他們以前是互喊名字，但自從養健太郎後，便開始互稱「爸爸」、「媽媽」。

「去當觀光導覽所發行的免費報記者，怎麼樣？或者，補習班講師？你大學不是念教育系嗎？」

「嗯，是啊……」

「再挑三撿四，小心會一直失業下去。」

「我明白。可是，哥爲什麼不替我跟大嫂解釋，我沒要覬覦家產？」比起工作，我覺得這個問題更嚴重。

「埋怨也沒用，你哥本來就不會說話。」這是事實。

「而且，在這類問題上，男人都是聽老婆的。」

「那麼，對我說那種話的不是哥，而是大嫂的腹語術人偶嘍？」你眞愛計較──姊姊笑道。

「腹語術？嗯，是啊。不過，哥只是個小人偶，頂多指頭大吧。」聽到這話，我頓時釋懷。

「我去應徵免費報的記者好了。」

在種種意義上，這都不是太困難的工作，因爲這個職位根本不算「記者」。這份免費報是由包括桑田町在內，鄰近五個町的觀光導覽所出版，介紹當地美食和伴手禮，我的工作是負責分送到簽約的店鋪。這份報紙是週報，等於一週只需工作一天。

不過，這下總算脫離「待業中」的狀態，我三不五時回老家探望。老家距離姊姊家騎自行車只要五分鐘，有時我會帶著健太郎一起去。

父親的病況穩定，逐步恢復，氣候變得溫暖時，已能陪同到附近走走。哥哥的寡默和不擅言詞就是遺傳自父親，所以我們父子只是靜靜散步，但我依然十分享受這段時光。

每逢假日，麻美有時會加入散步。麻美是哥哥的大女兒、父親的孫女，及我的姪女。她小時候很文靜，是動不動就躲到母親背後的害羞孩子，如今長成活潑外向得令人訝異的高中生。她參加袋棍球社團，在一、二年級隊員裡跑得最快，相當引以為豪。

這個愛笑又健談、最喜歡爺爺，並且和普通青少年一樣，跟母親不時「關係緊張」的姪女，或許多少也是基於反抗母親的心理，對我懷有善意的好奇。之前女兒的表哥表姊們都彬彬有禮地喊我「杉村先生」，久違的「叔叔」稱呼，教我既難為情又開心。

據她所述，「叔叔不來，奶奶會生氣。可是，叔叔一來，奶奶也要生氣。」

「真是對不起。」

「沒關係啦，反正奶奶不是在生氣，就是不高興。有時就算在笑，其實也是在生氣。爺爺，對吧？」

在這類閒聊中，不管是什麼話題，父親只會淡淡應一句「是啊」。他本來就是這樣的人，直到逝世都不改作風。

第一個問起我的女兒桃子的，也是麻美。一樣是初春時節，我去分發免費報回來的路上，巧遇參加完社團活動的她。

「叔叔，要不要吃點什麼填肚子？」

她帶我去當時迷上的咖啡廳，推薦披薩吐司和果醬吐司，於是我各點一份。聊到學校和社團，她問：

「這麼說來，叔叔有小孩吧？幾歲？上學了嗎？」

「她讀小二。」

麻美想看照片，我便秀出手機裡的存檔。麻美微微睜大眼，驚呼：

「好可愛！眞像叔叔。」

「謝謝。」

「你隨時都能看到她嗎？」

「大部分的時候。」

「可是，叔叔在這裡不方便見面吧？平常都怎麼聯絡？」

「傳簡訊，或用skype視訊。」

「這樣啊……」

感情眞好。她說著，冷不防問：

「離婚你很傷心嗎？」

返鄉後，從來沒人問過我。她這麼一問，我才發現自己一直希望有人關心。

所以，我直率回答：「嗯，很傷心。」

一陣沉默。

麻美小聲開口：「抱歉，問了怪問題。」

「不會，一點都不奇怪。」我自然地回答。「謝謝妳的關心。」

這樣啊……麻美點點頭，客氣地、提心吊膽地微笑：

「那太好了。」

之後，我的心情輕鬆許多。

五月中旬，有人邀我到「夏目市場」工作。

同一時期，父親身體不適再次住院，重新接受檢查。借用哥哥的說法，檢查結果是「動手術也只是安慰而已」，我變得比之前更無力、茫然。

「夏目市場」位在桑田町南端，連接中央快速道路的縣道旁。以前每到梨子和葡萄的收穫季節，幾戶農家會向地主日租土地，搭起帳篷，開設直營店，做起觀光客的生意。後方是雜木林，不過土地呈橫長條狀，約有小學體育館大。

「夏目市場」正式承租這塊土地，蓋起排球場大小的簡單店鋪。土地剩下的一半，整理後當成停車場，並設置廁所和盥洗室。

之前，我每週會去送一次免費報，與中村店長也是第一次拜訪時打過招呼而已，並不特別親近。那天，我送當週的免費報過去，回收上週剩下的份，準備回去時，店長叫住我：

「杉村先生，請裡面坐。要不要喝杯茶再走？」

中村店長很忙碌，忙碌的人說話都特別快，當時也是如此。端出來的茶還沒完全涼掉，便約定我要在此當銷售員。

聽來似乎挺隨便，但在我的感覺上就是如此。或許是我滿腦子父親的病情，心思散漫，但最重要的是中村先生既爽朗又強勢。要不要來我們這裡工作？一起共事吧！好，就這麼說定！

「由於是必要程序，請填一下履歷表。明天上午七點到集貨倉庫集合，不是這裡喔。」
「呃，那個……」
「喊『杉村先生』會和一男先生搞混，叫你『三郎先生』可以吧？」
「我完全沒有營業或銷售方面的經驗。」
「沒關係。三郎先生在東京去過許多超市和大賣場吧？希望你活用那些經驗，對商品的擺設和宣傳POP的設置提供一些意見。」
「哦……」
「還有粗活。」
不過也不是多勞累的粗活，女員工都做得來，他笑道。
「發免費報的工作可繼續。我們也有配送業務，所以你兼職沒關係。觀光導覽所那邊，我會去說一聲。」
然後，中村店長瞇起眼：
「如果三郎先生肯來我們這裡工作，你爸一定會很高興。」
我驚訝地望向他。
「這裡的工作很有趣喔，請多指教。」
後來才知道，中村先生和我哥十分要好，以前就向哥哥提過想僱用我，要哥哥詢問我的意思，但不知爲何一直沒傳達給我。不過，我明白中村先生會在這時候直接叫住我，不光是爲了我，也是爲了我父親。
總之，我成爲「夏目市場」的一員。由於是領時薪，算是兼職人員。擔任銷售員的三名同事都是女性。

除了「夏目市場」之外，中村店長還兼產地直銷集團的業務，副店長坂井先生擔任副手支援，前山先生一手包辦財務和總務。以上共七名人員，經營著這家「夏目市場」。

我的日常生活，從小孩子跑腿般的分發免費報，一下變得忙碌起來。我的生活有兩種模式，模式一：早上七點前往集團的集貨倉庫報到，將當天的商品送到「夏目市場」，陳列至賣場，貼上標價。上午十點開店後，進行銷售業務，期間補充、整理、配送商品。模式二：早上不是去集貨倉庫，直接到店鋪上班，進行打掃，準備好讓商品一來就能上架，之後都一樣。兩種都有晨會和打烊後的會議，在中村店長主持下交流意見。

「夏目產地直銷集團」沒有畜牧農家參加，但「夏目市場」會向外部簽約農家進貨土雞蛋、火腿和培根，由坂井副店長負責。坂井先生大我三歲，從盤商時代就是中村先生的部下。負責財務和總務的前山先生是退休的當地銀行員，如同字面形容，是「夏目市場」的金庫看守員，而且長年飽受腰痛困擾（有時嚴重得教人同情），得以免除賣場等清掃工作，不過客人多時，他會去停車場指揮交通。他說伸展腰部走一走，可緩和腰痛。

除了我以外，員工都不是集團的家人或親友。其中有人從甲府或韮崎市來上班。

桑田町和近鄰從以前就盛行果園經營，但也持續住宅區化。我離開的十年之間，這樣的情形益發嚴重，目前一半的町成爲都市地區的「睡城」。所以，「夏目市場」的主要客層，是以通勤者爲中心的當地居民。假日觀光客貢獻的營業額，則是令人感激的額外營收。

「在甲府市開分店」。

「販賣肉品、鮮魚和熟食」。

這是中村店長和坂井副店長理想中的未來藍圖。將「夏目市場」打造成一個產地直銷型的超級市場。這家店是第一步，敲進岩壁的第一個攀岩釘。

我進行接待客人的實習、打收銀機，每天寫許多商品的POP廣告，像是：「○○先生種的菠菜」、「○○園的梨子」，並附上生產農家負責人的照片，標明農產品的營養成分，與推薦食譜一同展示。雖然會出門送貨，不過也曾自以爲是當地人知道路，卻在搬去東京期間完全變樣的城鎮裡迷失方向，出了大糗。另一方面，我提議製作在配送時分發的單張廣告「夏目新聞」，成爲責任編輯。

工作眞的很有趣。

有段時期，我過著「人人羨慕」的生活（不管母親如何頑固地當我死了，這樣的消息仍會流傳出去），卻失去一切，回到故鄉。在旁人眼中，我是個失敗者。此外，我在婚姻生活中，幾次捲入登上新聞的大案子，有一次甚至害妻子遭遇危險。從這一點來看，我也是個瘟神。即使別人認爲我的人生失敗，不光是不幸找上我，其實是我本身吸引不幸，也莫可奈何。

身邊的人，不管是同學、朋友、親戚或他們的親戚，都對我敬而遠之。他們也許是覺得我看了可憐、覺得我活該、替我丟臉。可能是憐憫我，可能是怕我，也可能全部都是。

然而，在「夏目市場」不一樣。由於每天忙碌工作，加速全身血液循環，讓我不再是行屍走肉——我總算恢復正常，足以認識到先前的我是一具行屍走肉。「夏目市場」的人，把我當成一分子。

梅雨過去，桑田町迎接夏季觀光季節時，我成爲銷售組長。我是新來的（而且是兼職人員），卻擔任什麼組長，未免太不知天高地厚，一開始我辭退了。

「不要這樣講，你就當嘛。要是遇上什麼麻煩，客人吵著叫負責人出來時，有個男的職員出來擋，我們也比較輕鬆。」

女員工裡最年長的林女士這句話，說服我答應。「夏目市場」極少遇上客人發怒，而且碰到問題時，還有副店長出面，但她們這樣倚重我，我十分開心。

這時，父親住進縣內的安寧病房，在開車單程半小時的地方。多虧姊姊和姊夫四處奔走安排，出了必要的費用。不過，父親一天中，大半的時間都昏昏沉沉，其餘多在睡夢裡度過。

我的生活穩定下來。是不是該搬離姊姊家，到外面租公寓？那樣一來，就不能跟健太郎住在一起，也不能傳〈今天的健太郎〉影片和照片給桃子。她一定會很失望，該怎麼辦？如果不論父親的病情，我只有這點程度的煩惱。

在這樣平靜的生活中，發生那起事件，並讓我結識蠣殼少爺。

3

「伊織」是販賣手打蕎麥麵，和甲州名產「餺飥」（註）的店。這家古民宅風的店鋪，和「夏目市場」一樣位在縣道沿線，地點良好。靠近中央快速道路的會合地點，旁邊就是高爾夫球場和登山路線，當地居民和觀光客都很愛光顧。同時，店裡提供的食材大半是從「夏目市場」進貨，也是我們的客人。

註：山梨縣的鄉土料理，是一種扁麵加蔬菜及味噌煮成的麵食。

老闆卷田夫妻住在桑田町，除了公休日的星期一以外，每天早上八點半左右，都會在前往開店的途中經過「夏目市場」。雙方談妥前天以電話或電郵訂貨，「夏目市場」會預先準備好商品，每半個月結帳一次，現金付款。雖然是小客戶，卻是理想的客人。

不過，這天——七月三十日星期四早上，有些異於往常。雖然前天收到訂單，但這天將近十點，卷田夫妻都沒現身。

女性銷售員和我不一樣，不是上全天班，而是分成早班和晚班。前天接到訂單的是一名叫藤原的年輕員工，這天早上跟我一起準備開店的是林女士。

「填了訂購單，應該不是弄錯。」

林女士納悶地說，但仍打電話向藤原確認。

「確定是今天早上要來取貨。」

「會不會是臨時公休？搞不好是罹患夏季感冒。」

卷田夫妻還很年輕，丈夫廣樹三十五歲，妻子典子看起來才三十歲出頭。約莫是年輕有體力才有辦法，他們夫妻單獨操持吧檯加雅座約二十個座位的店。如果其中一人生病，店也只能休息。

「那種情況，他們一定會打電話來。」

雖然是大受歡迎的店，畢竟是地方小鎮的餐飲店，「伊織」的來客數受到季節和天候的影響，營收有所變動。有時他們幾乎天天向「夏目市場」訂食材，有時長達一週都沒消息，才會發展成前天訂購，隔天早上取貨的慣例。林女士比我資深，很清楚這部分的狀況。

我打電話去「伊織」，卻轉入語音信箱。由於從來沒這個必要，「夏目市場」沒人知道卷田夫妻的手機號碼。

這時，我們第一次發現，沒人與忠實顧客的卷田夫妻有私交。卷田夫妻溫和明朗，是一對好鄰居，但社交方面並不活躍。

「嗳，再等等吧。」

然而，過了中午，卷田夫妻依舊沒現身。電話也一樣轉入語音信箱。

我和坂井副店長商量後，決定前往探看狀況。我是騎機車上班，騎一下就抵達目的地。

只見「伊織」店門深鎖，掛著「準備中」的牌子。店鋪旁的停車區停著兩輛車，一對看似夫妻的男女和穿工作服的兩名男子，不知所措地走來走去。盛夏季節的中午時分，每個人看起來都很熱。

我出聲打招呼：「今天休息嗎？」

看似夫妻的男女應道：

「好像是。」

「明明不是公休日。」

仔細一瞧，出入口的格子門前，插著以紙帶紮起的三家報紙。

果然是臨時公休。我騎車折返，回到桑田町。

卷田夫妻住在町裡的西北側，一座平緩的丘陵地上。小時候，雖然數量不多，但這一帶有養蠶人家，丘陵大半是桑田，結出紅色果實時，景色極美。

如今桑田已消失，散布的住宅之間，填滿蔥田、密集的玉米田、番茄和茄子溫室。

住宅種類形形色色，有全新的三層樓房，或木板牆圍繞、附有傳統菱紋牆倉庫的木造雙層大屋子，及似乎是租給單身者的小巧公寓。丘陵上沒天然氣管線，每戶人家屋外都有瓦斯桶接頭。

來到目標人家前，我忍不住再次確認抄下的住址。

那戶人家非常簡陋，我不禁懷疑找錯地方。「伊織」的生意興隆，而且卷田夫妻還算年輕，居然住這種房子？

這是一幢平房，外牆是布滿污漬的沙漿牆壁，屋頂是單調的灰色石板。屋子呈長方形，橫邊比進深稍長，正面有一道骯髒的胭脂紅油漆門，房子旁有條長長的緣廊，四面落地窗並排，所有窗簾都拉上。

沒有外牆或籬笆，屋子毫無遮掩地裸露在外。右邊是一塊完全乾燥龜裂的空地，不知是休耕或棄耕地。後方是雜木林。左邊也是空地，但應該是某些業者的資材放置場所，舊輪胎和撕掉標籤的金屬方罐堆積如山。銀色金屬方罐反射著陽光，格外刺眼。

緣廊前面是平地，掉落著幾個空的大花盆。擺著水桶和束起來的水管，是用來洗車的嗎？地面有一道輪胎痕。這裡應該是卷田家的停車位。

卷田夫妻開的是深藍色箱形車。雖是六人座，但可收起後車座挪出空間，因此總是將貨物堆放在那裡。我幫忙過幾次，頗有印象。

既然車子不在，表示卷田夫妻一起出門了嗎？因爲有急事出門，忘記昨天在「夏目市場」訂購食材嗎？

我跳下機車，前往玄關門口。門上的置物盒空空如也。這麼一想，剛才店裡有沒收進去的報紙。

門鈴也是，一看就是舊型。我按一下，屋裡響起叮咚聲。隔一段時間再按，我總共按三次。沒有反應，我敲敲門。

樣。

「有人在嗎？」

沒有回答。我繞到緣廊。窗簾似乎是遮光厚窗簾，右邊兩面和左邊兩面的顏色和花紋都不一樣。

「不好意思，卷田先生、卷田太太，你們在家嗎？我是『夏目市場』的人。」

我呼喚幾聲，一樣沒回應，窗簾也沒動靜。

我不經意地繞到屋子後面，忍不住發出「啊」一聲。雜木林深處、已是丘陵另一側的斜坡上，是一片墓地。從這裡望去是俯視的角度，樹林枝椏間可看到許多墓碑頂部。

在地方小鎮，這種情形並不罕見。生者過日子的地方，鄰近與死者沉眠的墓地，沒人會害怕或厭惡。生活在祖靈旁邊，非常自然。我之所以脫口「啊」一聲，是由於這樣的感覺深藏許久。但我並不驚訝，因為我尚未失去熟悉的感性。

我注意到另一件事。面對雜木林設置的空調室外機發出嗡嗡低音，吐出微弱的風。

我折返屋子旁，單膝跪在緣廊，身體前探，準備敲窗。這時，窗簾分開，縫隙間露出一張蒼白的女人臉孔。

我嚇到心臟停一拍。

是卷田太太——典子小姐。

我急忙挪下膝蓋行禮。

「不好意思，我是『夏目市場』的杉村。」

我用比剛才更大的聲音說道。

「今天早上你們沒來取貨，我們有些擔心，便過來看看。是身體不舒服嗎？」

卷田太太留著快及肩的黑髮，劉海在眼睛上方剪成一條橫線。她是宛如日本人偶的美女，即使在盛夏期間，膚色依然白皙，單眼皮的細眸透著一股清涼。但現在看來，反倒像鬼魂。

約莫是聽到我的呼喚，她從窗簾縫隙間消失。我趕往門口，聽見解開門鏈的聲響。門打開了。卷田太太打赤腳，抓著門把，搖搖欲墜地撐住身體。無袖的淡藍色洋裝皺巴巴。室內流出空調的冷氣。由於與戶外空氣溫差很大，我能夠清楚感受到。在這當中，我嗅到一股格格不入的味道。類似盛夏的泳池氣味，消毒用的氯水。

「對不起……」

卷田太太細聲開口，幾乎快要聽不見。

「我完全……忘記了……」

她看起來很不舒服，憔悴萬分，但似乎不是生病。別說沒化妝，好像連臉都沒洗。眼皮浮腫，雙頰上淚痕斑斑。

她在哭。

「發生什麼事？」

這麼一問，恍惚的卷田太太眼神游移。

「昨天晚上……外子走了……」

她喃喃自語，赤腳走下玄關泥土地。一步、兩步。步履蹣跚，身體搖搖欲墜。

「他在外面有女人。」

她啞聲說完，昏了過去，倒進我的懷裡。

打電話叫救護車，將典子小姐送到桑田町唯一的急救醫院後，「夏目市場」的成員一同請求桑田町會的婦女部支援。雖然詳情不明，但感覺需要女性協助。姊姊有段時期在婦女部擔任幹部，似乎經常往來，我從她口中得知後續情形。

據說昏倒時，卷田太太有輕微的脫水症狀。幸好沒生命危險，八月一日出院後，便回娘家。

「她的娘家在龍王町。」

那裡有JR中央本線的車站。現在因爲合併，變成甲斐市的一部分。

「她的娘家開餺飥麵店『卷田』，在當地是老字號。」

「『卷田』？原來卷田是太太的姓氏。」

「對，她老公是入贅女婿，居然敢搞外遇。」

卷田典子從當地高中畢業後，進入東京的短大。出社會工作後，一直在東京生活，但認識了廣樹，一起回到故鄉山梨。那是九年前，二〇〇〇年的事。

「他們是什麼時候開了『伊織』？」

「二〇〇二年五月，差不多是那個時候。」

「典子小姐幾歲？」

「三十一歲，她老公三十三歲。」

廣樹先生看起來比實際年紀更大。

「那就是短大畢業兩年後就回來了。」

「不知是有什麼考量，還是想家，理由很多吧。你也是其中之一。」

我老實受教：「沒錯，就是這樣。」

「那家店是租的，屋主是龍王町的人，你應該不認識。在『伊織』之前，那裡也是一家蕎麥麵店，忘記叫什麼店名，可是很難吃。」

那麼，桑田町的房子也是租的吧。錢和時間都花在店裡，全心全意顧著生意，住處才會如此簡陋嗎？

「明明娘家開店，他們夫妻卻特地來這裡創業嗎？」

「住在一起，總是會感到窒息吧。有些事得夫妻一起從頭打拚吃苦，才會學到。」姊姊露出別有深意的笑容。「哥和大嫂要是出去吃個苦再回來，或許會比較不一樣。」

事到如今，還能有什麼不同？我懶得追問，敷衍地應一聲。

「廣樹先生以前做過餐飲業嗎？」

完全沒經驗的人，有辦法兩年就打造出一家像「伊織」的店嗎？

「這我就不清楚了。會不會是在太太的娘家努力修行過？」

餺飥是甲州的鄉土料理，手打蕎麥麵也有人當成興趣，熱心鑽研。

「又不是懷石料理或法國菜之類的高級料理。」

「也對。不曉得他們以後會怎麼處理？」

我和姊姊夫妻，還有「夏目市場」的同事去過「伊織」幾次，美味名不虛傳，這下店卻關了。

「只能收起來吧。」

「眞可惜。」

星期日傍晚，我正和姊姊一起準備晚餐。我在廚房桌上剝毛豆，姊姊在剝蠶豆。她停下手，抬頭望著我：

「你沒問題嗎？」
「什麼沒問題？」
「典子小姐的遭遇，和你的經歷十分類似吧？」
我離婚最直接的原因，是妻子外遇，但遠因在於我們夫妻關係的基礎。
「別看我這樣，我也會擔心你觸景傷情。」
明明在擔心，姊姊的表情卻像在生氣，這也很像我們的母親。
「放心，早就是過去的事。」
我環顧籃裡堆高的毛豆和蠶豆。
「剝這麼多豆子要做什麼？」
「毛豆當然是要燙，蠶豆要和小蝦子一起炸。」
姊姊拿著竹籃，從高腳椅站起，背對我說：
「有人早就發現，廣樹先生在外面有女人。」
繼續卷田夫妻的話題。
「上個月中旬，『伊織』的客人在甲府車站附近，看到老公和陌生的年輕女人走在一起。」
「這樣啊。」
「還挽著手。」
姊姊的語氣像在指責那是犯罪。
「大家議論紛紛，但老婆似乎完全沒發現。不過，發生這種情況，意外地另一半都不會察覺嗎？」

「姊。」

「幹麼？」

「妳那樣大剌剌地問我意見，我還是會受傷的。」

姊姊回過頭，凶狠地瞪著我。

「幹、幹麼啦？」

「你的風評沒有自己想像的差。」

語氣很凶，只有熟悉姊姊的人才聽得出，其實她在安慰我，還帶著鼓勵。

「婦女部的人都說，三郎似乎在東京遇到很多事，可是完全沒變。」

我一時不知如何回應。

「呃，這……」

我應該要說「多虧『夏目市場』的同事」，準備開口時，玄關傳來姊夫「我回來了」的打招呼聲。健太郎吠一聲，這是牠的「我回來了」。他們傍晚去散步。

「孩子的爸，叫你順便買辛香料，你沒忘記吧？」姊姊問。「晚上吃麵線。」

「既然要炸東西，可以做天婦羅蓋飯嗎？」

「蠶豆炸物就沾鹽巴好嗎？」

姊姊又轉身背對我，著手做菜。我起身準備拍攝〈今天的健太郎〉影片。

「伊織」果然歇業，一星期後，插起出租的看板。

「店裡的裝潢全部保留出租嗎？」

「希望還會有好吃的蕎麥麵店進來。」

我們員工像這樣聊著，但中村店長意見有些不同。

「乾脆趁這個機會，租下當我們的直營餐廳如何？」

他的表情不像是開玩笑。聽到這話，坂井副店長也說：

「杉村先生，我們去上手打蕎麥麵課程吧。」

姑且不論是不是要在餐廳工作，我覺得很有趣。然而，這個計畫卻遭林女士一口駁回：

「盂蘭盆節連假馬上就要到了，那可是最賺錢的時候。要作夢，等賺夠再來。」

實際上，盂蘭盆節連假期間，「夏目市場」的生意好得不得了。客人絡繹不絕，工作人員忙到連吃午飯的時間都沒有。客人攜家帶眷，店裡熱鬧得平日完全無法相較，進來工作後，我第一次體驗到這樣的喧鬧，一天結束，整個人都累癱了。我連續兩天無法傳送〈今天的健太郎〉影片，桃子還傳簡訊催促。

二十日過去，盂蘭盆節連假的盛況總算告終。暑假的觀光季節仍在持續，但「夏目市場」的人員輪流各放兩、三天的假。畢竟員工也有家人，孩子都期待暑假出遊旅行。

身為新人，我得到兩天暑休。一天去探望在安寧病房的父親，一天去東京陪桃子到游泳池。桃子被健太郎的可愛迷倒，吵著要養柴犬。

「爺爺說好，可是媽媽不答應，說有舅舅家的萊諾了。」

我的前妻今多菜穗子在世田谷區松原的娘家，跟父親和哥哥們住在一起。萊諾是她的大哥一家養的拉布拉多犬。

「爺爺都好嗎？」

「嗯，不過上次在醫院住了一星期。」

這是個令人擔憂的消息。過去十年我的岳父兼上司今多嘉親，至今仍是我最尊敬的人。他已八十三歲，身體隨時可能出狀況。

跟女兒的約會，事先說定到下午五點。不是我送她回松原的家，而是菜穗子來迎接。可是，出現在帝國飯店大廳的，卻是今多家的女傭之一。

桃子似乎頗熟悉對方，但我不認識。對方應該知道我的身分，態度生疏。我無法詢問菜穗子沒來的理由，是她本身的緣故，還是她父親身體狀況欠佳。

「爸爸，下次什麼時候能見面？」

「我們再討論看看。妳第二學期有運動會吧？」

「不是啦，是校慶。」

「我記錯了。桃子的班級今年要做什麼？」

幼小的女兒拉開嘴角，難以發音般回答：「音、音樂劇。」

「好厲害，爸爸一定會去參觀。」

「爸爸，要幫桃子摸摸健太郎喔。」

「嗯，爸爸會每天幫妳摸摸。」

放開牽著女兒的手時，總覺得自己的一部分被剝離。那應該是傷口痊癒的過程中形成的痂吧。然後，又流出一點血。

隔天，我將在東京買的馬卡龍分給「夏目市場」的大夥。完全不會喝酒、超級熱愛甜食的坂井副店長休假，女員工口口聲聲同情他，卻把他的份吃得一乾二淨。

這天下午的配送業務，我也要負責副店長的份。我參考他留下的聯絡紙條，汗流浹背地開著「夏目市場」的小貨卡四處奔波。

桑田町是一片與渡假勝地無緣的土地，但也不是完全沒有別墅。這天最後的送貨地點，位於桑田町西側山中的「斜陽莊」，就是其中一處。

坂井副店長留下的便條寫著：「屋主是蠣殼先生，除了夏季以外會長期滯留。管家不在時，貨品須搬進屋內妥為存放。」

住的是老人家嗎？我暗暗猜想著，在雜木林裡的私有道路前進，看見陡峭的紅色屋頂。設在屋簷處的衛星天線頗為醒目。

私人道路前方，在雜木林包圍下，有一棟小木屋風格的宏偉雙層住家。占地寬廣，前面有附屋頂的車庫，延伸出兩條車道，一條通往玄關前，另一條延伸至建築物右側。前院的草坪和籬笆修剪得宜，盛開著一串鮮紅。

我小心翼翼地開著小卡車，繞到屋子旁。廚房後門在那裡，附有門鈴。但我還沒按門鈴，便聽見「咚、咚」的規則聲響。我下車走到屋子後面查看。

那裡有座網球場，以圍欄與周圍的雜木林隔開，一名穿T恤、短褲及遮陽帽的男子，對著射出黃色網球的機器練習接球。

我看得出神，他的球技極為精湛。

機器應該很高級。球速非常快，不僅是軌道和速度有變化，有時還會射出上旋球。戴遮陽帽的男子逐一接住，準確地回擊，也擊出一些角度刁鑽的球。如果是比賽，對方可能會無暇應接。

他機敏地縱橫球場，發出「啾、啾」磨擦聲。不是藍色硬地網球場與網球鞋底的磨擦聲，而是運動用的輪椅，呈八字張開的車輪發出的聲響。戴遮陽帽的男子是一名輪椅網球手，而且是左撇子。

機器發出嗡嗡空轉聲，接著停止，約莫是球射光了。遮陽帽男子沒有上氣不接下氣的樣子，甩一下球拍，搭在肩上，轉向我。

打招呼前，我忍不住先鼓掌。遮陽帽男子微微歪頭。

我行一禮，開口：「抱歉，我是『夏目市場』的員工，過來送貨。」

對方依然歪著頭。我以爲他是在疑惑，怎麼來的不是坂井副店長，沒想到他說：

「你是杉村先生吧？」

「是的。今天坂井先生暑休，所以……」

對方不理會我的說明，我行我素地繼續道：

「我是蠣殼昴。剛好，我正想見你。」

「什麼？」

「後門密碼是388，方便請你送到廚房嗎？我馬上過去。」

我將貨品放進大冰箱及旁邊的訂製收納櫥櫃時，蠣殼昴先生取下遮陽帽，換成一身運動衣，走進廚房。他撐著拐杖，行動不便的似乎是左腳，運動褲外面套著支架，走路時身體會傾斜。

然而，他完全就是一名晒得黝黑的運動員。身高約一六〇公分，頗爲矮小，但體型經過鍛鍊，結實無贅肉。

他非常年輕，讓人反倒不好意思稱呼他爲「先生」。大概二十四、五歲吧。如果是公司晚輩，一定會直呼名字。

「謝謝。」

他瞥一眼收納櫥櫃說。

語氣自然，既不傲慢，也不盛氣凌人。

「接下來你還要送貨嗎？」

「沒有，今天府上是最後一站。」

「我想也是。我總是請坂井先生最後再送貨到這裡。」

只有這句話，語氣帶著親暱。

「請隨便坐，喝冰紅茶好嗎？」

他從櫥櫃拿出杯子，打開冰箱取出水壺。動作俐落，根本沒機會讓我客氣或說「我來」。還有，他似乎只有打網球時是左撇子。

開放式廚房、餐廳，及偌大的客廳打通，天花板挑高，露出粗大的屋梁。家具不多，但都很高級。客廳一隅，擺著家庭音響和大螢幕電視，兩個外接音箱設在牆上。

「那我就不客氣了。」

加冰塊的紅茶吸引力十足，我拿起杯子。這種狀況不適合推辭，而且不光是流汗，我有點緊張，喉嚨一陣乾渴。

這名年輕人長得俊俏，似乎很有教養，但我不認識他，也不曾在「夏目市場」聽過他的事，爲何他會「想見我」？

「抱歉，你一定嚇到了。」

約莫是看透我的心思，他淡淡地說。

「其實我很清楚你這個人。」

「這樣嗎？我在『夏目市場』是新人，是坂井先生——」

「不，我調查過你。」

我差點沒把紅茶噴出來。

「意思是……？」

蠣殼昴先生在扶手椅坐下，擺出放鬆的姿勢。臉上沒笑容，但也並非不高興，而是雍容自在。

「杉村先生，你在東京曾多次捲入案件吧？第一次是三年前，一名打工女職員遭到你們編輯部開除，挾怨報復，對你和同事下安眠藥。」

這是事實。

「那名女子變本加厲，闖入你家，持刀威脅太太，還抓你女兒當人質，引發軒然大波。」

這也是事實。

「後來不到兩年，你捲入公車劫持案。歹徒死亡，但在那之前曾犯下其他殺人案，是一起錯綜複雜的案子。」

我像紅茶杯一樣冒出汗，「你眞清楚。」

「剛剛提到，我調查過你。」他喝一口冰紅茶。「正確地說，是派我底下的人調查過你。」

我不單緊張，還迷糊起來。

「意思是，呃……」

「我有一家調查公司。」

蠣殼昴先生說到這裡，第一次浮現看得出是笑容的微笑。

「創業的是我父親，但前年我大學畢業後，他就把公司交給我。不是因爲我優秀，他總是三分鐘熱度，一下就見異思遷。目前他忙著經營夜總會。」

我無法反應。

「夜、總、會。」

他重複一次，似乎以爲我沒聽見。

「那是供出於苦衷，必須從事這一行賺取豐厚薪資的女性，能安心工作的、健康的夜總會。」

這樣啊，我應一聲。

「所以，我的父親不是壞人，但也不是你前岳父今多嘉親那樣，可登上偉人勵志傳記的人物。」

是更不正經的人，他繼續道。

「順帶一提，我的祖父也一樣。他是所謂的投機客。據說，今多嘉親被稱爲財經界的猛禽，而我的祖父綽號叫兜町的鵺（註）。」

不過祖父去世了，他說。

「葬禮時，冒出三個自稱爺爺私生子的人。」

「哈哈，場面一定很混亂。」

「我們家沒半個人感到驚訝。」

註：《平家物語》中出現的怪物，頭似猿猴、身體似狸貓、尾巴似蛇、腳似老虎。之後用來譬喻神祕不可捉摸的人。

我又一陣沉默。

「這些閒話不重要，我們進入正題吧。」

他微微傾身向前。

「我的公司叫『蠣殼辦公室』。法人社長仍是我父親的名義，因此我是所長，實質上是經營負責人。然後，我以這樣的身分，想拜託你一件事。」

我覺得輕率詢問「什麼事」，可能惹禍上身。

「杉村先生，可以幫我一個忙嗎？」

杯裡融化的冰塊動一下。

「是最近我們接到的案子——或者說，是我答應要接下的案子。因爲就發生在身邊。」

「身邊？」

「沒錯，近在身邊。」

他略微強調「近在身邊」四個字。

「是『伊織』卷田夫妻的事。換句話說，跟你不無關係。丈夫在外頭有女人，離家出走，卷田太太憔悴失神，就是你發現她的異狀，並叫救護車的吧？」

之後過了快一個月。

「是這樣沒錯……」

「事有蹊蹺。」

他單刀直入地說。

「坦白講，非常可疑。那起事件，可能沒這麼單純。卷田典子指控搶她丈夫的女人叫井上喬美，但井上喬美的母親主張不可能，依我們調查的結果，她的說法頗爲可信。」

我困惑地反問：「爲什麼需要我幫忙？」

蠣殼昴先生當場回答：「若是你去見卷田典子，完全不會引起警戒。你只要說是去探望她，詢問後來的狀況即可。」

我又考慮五秒。

「這樣就行了嗎？」

「要看你。不過，你應該會想繼續追查。」

畢竟你是好奇心旺盛的人——蠣殼昴先生說。

麻煩的是，我認爲他看人的眼光十分精準。

4

不能丟下做到一半的工作，等「夏目市場」的營業時間結束，我再次前往斜陽莊。廚房充滿誘人的香味，桌上已備妥西班牙海鮮燉飯、網烤菲力牛排及蔬菜溫沙拉。

此刻，我的驚訝不下於看到他在網球場上的表現。

「這是你準備的？」

「沒你想像中難。」

對於只會剝毛豆的我來說，太困難了。

我們沒喝酒，迅速用餐完畢。蠣殼昴先生認爲邊吃邊聊案情有害消化，於是告訴我，這棟他父親「投注所有創意和心血」興建的別墅來歷。比方，挖地基時發現古老的墓碑，他父親說要當裝飾品擺在庭院，遭到施工業者責罵；還有，他父親太囉嗦挑剔，換了三個設計師；「斜陽莊」是昴先生那身爲太宰治（註）迷的母親取名的，她是父親的第二任妻子；另外，後院一開始有泳池，但昴先生開始打輪椅網球後，父親便立刻將泳池填起來，改建爲網球場，而這應該跟父親和現任妻子（第四任）的婚事有關。

「我純粹是出於對父親的關心，勸他不要登記，當同居人就好。但父親似乎以爲我反對這樁婚姻，蓋網球場彌補我。」

「令尊爲什麼認爲你會反對？」

「因爲他現任的太太和我同年。」

態度雲淡風輕。雖然沒什麼表情，卻有一股淡淡的、（感覺）討喜的神色。他長得不錯，頗爲俊俏，但不過分端正。從簡潔扼要的說話方式來看，腦袋也相當聰明。如果他是上班族，情人節時桌上一定會堆滿巧克力。

昴先生說，他經常一個人住在這裡。這種時候，管家每三天會來打掃洗衣一次。

「我請坂井先生陪我打過幾次網球。中村先生和我父親從以前就很要好，一年大概兩、三次，他們會在這裡聆賞藍調名盤，喝得醉醺醺。」

這是我初次耳聞的朋友關係。

「中村先生會帶著各種食材造訪，也會順便夾帶食譜來點菜。」

——少爺，請你做這道菜好嗎？

用完餐，我負責洗碗。不過也只是把餐具放進洗碗機，洗洗鍋子而已。

「謝謝，我來泡咖啡。」

蠣殼少爺用的是正統的虹吸式咖啡壺。

除了飯後的咖啡，還一起送上調查資料。那是一份薄薄的檔案。

「請看。」

翻開檔案，第一頁是年輕女子的照片影本。穿著套裝，朝鏡頭比出勝利手勢。除了身材清瘦以外，容貌並不特別吸引人。

「這名女子就是井上喬美。」

卷田廣樹的外遇對象。

「二十九歲。直到今年三月底，她都任職於東京都內的不動產管理公司，和五十六歲的母親住在千葉縣市川市的公寓。」

她的父親從事建築相關行業，在女兒幼時就去世。

「母親是護士。井上喬美高中畢業後，也進入護理學校，但讀半年就退學。」

影印的照片底下，有手寫的簡短經歷。

「所以，她是公司在畢業季以外錄取的？」

「對。這家公司的主要業務是公寓管理，但近年業績不振。她會在三月底離職，也不是出於自身的意願，而是裁員的關係。」

註：太宰治（一九〇九～一九四八），日本戰後無賴派代表作家。描寫沒落貴族的《斜陽》爲其代表作之一。

昴先生雙肘拄在桌上，手指交握。

「檔案裡有記錄母親說詞的報告書，我大致說明一下。井上喬美失業後，立刻積極求職。公司應該給了她一筆離職金，而且有失業保險給付，但也不能一直領下去。」

當然，職業介紹所鼓勵她求職。

「然而，如今景氣這麼差，即使想找正職的行政職缺，恐怕也很困難。」我應道。「找派遣公司應該是很快，但往後令人不安。」

「沒錯。井上喬美不像杉村先生，有中村店長那樣可依靠的熟人。」

他連這都知道。

「我可是計時人員。」

「我知道。」昴先生乾脆地說。「她投了許多履歷，想必是挫敗連連。到了五月，她告訴母親，想考取正式資格，重新就職。」

——我要再次以護理師為目標。

「她尊敬和憧憬母親的職業，之前半途而廢，也讓她心生羞愧。至少母親說是感覺到這一點。」

於是，母親勸女兒：

——現在要再考取資格，會很辛苦。

「因爲又得重新進入護理學校就讀。」

比起高中剛畢業就考進去，必須更加把勁，重頭讀起。

「學費也是一筆開銷。」我說。

昴先生點點頭，「她們母女的生活，經濟本來就不寬裕。母親很想幫女兒，只是，如今才懷抱這樣的夢想，與其說是不可能，更接近有勇無謀。母親表示，她曾勸告女兒，但女兒非常樂觀。」

——沒問題。我還有一點存款，媽不用擔心。

「然後，從那個時候開始，」昴先生一頓，嘴角微微歪曲。「井上喬美常沒告知母親就出門，然後深夜才回家。」

我立刻問：「她是不是做起特種行業？」

像是夜總會之類的。

「母親也這麼懷疑。喬美沒有兼職打工的樣子，更是可疑。但喬美不是每天出門，最多一週兩次。有時十天都沒出門，有時連續兩天不在家。哪裡的酒廊能讓小姐排這種班？」

「我想不到，不過蠣殼先生的父親是不是會知道？」

我並非調侃，而是認眞詢問。昴先生似乎理解我的用意，附和「我也這麼想」。

「所以，我徵詢父親的意見。他認爲喬美要當酒店小姐，年紀太大，況且就算是特種行業，也沒辦法排這麼不規則的班。」

——除非她是超級名模等級的美女，又是祕密俱樂部的高級應召女郎，否則絕對不可能。

「父親告訴我，完全的素人踏進特種行業，首先服裝和化妝會改變。百分之百準確，所以可從這上面看出來。」

「井上喬美小姐有這樣的情形嗎？」

「沒有。這是她母親說的，應該可以相信。母親工作忙碌，還要上夜班，無法完全掌握女兒的行動。因此，井上喬美的外出頻率是否如同剛才提到的，並不確實，也可能更頻繁。但化妝和服裝的變化，一眼便能看出。」

確實如此，我喝一口咖啡。

「母親好幾次詢問她去哪裡、做什麼，但每次喬美都回答找朋友、去參觀似乎不錯的學校等等，理由很多。每一個理由都煞有介事，但聽起來不像眞的。不過，女兒也不是有什麼不對勁，母親無法更進一步追究。」

也不是有什麼不對勁，是嗎？

「不對勁亦有程度之分。」

我這麼一說，昴先生點點頭：

「依母親的觀察，勉強要說，喬美似乎有些浮躁不安。」

昴先生抓起拐杖站起，到廚房泡第二杯咖啡。

「簡而言之，她是不是從那時開始和卷田廣樹交往？姑且不論兩人是在哪裡、怎麼認識，她會浮躁不安，是戀愛的緣故，而且是和有家室的男人。」

昴先生沒回應，我抬頭看他。

「聽家姊說，上個月中旬，有人在甲府車站附近，看見廣樹先生和一名陌生的年輕女子挽著手走在一起，一副情侶的樣子，所以傳出他可能在外頭有女人的風聲。」

「似乎是呢。」

他也調查到此事了嗎？

「時間點上應該吻合。井上喬美是五月中旬起變得浮躁不安吧？然後，兩人在七月三十日私奔。」

這段期間，將近三個月──昴先生低喃。

「不過，我無法判斷這期間算長還是短。」

「我也不瞭解私奔男女的心情。」我回道。「不過，這類戀愛的進展特別快。跟配偶以外的異性發展出的親密關係，怎麼講──從一開始就只有一個終點。」

我和妻子的情況也不例外，他們的關係進展迅速。雖然結束得也很乾脆。

「你的意思是，會燃燒得特別熾烈嗎？」昴先生一本正經地問。「如同俗話中的乾柴烈火。」

「唔，就是這樣。所以，我認為一段時間過去，兩人可能會突然回來。直線上升的熱情會冷卻下來，也就是恢復冷靜。」

昴先生微微揚起眉毛：

「你是指，卷田廣樹會回到妻子身邊，井上喬美回到母親身邊？」

「對。」

我倒不這麼想，他說。

「總之，母親最後一次見到喬美，是七月二十九日早上。她聲稱要去大阪找朋友。」

──可能會待一、兩天。我會住在朋友家，不用擔心。

「母親問她要去做什麼，她表情明亮，說要討論求職的事。」

如果當時她已打算和卷田廣樹私奔，這段話就是徹頭徹尾的謊言。但表情明亮，應該不是裝出來。

「你看看後面的資料，有兩人私奔後，喬美傳給母親的信件內容。」

我翻到後面。有三封郵件，依編號排列，主旨都是「媽　我是喬美」。

第一封是七月三十日，晚上十點二十二分寄送：

「今天晚上我不回家了　我會再聯絡」。

第二封是八月一日，下午一點五十五分寄送：

「抱歉一直瞞著媽　其實我在跟一個已婚男人交往　我們煩惱很久　但討論後　決定要一起生活　他是入贅女婿　在家裡抬不起頭　家裡沒有任何東西屬於他　太太絕對不會跟他離婚　所以我要和他私奔　等我安頓下來就會聯絡媽　不要擔心」。

第三封是五天後，六日晚上十點十分寄送：

「暫時決定了住處　我過得挺好　接下來有一陣子沒辦法聯絡媽　不過我很幸福　我們會認真生活　問題都解決後　我會去找媽　請媽保重身體」。

內容似乎沒有可疑之處。然後，我發現忘了最基本的問題。

「喬美小姐的母親收到女兒報平安的信，爲何還會向『蠣殼辦公室』求助？」

昴先生注視著我，回答：

「理由之一，是身爲母親的直覺。她不認爲這是女兒寫的，感覺不太對勁。況且，母親是單方面收到訊息，即使回信，也毫無回音。」

原來如此。我幾乎每天都和桃子互傳訊息，理解這樣的心情。

「此外，母親說女兒眞的和別人外遇，私奔前一定會向她坦白。實際上，喬美一交男友，總會立刻告訴母親。即使女兒沒說，母親也猜得到，因爲女兒的表現會變得不太一樣。唯獨這次，一點交男友的跡象都沒有。」

一直以來，母女都是相依爲命，可以理解母親的想法。

「其他呢？」

「喬美把父親的遺物留在家裡。那是父親去世前買給她的生日禮物，是一隻小狗布偶，喬美非常珍惜。」

——如果喬美眞的打算離開這個家，一定會一起帶走。

「母親先是找當地警局，但警方不理會。」

因爲是男女關係的問題，而且乍看之下是自發性的離家出走。

「警方判斷，由於是不倫戀，喬美難以向母親啓齒，沒帶走布偶，應該是很快會回來拿，或意外地只是忘了。」

——太太，女人談起戀愛都會變成這樣。

喬美的母親無法接受。

「所以，她才想到委託民間的調查公司。她翻查工商黃頁電話簿，親自拜訪幾家公司，據說我們的職員態度最爲誠懇。我身爲所長，眞是爲我們的職員感到驕傲，她眞的很有眼光。」

收到第三封郵件的四天後，八月十日，喬美的母親拜訪「蠣殼辦公室」。

「然後，我們首先調查電子郵件的寄件源頭。」

第一封是從東京都，井上喬美的智慧型手機寄出。

「第二封和第三封也來自東京都，不過是從澀谷和新宿的網咖電腦寄出。」

聽到這裡，我才有些不安起來。

離家出走的女兒要聯絡母親，怎會特地去網咖寄電子郵件？

「你應該也知道，智慧型手機有ＧＰＳ定位功能，從一些下載的應用程式，可輕易查出手機所在位置。」昴先生說。「不過，她的母親沒這方面的知識，才會找警察，或委託我們這樣的專家。」

然後，「蠣殼辦公室」循線查到寄件的源頭。

「這一點更引起我們的懷疑。如果郵件真的是喬美本人寄的，去網咖未免太不自然。況且，她沒必要如此害怕被母親找到。事實上，信裡寫著『等問題都解決，我會去找媽』。」

雖然是女兒，但她已是二十九歲的獨立成人。

「所以，起碼第二封和第三封郵件不是她本人寫的。這兩封郵件，應該是某個不希望井上喬美被查出在哪裡的人寄的，才會利用網咖，反倒是欲蓋彌彰。」

甚至招來疑問：這真的只是不倫情侶的私奔嗎？

「後來還有收到郵件嗎？」

「沒有。」

聯絡就此中斷，手機完全打不通。

「這也十分可疑。」

咖啡滾了。我站起來，制止昴先生起身，往彼此的杯中倒入新的咖啡。他說「謝謝」。

「另一方面，卷田典子完全沒要尋找丈夫的樣子。」

昴先生第一杯喝的是黑咖啡，第二杯加了許多砂糖後，繼續道。

「順帶一提，她的父母雖然安慰女兒，但也沒有更進一步的行動。」

「可是，典子小姐是真的傷心。她憔悴到走路都走不穩。」

我親自去見過她，用這雙手抱住昏倒的她。

「當時她都需要住院治療了，這一點我也不懷疑。可是——」

昴先生的語氣依舊淡漠。

「她憔悴的原因，或許不是丈夫的外遇與私奔。」

昴先生指著桌上的資料，「請讀到最後。」

我急忙翻頁瀏覽，不禁瞪大雙眼：

「原來她們以前是同事……」

井上喬美任職到今年三月底的不動產管理公司，是卷田典子的前職場。

「年齡方面，典子大兩歲，不過喬美是十九歲時，在畢業季以外進入公司，因此她們曾共事。或許是意氣相投，兩人感情很好。」

這家公司（不知是否裁員政策奏效）依然健在，打聽起來滿容易。不僅是員工的證詞，還有尾牙和迎新會的照片。檔案裡夾著幾張照片影本，包括約莫二十歲的卷田典子和井上喬美年輕可愛又活潑的笑容，及兩人高舉啤酒乾杯的畫面，似乎是在夏季的啤酒館拍的。

「當時的上司表示，她們情同姊妹。」

是一對手帕交。

「聽家姊說，典子小姐和廣樹先生是在東京認識。」

「沒錯，似乎是從短大時代開始交往，不過沒向身邊的人介紹。而且典子個性溫和，不太引人注目。」

我想起在「伊織」的典子小姐，點點頭。

「對，她是傳統日本美女，給人的印象安靜斯文，話也不多。」

與那種會主動談論自己的類型完全相反。

「可是，換成是自己的好友，恐怕就要另當別論。」

她約莫是把男友介紹給情同姊妹的井上喬美。

「卷田廣樹和井上喬美的交集應該就在這裡。」昴先生語氣有些苦澀。「畢竟女人這種生物，總會忍不住要向好友炫耀男友。」

這話的口氣像過來人，我望向他，只見他的表情苦澀到家。

「不是我的經驗。我們經手的案子裡，很多像這樣引發的三角戀糾紛。」

「原來如此。」

「我眞想忠告她們：寶貝男友就好好藏起來。」

我忍不住笑了，接著問：「既然你調查過我，應該知道我會離婚，原因也是妻子外遇。」

昴先生點點頭，這次沒說「我知道」。

「對方絕對不是壞男人。他的年紀比我小，在工作表現上，我甚至是尊敬他的。所以我的情況，全怪我沒把妻子藏好吧。」

昴先生沉默半晌，開口：「抱歉，我不應該說這麼輕佻的話。」

「不，哪裡。」

「不過，大家都評價杉村先生是徹頭徹尾的老好人，看來是眞的。」

我縮起身體，「眞抱歉。」

昴先生淡淡地拉回話題：

「一開始，收到調查員的報告時，我也認爲是三角戀糾紛：卷田廣樹——舊姓香川，香川廣樹和井上喬美，在東京時已發生關係。」
他懷疑廣樹、典子和喬美，不僅是現在，過去也曾是三角關係。
「最後，他選擇卷田典子，所以典子才會辭掉公司返鄉。香川廣樹跟著她一起離開，井上喬美一個人被拋下。」
時隔九年，廣樹和喬美卻因某些契機再次重逢，戀情死灰復燃……
我嘆一口氣，「不無可能。」
「對吧？不過，依我們調查員向上司和同事打聽到的範圍內，直到典子離職，她們的關係都非常良好。」昴先生在桌上托起腮幫子。「那麼，即使廣樹和喬美當時已搞上，典子也沒發現，而喬美隱瞞到底，有這種可能嗎？」
我的腦中沒浮現任何意見。
「我認爲不可能。因此，剛才的假設撤銷，回到白紙，從頭來過。」
「蠣殼先生的調查員相當能幹呢。」
接到委託不到二十天，行動卻迅速準確。
「謝謝。」身爲所長的年輕少爺反應平淡。「不過能做到這些，是天經地義。」
有類似偵探經驗的我，覺得這樣的評語很嚴格。
「卷田典子是在二〇〇〇年二月離職，不過前年九月，曾因身體不適，請假約兩週沒進公司。當時井上喬美表現得非常關心，去探望典子，也向上司報告情況。」
「她得什麼病？」
「不清楚。目前知道的，是她沒住院或動手術，復職後仍形容憔悴。離職時，她的理由是健康狀態不佳，而不是要結婚。」

卷田典子離職後，立刻回到龍王町的老家。同年四月十日，與香川廣樹結婚。

「沒辦婚禮，只有登記。『卷田』在當地是老字號的店，街坊鄰居從卷田典子小時候就認識她，這場婚姻如此突然，大家都很驚訝。」

——「卷田」的小典，從東京帶了個丈夫回來。

原來典子小姐的綽號叫「小典」？

「後來，這對年輕夫妻在『卷田』修習廚藝，二〇〇二年在這裡開『伊織』。典子取得廚師執照，和開餐廳必要的食品衛生負責人資格。」

這麼一提，「伊織」店裡掛的證照都是卷田典子的。

「典子小姐有什麼宿疾嗎？她在店裡工作勤奮，不過她的身材本來就瘦小，不算強健。」

即使配偶病弱，不代表另一半有理由在外頭花心。那麼，怎樣的理由能獲得允許？沒有。儘管如此，有時就是會發生這種事。

談到這樣的話題，我可以承受，但不表示完全不在乎。我會忍不住想到自己的過去。

「我沒去過『伊織』，但卷田廣樹似乎人緣滿好的吧？」

昴先生一問，我回過神：

「對，他個性溫和。他們是一對氣質相近的夫妻。」

「喜歡戶外活動嗎？」

「他提過喜歡爬山和攝影，店內也掛出他拍的照片。」

「那麼，『伊織』網站上的四季花草和風景照，也是他拍的？」

「是這樣嗎？我沒看過他們的官網……」

「不知爲何，沒有老闆的照片。」昴先生納悶地瞇起眼。「一般都會放上老闆的照片吧？向顧客宣傳，經營這家店的，就是這樣的人。『夏目市場』的賣場，不也會擺出生產者的照片？」

沒錯，但這個問題值得如此深究嗎？

「有些人喜歡攝影，但不喜歡入鏡。」

「他的情況，我覺得並不單純。」

昴先生從桌旁的櫃子，取出另一份新的檔案。

「這是香川廣樹的調查報告，前天剛送到我的手中。」

我沒接過檔案，內心湧現不好的預感。

「他怎麼了嗎？」

「香川廣樹有一段過去。」

我默默注視昴先生。

「一九九〇年，他十四歲，上國中二年級。他位在都內杉並區的住家發生火災，母親和十歲的妹妹葬身火窟。是失火還是縱火，結果並不清楚。當時也登上新聞，喧騰一時。」

十九年前的事，我毫無印象。

「那是木造雙層建築，火源是一樓客廳的垃圾桶。廣樹在二樓的房間，妹妹在隔壁的主臥室，和母親一起睡覺。上班族的父親去外地出差。」

換句話說，家裡只有母親、廣樹和妹妹。

「廚房有煙霧偵測器，但客廳沒有。火勢沿著客廳牆壁和天花板，從階梯向上延燒。廣樹從房間窗外的陽台，跳到屋子前面的馬路逃生，保住一命，但母親和妹妹在僅有採光窗尺寸的小窗的主臥室，交疊在門前死去。死因是一氧化碳中毒。」

令人心痛的悲劇。

「火源是垃圾桶，起因是菸蒂嗎？」

「應該是。」

「母親抽菸嗎？」

「是的。」

「那就是失火吧。」

「即使是讀國中的少年，也有辦法布置成這樣。」

我抿緊嘴唇，昴先生點點頭說：「他遭到警方懷疑。」

「這表示當時的香川廣樹，有動機點火燒死熟睡的家人嗎？」

昴先生沒立刻回答，喝光涼掉的咖啡。

「他有過一些問題行爲。首先，這場火災發生前，約一年之間，附近發生三起原因不明的火災。轄區警署曾爲此透過學校詢問香川廣樹。」

有目擊者指認他，昴先生說。

「他否認與火災有關，由於缺乏明確的物證，最後不了了之。」

昴先生的眉頭隱約擠出皺紋。

「此外，他還有家暴舉動。對象不是父母，而是妹妹。從廣樹國小高年級開始，母親多次上兒童諮詢所求助。」

昴先生嘆一口氣。

「這部分的調查，即使是承蒙杉村先生稱讚的能幹調查員，也頗感棘手。畢竟是未成年少年，沒辦法拿到官方文件，直接相關的人士都守口如瓶，遲遲無法掌握正確的詳情。」

倒也難怪，而且未成年人的相關資料，本來就應該保密。

「當時的媒體大肆報導，認爲倖存的少年十分可疑，但也是白鬧一場。當然，他的名字沒公布，當時網路又剛萌芽，不像現在，少年犯罪的相關人士照片和個資轉眼就會遭到公開。」

所以，調查起來特別麻煩。

我忽然想起一點：「當時還有照片週刊雜誌吧？」

「對。我不太清楚，是叫《焦點》嗎？」

像這樣交談，還眞差點忘記，這名少爺是大學剛畢業的年輕人。

「不過，調查員四處蒐集當時流傳的資訊，仍查到香川廣樹的母親頗爲他的教育問題煩惱，甚至去找所謂的『媽媽友』商量。」

——廣樹遇上一點不如意，立刻就發脾氣，我根本拿他沒轍。他對妹妹很壞，整天嫉妒妹妹，根本沒有一絲憐惜。

「妹妹三不五時受傷，還曾三更半夜哭著被救護車載走，陪著妹妹的母親也一臉蒼白地哭泣——杉村先生？」

「什麼？」

「要不要喝水？」

「不好意思，麻煩你……啊，不用，我自己來。」

我借用杯子，扭開水龍頭，喝下涼水。昴先生直盯著我。

「我明白這不是能心平氣和聆聽的內容。」他開口道。

「父親在火災中失去妻女，他也懷疑兒子嗎？」

「有一段影片，是父親在記者包圍下，說出類似的發言。他希望警方查個水落石出。這能解釋爲希望警方洗清兒子的嫌疑，也能解釋爲希望警方逮捕兒子。眞要說的話，聽起來比較像後者。他發言的神情，不僅僅是爲這起悲劇崩潰，更像害怕兒子。」

我拿另一只杯子裝水，遞給昴先生。他一口氣喝光一半。

「可是，這場害死兩個人的火災，究竟是故意還是意外？結果仍不清不楚。」

那麼，後來香川父子怎麼了？

「我們很快找到父親。」昴先生的語氣依舊平靜。「調查員查到他現在的住址，上門拜訪，但幾乎毫無收穫。」

——我也不曉得廣樹的現況。

「香川廣樹勉強從國中畢業，沒上高中，處於接近現今所謂的『繭居族』狀態，一直讓父親供養。」

——他十八歲時，我明講無法繼續養他，跟他斷絕關係。後來，他在哪裡、做什麼，我完全不知道。他應該也不知道我在哪裡。

「父親趕他出去時，給他一大筆存款，當成分財產。那是父子的分手費。」

昴先生譏嘲般短促一笑：

「連不斷建立家庭又拆散的我爸，也沒辦法做得這麼決絕。」

一般的父子關係，沒辦法以金錢清算。

「父親再婚，也有小孩。他似乎到現在都害怕著廣樹。」

正因害怕，才會異於一般父子，與兒子斷絕關係；由於以異於一般父子的方式斷絕關係，所以感到害怕。是哪一種？這是先有雞，還是先有蛋的難題。

「即使向父親解釋，在這次的私奔事件發生前，他兒子都是好丈夫、好老闆，也融入當地社群，父親仍堅稱那是表面工夫。」

——他長大了，更懂得戴上假面具。

「調查員特地帶去的照片，他連看都不肯看。」

「廣樹先生的照片嗎？」

昴先生點點頭。「我向中村先生要來的，是去年夏祭的町內會大合照。不過，他站在角落，只拍到小小的身影。」

年過三十，兒子變成怎樣的大人？在當地夏祭的照片裡，露出怎樣的笑容？不管往好或壞的方向想，我都無法理解他的父親爲何一眼也不願看。一整天的工作，加上沉重的話題，我感到一陣疲憊。

「目前不清楚香川廣樹搬出去後，過著何種生活，但查到他和卷田典子結婚前的住址。」

「哦……」我應一聲。

昴先生彷彿鼓勵我般，笑道：

「別這麼沒勁嘛。那是卷田典子就讀短大時住的公寓。典子住在二〇一室，廣樹住在二〇五室。」

我忍不住張大嘴巴：
「噢，那麼——」
「他們就是這樣認識的。管理員記得他們，好幾次看到兩人親密的模樣。幸好管理員願意看照片確認。」
我認識的卷田廣樹總算出現。深深嘆一口氣，我雙手摩擦臉龐。
「實在無法相信，廣樹先生以前會是那樣的少年。」
雖然俗話說「人不可貌相」，仍教人難以置信。
不過，不是也說「人會隨著成長改變」嗎？尤其青少年可塑性極高。
「他以前確實是問題兒童吧，但成長後，性情穩定下來，又有典子小姐的陪伴，使得他朝著更好的方向前進。想必是如此。」
遭父親拋棄，無依無靠，在旁人眼中是一種不幸。但站在他的立場，等於是擺脫過往的束縛。導致母親和妹妹死去的火災，可能眞的是一場意外，他卻一直承受父親的懷疑。這場變故他一樣受到傷害，傷口卻沒能獲得療癒，反倒不斷受到懷疑，不斷受傷——也可這麼解釋。
脫離父親，孑然一身後，香川廣樹終於自由。他認識欣賞的女子，與她相戀，脫胎換骨。若不這樣想，昴先生的調查員查到的「香川廣樹」，與我認識的「卷田廣樹」，形象根本毫無重疊。
「認識典子小姐，戀愛並結婚，入贅卷田家，他得到家人。在旁人看來，他們是一對感情融洽的夫妻，過得十分幸福。」
說到這裡，我頓時噤聲。
原來如此——我想著。

昴先生直視我：

「因此，他更不希望被人知道，不是嗎？」

那些沉澱在過去的嫌疑。

所以，卷田廣樹沒在「伊織」的網站上放自己的照片，擔心被認出。連夏祭的合照，也站在最不醒目的角落。

「可是，卷田典子曉得他的過去。」昴先生語氣一沉，或許是有些疲累。「她知道，並努力包庇、隱瞞。依她的行動，我這麼認爲。」

我搶先開口：「她在東京找到工作，似乎根本沒考慮幫忙父母的店或繼承，工作兩年後，卻臨時起意般辭掉工作回家。換句話說，她離開了東京。她從未向身邊的人介紹廣樹，也沒向親友宣布要和他結婚。而結婚後，香川廣樹入贅卷田家，變成卷田廣樹。」

如此一來，「香川廣樹」就不存在。

昴先生微笑，「杉村先生果然很習慣這類案子。」

這算是稱讚嗎？感覺相當微妙。

「我認爲香川廣樹與她發展成親密的關係後，便主動向她坦白。」

連公寓管理員都看得出兩人感情很好。當時他們應該已論及婚嫁，想必會談到與雙方父母見面的事。

「他沒撒謊粉飾，而是坦承事實。若是『伊織』的廣樹先生，自然會這麼做。」

「唔……」昴先生以鼻聲應道。「我不認識他本人，無從評論。只是，我剛剛提過，兩人結婚的前年九月，卷田典子向公司請病假。」

整個人變得憔悴無比。

「我推測原因或許就是香川廣樹的告白。」

原來如此，我深深點頭。「典子小姐大受打擊，極爲煩惱。」

「很有可能吧？」

昴先生放開拄著臉頰的手，撐起上半身。

「當時，井上喬美或許也知道這件事。畢竟她與卷田典子情同姊妹。」

典子小姐會找她商量、分享祕密，也是理所當然。

「典子煩惱到憔悴萬分，最後仍沒和香川廣樹分手，反而決心要從折磨廣樹的過去中保護他，和他結婚。井上喬美也祝福他們展開新人生。」

經過九年，卷田夫妻的蕎麥麵店生意興隆。相對地，井上喬美遭到裁員，在步入三十歲前丟掉飯碗。

她想取得正式資格，找到新的正職，所以必須念書考進學校。她需要學費。

母親很擔心，勸她別作這種有勇無謀的夢，但井上喬美十分樂觀。

——沒問題的。

「她能利用九年前守住的祕密，換取需要的錢。假設井上喬美懷著此一念頭，採取行動，之前列出的種種令人費解的地方，是不是就解釋得通？」

昴先生提問，我沉默著。

「因爲是女人，不適合用『恐嚇』這樣可怕的字眼。事實上，她挽著卷田廣樹的胳臂，跟他走在一起，應該說是『央求』吧。」

雖然實質內容都一樣。

「這種事不會一次結束。」昴先生斷定。「討錢的人，一定會保證『就這一次』。然而，一旦從別人手中輕鬆勒索到錢財，便會食髓知味，欲罷不能。」

人是很軟弱的，他說。

「這也是來自『蠣殼辦公室』的經驗嗎？」

「對，沒錯。」

答得毫不猶豫。

「順帶一提，經驗遠比我豐富的能幹調查員也這麼認爲。」

「遭到勒索的一方，一樣軟弱嗎？害怕到認爲絕不可能一次結束。」

「換成是你，會怎麼處理？」

——僅有這次，下不爲例。往後我會永遠保密。

勒索者的話能信嗎？

不能。這不是信不信的問題，而是恐懼的問題。

「十四歲的香川廣樹蒙上的只是嫌疑，但這嫌疑極爲嚴重，是縱火殺人，和偷竊打架有天壤之別。」

昴先生的神情轉爲肅穆。

「光是背負嫌疑，便足以毀掉當地名店『伊織』的風評。」

可能在青少年時期放火燒掉自家、殺害母親和妹妹的人，用那雙手打蕎麥麵、煮餺飥，你會想吃嗎？

「勒索的一方，只需在電腦上打幾個字，按下貼文鍵就行。消息一眨眼就會傳遍全世界，易如反掌。」

被勒索的一方，無處可躲。過去累積的一切，都將化為泡影。

卷田夫妻的恐懼，這就是動機。

「雙方之間有金錢流動嗎？」

「這部分仍在調查，金融機構不好對付。雖然我想八成是付現金。」

我按住額頭。

卷田夫妻有希望喬美消失的動機。他們對喬美的背叛感到憤怒，也是很自然的反應。殺掉喬美，藏起她的遺體吧。假裝成外遇私奔，騙過她的母親，就能放心。完美的計畫。實際上，警方不理會井上喬美母親的申訴。如果母親放棄，沒找上「蠣殼辦公室」，一切應該已落幕。

「我派調查員盯著『卷田』。」昴先生繼續道。「要是這番推測正確，卷田典子一定會和丈夫聯絡。」

因為卷田廣樹不是拋下妻子離開。

「或許就像杉村先生一開始說的，在他們的計畫裡，是等個幾年，待鋒頭過去，卷田廣樹再回到妻子身邊。典子也可悄悄離開『卷田』，前往其他地方，和廣樹繼續過日子。」

卷田廣樹和典子要提防的，只有井上喬美的母親。她孤伶伶地擔心著女兒在哪裡發生什麼事、是否過得幸福。

「這就叫想得太簡單。」

昴先生冷冷地評斷。

在今多財團「藍天」編輯部時，我的上司是位女性總編輯，相當有個性。其他編輯都同情三不五時捲入案件的我，她卻這麼說：

——杉村先生是會招引案件的體質。

縱使返回故鄉，成爲「夏目市場」的小組長，這受詛咒的體質似乎仍沒改變。

「我瞭解狀況了。那麼，你希望我做什麼？去探望典子小姐，將這番推論告訴她嗎？」

昴先生隨即恢復冷淡，面無表情地應道：

「就算當成玩笑話，也一點都不好笑。」

請試探她一下，昴先生說。

「町裡每一個人都知道杉村先生曾捲入大案子，卷田典子也知道。你熟悉案件，也熟悉警察，最重要的是，你在東京待了很久。對於犯罪的嗅覺，和當地不鎖門就外出的居民不一樣。」

確實，我結婚以前，不管是老家或姊姊家，出門時都不會鎖上大門，但現在姊姊家會記得鎖門。即使在桑田町，時代也不同了——此刻說這些，只是浪費時間吧。

「你去安慰她，然後自言自語『廣樹先生會外遇和私奔，我總覺得不太對勁』，這樣就行了。」

卷田典子想必會大吃一驚，不安起來。只要她有所行動，就能突破現狀。

「我們的調查員沒辦法，反而會招來戒心。」

我深深嘆一口氣。

我想起卷田典子打開玄關門時，那股刺鼻的氯水氣味。

屍體不會立刻發臭，但鮮血會。嘔吐物也很臭。因爲人的死亡，不是什麼乾淨的現象。

卷田夫妻簡陋的住家後方是墓地，丘陵下去的斜坡布滿墓碑。

墓地是藏屍的最佳地點。在以前捲入的案件中，我便遇上這種藏樹於林的手法。

「我去他們家見到典子小姐時，聞到消毒殺菌用的氯水味。雖然味道不強，但那是夏天的游泳池氣味，錯不了。」

昴先生似乎馬上明白其中的意義，眼神變得銳利：

「她打掃過家裡。那麼，他們家就是第一現場。」

不行，我們不能妄下結論。

「請稍等，先冷靜下來。一切只是推測。」

「沒錯，這些是推測和假設，所以才想確認是否正確。況且，你不同情井上喬美的母親嗎？」

這種話我最無法招架。

俗話說「免費的最貴」，一點都不錯。這就是美味晚餐的代價。

「去見典子小姐就行了吧？」

「對，你只是去探望她。」

「幸好不是要我去掘他們家後面的墳地。」我語帶挖苦。

「你不是在公車劫持案裡，做過類似的事嗎？」

他眞的一清二楚，我連嘆氣都沒辦法。

「我要什麼時候去『卷田』？」

蠣殼昴先生微笑，彷彿在表示「我也能擺出這種表情」。

「杉村先生何時方便？」

5

根本用不著詢問我何時方便。隔天一早剛到「夏目市場」上班，中村店長找我過去，劈頭就說：

「『卷田』星期一公休，我會準備好探望的禮物。」

看來，店長和蠣殼少爺之間互通聲氣的程度，遠超乎我的想像。

「我會先打電話過去關照一聲，說我們店裡的杉村要上門拜訪。」

「好的。」

除了說好，我還能說什麼？

「蠣殼少爺似乎很中意三郎先生。聽說，他請你吃西班牙海鮮燉飯？」

「對。」

「那是傳自他母親的手藝。少爺的母親是料理研究家。」

後來，我上網搜尋一下，原來蠣殼昴先生的母親出版過多本食譜。

如此這般，八月三十一日星期一，我借用姊夫窪田的房車，兜風前往甲斐市。根據早上的天氣預報，白天氣溫最高三十四度，坐著不動都會流汗。

「卷田」是町裡的小店，二樓是住家，一樓是店面。雖然擺出「本日公休」的牌子，但門口敞開，掛上竹簾，讓屋內通風。

我在店裡見到典子小姐的母親，卷田明子女士。

「中村先生太客氣了，還打電話來。謝謝你特地跑一趟。」

明子女士像是蒼老二十歲、胖上兩圈的典子小姐。

「我才不好意思，打擾了。」

「你是杉村先生嗎？」

明子女士目不轉睛地看著我，再次彎下身，深深行禮。

「上次多虧你救了典子，眞不曉得怎麼向你道謝才好……」

她一陣哽咽。

無論眞相爲何，母親爲女兒擔憂及心痛的程度，教人難以想像。再想到我上門的目的，我不禁內疚起來。

「不管當時在場的是誰，都一樣會伸出援手。請抬起頭。」

中村店長準備土雞蛋、新鮮雞肉、一手幾乎拿不動的大串巨峰葡萄、水嫩的梨子、有機高茄紅素番茄，當成探病的禮物。

「請先收下這些吧，我來幫忙。」

收拾好東西，我們在鋪著碎白花紋座墊的木椅坐下。桌上擺著盛冰麥茶的杯子。

「其實……」老店「卷田」的卷田太太神情沉鬱地開口：「女兒上週四住院了。主治醫生建議她住院比較好。」

「她身體狀況還是不佳嗎？」

「對。沒有害喜，但心情還是振作不起來，根本沒食欲……」

我啞然失聲。

害喜？

「這樣會影響到肚子裡的寶寶成長，外子和我都非常擔心。她住院後，我們暫時鬆一口氣。」

一道冷汗流過我的背脊。

「眞是恭喜……」

「剛滿五個月。一般情況下，應該已進入穩定期，可以放心，但女兒遇上那種事……」

卷田太太縮起身子，向我行禮。

「今天早上我打電話給她，但她似乎沒辦法見客，實在抱歉。」

「哪裡談得上抱歉，請她千萬保重。」

注意到時，我滿頭大汗，急忙拿手帕擦拭。

卷田太太低語：

「女兒和女婿提過，等他們的店步上軌道，有自信過穩定的生活，才會生孩子。」

——爸、媽，對不起，暫時沒辦法讓你們抱孫子。

「不過，外子和我最近很期待，覺得可能快要抱到孫子。」

「畢竟『伊織』生意興隆。」

「多虧客人捧場。」卷田太太繼續道。「然後，五月底，女兒打電話給我們，報告她懷孕。」

——爸、媽，久等了，總算能讓你們抱孫子。

「我們歡天喜地。女兒和我們都準備在娘家待產，於是立刻安排她在這邊的婦產科看診。」

「原來……是這樣。」

典子小姐到「夏目市場」訂貨時，還有在「伊織」工作的模樣，看起來與平常沒什麼不同。

「我完全沒發現。」

「因爲沒害喜。跟我懷孕的情況一樣，女兒也笑了。」

——我遺傳到媽好的地方。

「我以爲女婿——廣樹會很開心。」

卷田太太垮下肩膀，垂下頭，陰影籠罩臉上，凹陷的雙頰益發明顯。

「眞不懂怎會搞成這樣？就算問女兒，她也只是哭個不停。」

我低下頭，實在不希望典子小姐的母親看到我的表情。

我認爲——若蠣殼少爺和我的假設正確，廣樹就是爲典子的懷孕欣喜，才非離開不可。

新生命即將誕生。爲了這孩子，必須封印父親黑暗的過往。拿著那封印前來「央求」的井上喬美，對「伊織」的卷田夫妻是個威脅。

我再次想著，這是恐懼的問題。

「現在我只希望女兒能順利生下孩子。」

卷田太太啞聲低語。

「廣樹或許也會清醒過來，回到女兒身邊。只要女兒原諒他，我希望他們重修舊好，一起扶養孩子長大。」

「我明白。」

「可是，外子氣壞了。」

令人心痛的是，這位母親還努力想擠出笑容。

「他說要是廣樹有臉回來，會拿桿麵棍打死廣樹。」

今天典子小姐的父親不在場，應該不是有事外出，而是刻意迴避，不想再談起教人氣憤的話題。

卷田太太起身前往櫃檯，很快返回。只見她拿著一封信。

「請看看。」

收件人是「卷田良文先生　明子女士」。

「典子回來後，廣樹寄了這封信給外子和我。」

「我能拜讀嗎？」

「可以，請便。」

我以手帕擦擦冒汗的掌心，拿起那封信。是普通的白色信封，原子筆手寫字。裡面有兩張信紙。一樣是手寫字，文章極短。

「爸、媽：

我做出這種事，眞不知道該怎麼向你們道歉。

我打心底覺得對不起典子。

可是，我不能欺騙自己。

請把遇到我這個人當成一場災難，忘記我吧。

生下的孩子，沒有我這種父親比較好。

請爸媽保重，謝謝你們一直以來的照顧。」

沒有日期，末尾只署名「廣樹」。

第二張信紙是白紙（註）。郵戳是東京都內，本月六日。是井上喬美的母親，收到從新宿網咖寄出的第三封郵件的日子。

「確定是廣樹先生的字嗎？」

我瀏覽內容時，卷田太太淚眼盈眶。她以指尖拭淚，點點頭。

「是的。他們住在這裡時，廣樹經常幫忙寫菜單。他的字十分特別，四四方方挺有趣。這上面的字也一樣吧？」

如同太太的描述。這麼一提，「伊織」的菜單也是手寫，感覺跟信上的字頗像。

「這封信裡，還附上簽名蓋章的離婚協議書。」

太太眨著通紅的雙眼。

「容我問個私人的問題，廣樹先生其實沒入贅卷田家嗎？」

「是的，只是對外用我們的姓氏。」

「這是他的要求嗎？」

「典子說，因爲她是卷田家的繼承人，廣樹也同意。」

我點點頭，喝口麥茶潤喉。

「廣樹先生向你們介紹過他的家人嗎？」

這時，卷田太太的臉上，第一次掠過悲傷和憤怒以外的神色。

「從來沒有。所以，發生這種事，連要上哪找人都不知道。」

那種神色變得更濃，她握緊完全是勞動者的粗糙雙手。

「廣樹說高中畢業後，家裡遇上火災，家人都已去世。」

與香川廣樹實際上的遭遇有些不同，經過粉飾。

「為了父母留下的存款和保險金，跟親戚發生糾紛，廣樹覺得厭煩，便和他們斷絕關係，如今是孑然一身。」

所以，連婚禮都沒辦。

「畢竟廣樹那邊的香川家，沒人能邀請。」

「典子小姐接受了嗎？」

「她樂得輕鬆。」

——不必為婆媳問題煩惱，很好啊。

我理解卷田太太剛才是什麼的神情了。是後悔。不應該聽信那種說詞。女兒從東京帶回來的，不是失去家人、無依無靠的寂寞青年，而是更神祕可疑的男人。為什麼當時不多加懷疑、探究呢？

「如同他說的，他有一筆錢。典子取得廚師執照的費用就是他出的。他也去上駕訓班。」

「駕訓班？」

「廣樹在這裡考到駕照。他認為在東京不需要開車，但在這裡沒車挺不方便。」

在地方都市生活，自用車像是兩條腿。我在東京時也空有駕照，從不開車，但回到故鄉後，連

註：日本的書信禮節中，即使信件內容一頁即可寫完，也要另附一張白紙，使其成為兩頁。此種習俗有各種解釋，像是「表示其實還有更多想傳達的內容」等等。

去便利超商都開車。

「考到駕照後，他也買了車。」

約莫是「伊織」使用的六人座箱形車。

「外子和我資助的，僅有租下『伊織』店面的保證金。」

我沉默片刻，各種想法在腦中盤旋。

「所以，在錢的方面，他從未給我們添麻煩。」

卷田太太的話聲微弱。

「但看到女兒被他傷成這樣，我情願她碰到的是婚姻騙子。」

她摀著臉呻吟。

「廣樹十分勤勞，性格溫柔，是個好女婿。我一直以爲他和典子相處融洽，沒想到他居然在外頭有女人……」

然後，她抽搐般哭出來。

我想不到任何安慰的話語。

「廣樹先生眞是傻子。」

聽到我的報告，中村店長嘆息。

「孩子是老天爺給的寶貝，他這個傻到不能再傻的大傻瓜、大混帳，居然……」

我無法立刻前往斜陽莊，於是打電話向蠣殼昴先生報告。聽完後，少爺說：

「在這種狀態下住院，卷田典子就無法行動了。」

今天他的態度一樣淡泊。

「我也這麼認爲。」

「不過，香川廣樹可能會去看她。他應該會擔心妻子和寶寶。」

前提是，我們的假設正確。

「我們有各種門路，但還是有極限，沒辦法偷看警方的自動車牌識別系統。」

他的語氣似乎有些扼腕。

「所以，沒辦法尋找目前最直接的線索——卷田廣樹的車子。不過，要是他換車，這條線索也就斷了。」

我想說出某件難以啓齒的事，一陣結巴：「井、井上喬美的……呃，屍體……」

「那種東西，要出來就會自己出來，不出來時，找也找不到。」

得看棄屍地點、如何棄屍，或是藏在哪裡。這些我也懂，但說是「那種東西」，未免太不尊重。

「暫時只能等待狀況有所改變，感覺頗耗時間。杉村先生，辛苦了。酬勞我會付給你。」

我根本沒想過會有酬勞。

「往後繼續惠顧『夏目市場』就夠了。可是，蠣殼先生……」

我欲言又止，他搶先開口：

「既然把你捲進來，有任何發現，我一定會通知你。」

「拜託了。」

於是，我回歸日常。

中間發生一些插曲，比方，健太郎不曉得跑去哪裡受了傷，搞到前腳必須縫四針，我拍下牠從動物醫院回來的影片傳給桃子，桃子擔心到哭出來，害得我連忙安撫她。還有，我和姊姊一起去安寧醫院的單人房探望父親，接著大嫂出現，跟姊姊吵起架，我試著制止，卻遭到雙方責怪，還被醫院的照護部門經理斥責，丟臉到家。除此之外，每天的日子都很平靜。

在這樣的平靜中，一個想法忽然攫住我的心思。在這個想法的驅使下，我上網搜尋一九九〇年香川家的火災，及當時流傳的該戶人家的「問題少年」相關資訊，大致瀏覽。

畢竟只是個想法，我沒繼續深思。

九月中旬，桑田町的殘暑頑固地不肯散去，但早晚舒適許多，開店準備和停車場的打掃工作都變得比較輕鬆。我集中垃圾丟掉，剛要收起掃把和畚箕，放在後褲袋的手機響起。是蠣殼昂先生打來的。

他沒道早安，劈頭就說：

「杉村先生，不好意思，今天請你休假。」

「什麼？」

「不必擔心，我已取得中村店長的同意。我要去東京，想請你開車。」

我吃了一驚，「事情有新進展，對吧？」

「沒錯。」

蠣殼少爺今早也沉穩大方。

「找到井上喬美了。」

這下我不是吃驚，而是毛骨悚然。

「那、那、那是……」

請不用慌，昴先生安撫道。

「不是屍體，也不是鬼魂。井上喬美活著，活蹦亂跳的。」

沿著中央快速道路往東駛去的途中，昴先生多次用手機聯絡調查員。

「是山手線惠比壽車站附近的週租公寓。井上喬美從七月三十日晚上起，一直住在那裡。」

現在也乖乖待在那裡，他說。

「調查員和她在一起。聽到母親去找警察、委託調查公司，喬美嚇壞了。」

我腦袋一片混亂，莫名其妙地繼續開車。

「怎麼找到她的？」

「兩天前，她在那棟公寓周遭的精品店刷卡。店員常在附近看到這名客人，於是我們派人盯梢。」

今天一早，調查員趁井上喬美去公寓對面的便利超商時逮到她。

「『蠣殼辦公室』能追查信用卡的使用狀況？」

「若是提款卡就難了。」

實在令人驚訝。

目的地的週租公寓，是一棟小巧的五層建築。一樓是咖啡廳，兩名女子面對面坐在窗邊。一名是年輕女子，我一眼就認出是在照片看過的井上喬美。

另一名是上了年紀的婦人，長相和喬美神似。

「那是喬美的母親。」昴先生解釋。「她是重要的委託人，而且爲了讓女兒容易開口，先安排她們見面比較好。」

蠣殼昴所長的部下在公寓前待命。之前只聽到「調查員」的代稱，我不清楚他是專職負責，或僅是這起案子的調查小組一員。意外的是，對方的形象與偵探相差十萬八千里。他穿著皺巴巴的西裝，腳上是過大又笨重的鞋子。神態悠閒、頭髮稀疏，是個中年男子。

他恭敬地向我打招呼，然後對昴先生說：

「少爺，辛苦了。」

他好像不稱昴先生爲「所長」。

「車子可以停在這裡的停車場。」

謝謝，昴先生應道。

「那麼，我請井上太太到辦公室。」

「麻煩了。」

調查員先進入咖啡廳，很快帶著井上喬美的母親出來。兩人離開後，換成昴先生和我進入店內。

去「夏目市場」上班時，我不是穿西裝，幸好今早穿的是白色馬球衫和棉褲，還算得體。昴先生一身麻料西裝外套搭牛仔褲，沒打領帶。雖然撐著拐杖，但今天左膝沒用支架。

約莫是聽調查員提過，井上喬美注意到我們走近，作勢從椅子上站起，表情頗僵硬。

「請坐。」

昴先生說著，也坐下來。如同在「斜陽莊」，這點程度的日常動作，他不需旁人協助。

店裡空蕩蕩，沒其他客人。我們向看起來很閒的女服務生點了冰咖啡，等咖啡送上桌前，迅速結束必要的問候。昴先生說明自己是「這次調查的負責人」，介紹我是「工作人員之一」。

井上喬美穿樹葉印花的長袖上衣，搭米黃色迷你裙，已是秋裝。

「好了，井上小姐。」昴先生不苟言笑。「或許挺麻煩，不過請妳將對令堂講述的內容，再向我們說一遍。」

蠣殼昴先生看似對世事漠不關心，卻有股吸引人的氣質。在年輕女子眼中，更是如此。井上喬美神情緊張，但並不害怕。或許她是爲了其他理由緊張，畢竟頭髮稀疏的中年大叔離開後，出現的是貌似比她年輕的英俊男子。

「我沒想到會鬧得這麼大。」

她說，私奔是假的。

「是卷田先生——廣樹先生拜託我。他告訴我要演這樣一齣戲，請我幫忙。」

七月三十日下午，喬美和廣樹在新宿車站會合。

「然後，我依事前的約定來到這裡——這裡的住處是他租的。整整兩個月，租金預先付清。」

接著，她就和廣樹分開，沒再見面。

雖然有些惶恐，她並不內疚。

「爲什麼不聯絡令堂？」

「廣樹先生說，就算我撒謊，聽上去也很假，他會傳郵件給我媽。」她輕吐舌頭。「他認爲我沒辦法撒謊，看來沒錯。」

確實，不管在好或壞的意義上，這名女子都不像能精打細算。

「事實上，他假冒妳，傳了電子郵件給令堂。」
「嗯，剛剛聽那個頭髮稀疏的人提過。可是，好像沒能騙過我媽。」
我漸漸同情起那名能幹的調查員。起碼該記住對方的名字吧？
「妳的手機呢？」
「分別時，廣樹先生拿走了。」
——不好意思，要是妳留著手機，一定會聯絡妳媽吧？
「不過，妳還是能打電話回家吧？」
「我不記得號碼……」約莫是昴先生面無表情，她求助般望向我。「我輸進手機裡，不記得號碼。不都是這樣嗎？」
昴先生也看著我，我不情願地附和：「是啊，大概吧。」
井上喬美發出輕浮到格格不入的話聲，扭動身體說：
「就是嘛，大家都是這樣～」
昴先生的神情苦到家：「我起碼會寫下來。」
我咳一聲，插話：「令堂工作的醫院呢？可以查到那邊的電話號碼吧？」
「那是小醫院，而且我媽的同事愛八卦。萬一隨便聯絡，我媽在電話另一頭驚慌失措，馬上會被傳得亂七八糟。」
喬美噘起嘴巴，表情突然變得溫順：
「最重要的是，我答應廣樹先生要徹底離家，裝出私奔的樣子。小典可能來找廣樹先生，所以我兩個月都不能回家。這段期間，絕對不能和我母親聯絡。」

——兩個月過去，典子便會死心。然後，妳就能回家，向妳媽道歉，說妳被壞男人騙。
井上喬美到現在仍叫卷田典子「小典」。
昴先生開口：「妳和卷田典子小姐以前在同一家公司工作，是很要好的朋友吧。」
她點點頭，「對。」
「卷田典子小姐有個從短大時代開始交往的男友，那就是香川廣樹。」
這次她默默點頭。
「香川廣樹在青少年時期，蒙上不願讓別人知道的嫌疑，而妳知道這件事。因爲典子小姐爲此煩惱不已，即使瞞著身邊的人，甚至不肯告訴父母，也只向好友的妳傾吐。」
蠣殼少爺的語氣漸漸帶著挖苦。井上喬美應該也聽出來，她微微縮起肩膀：
「我是站在小典和廣樹先生那邊的。」
「站在他們那邊？」昴先生質疑。「那是以前吧？」
「可是——」
「今年三月妳遭到裁員後，去拜訪卷田夫妻。那是什麼時候的事？對了，七月中旬，妳和卷田廣樹在甲府車站附近挽著手走在一起，被認識他的人撞見。」
喬美的臉頰微微泛紅：
「在我心中，廣樹先生也是懷念的老友。」
然後，她又對我拋出求救信號。
「哪裡不對嗎？答應朋友的請求，是必須被責怪的事嗎？」
我還沒回答，昴先生先一步開口：「問題不在這裡。時隔九年，妳會再來找他們夫妻，是爲了勒索錢財。」

冷不防被擊中要害，喬美驚訝得幾乎跳起來。她顧不得解釋，大聲反駁：

「我只是想向他們借點錢！」

店內空蕩蕩，女服務生也進去裡面，不見人影。但她急忙摀住嘴巴，壓低音量：

「我看到網站，發現『伊織』是一家挺不錯的店，風評相當好，覺得他們應該很賺，所以……想說一點錢，他們應該肯借我。」

沒有網路以前，社會是不是更和平一些？聽到這樣的話，我不禁心生感慨。

「借錢？話真是要看怎麼說呢。」

昴先生的語氣冰冷得媲美液態氮，井上喬美垂下臉。

「那是什麼時候？應該是六月初吧？妳打電話去『伊織』，他們找妳去家裡。」我問。

卷田夫妻恐怕已依稀察覺喬美的來意。

「他們來甲府車站接我，我去到他們家……」

嚇一大跳，她說。

「他們家雖然乾淨，卻相當老舊。」

「那麼，卷田夫妻答應妳的請求了嗎？」

或許是我措詞得當，她抬頭看我：

「他們沒辦法立刻給我回覆，說沒看上去賺得那麼多，才會租如此破舊的屋子……」

喬美瞥一眼昴先生，突然又垂頭喪氣。

「回程時，廣樹先生開車送我回甲府車站。」

廣樹在車裡說：

——往後的事，我們單獨商量吧，不要讓典子知道比較好。

「所以，妳就照做？」

「對，我覺得這樣比較快。」

「於是，妳開始經常和他碰面？」

意外的是，井上喬美用力搖頭。

「不是。我媽和剛剛的調查員也這樣說，可是我和廣樹先生單獨見面，僅有七月那一次。」

就是被人目擊的那一次。

「事情大致談妥，必須碰一次面，討論細節……」

順便連手也挽在一起。事情有了著落，她想和懷念的老友重溫「舊情」，是嗎？

「其他都只是用電話講。他沒辦法獨自出遠門，要是傳電子郵件，小典可能會看到，不是嗎？」

「可是，妳頻繁地外出吧？」

喬美像孩子般鼓起臉頰：

「我是去找以前護理學校的朋友，請教她們怎樣才能重新進學校拿到資格，還有像我這樣的社會人士，有沒有辦法申請就學貸款。問了很多事，查了很多資料。我也去很多學校參觀。」

每個人卻都誤會我——她一副嘔氣的樣子。

「媽也眞是的，我就這麼沒信用嗎？」

這個女人根本不瞭解，如果她沒參與這場騙局，母親也不會起疑。

我覺得她非常幼稚。與其說是二十九歲，更像十九歲。但不論好壞，就是她這種對事物不加深思的個性，讓她在九年前守住典子和廣樹的祕密，並在九年後想到可藉此勒索兩人。

「事情差不多談妥，所以妳去找他討論……」蠣殼昴先生緩緩確認道。「談妥什麼事？」

「就是假裝私奔啊。」

「簡而言之，就是他要和典子小姐分手吧？他怎會想和太太分手？」

或許是話題從她的心態轉移開來，喬美嘆一口氣，用吸管攪著冰咖啡：

「他後悔和典子結婚。」

——我不適合這樣的生活。

「他不想在鄉下地方的小蕎麥麵店過完一輩子，想回去東京。但小典喜歡現在的生活，絕對不會答應離婚，他只能離開那個家。」

「那他獨自離開不就好了？何必大費周章，編出這麼複雜的戲碼？」

井上喬美露出嘲笑的眼神，瞪向昴先生：

「你一定不曉得那種鄉下小鎮的人，看到別人家夫妻離婚，會講得多難聽。」

我知道。雖然假裝沒聽到，但我親身經歷過。但井上喬美呢？她一副過來人的口氣，八成只是轉述卷田廣樹灌輸給她的說詞。

「丈夫在外頭搞上女人私奔，不是會傳得更難聽？」

昴先生的反駁順理成章，但她立刻回嘴：

「可是，那樣就不會是小典的錯。大家都會同情小典，罵廣樹先生是笨蛋、壞男人。要是廣樹先生一個人離開，小典就會變成被老公拋棄的女人。大家會說她老公是入贅的，在家裡果然會抬不起頭，老公是受不了老婆的盛氣凌人。」

卷田廣樹不希望典子遭到這種待遇。

「他想布置成百分之百錯在自己。」

——所以，喬美，請妳幫我。

「廣樹先生說，如果我願意照他的話做，就給我一百萬圓。」

當然，僞裝私奔消失的兩個月生活費，及週租公寓的房租另計。

昴先生交抱雙臂，靠在椅背上。看起來像在沉思，也像純粹是目瞪口呆。

「那麼，從七月底到現在，妳在這裡做什麼？」我問。

她露出至今爲止最天眞無邪的表情，回答：

「我去上課。」

「什麼？」

「我和廣樹先生討論過今後的出路。他認爲再進護理學校太勉強，勸我打消念頭。」

——不如從事醫療事務工作，怎麼樣？

「由於不是國家資格，比護理師輕鬆。不過，一樣能在醫院工作。」

喬美對母親的工作抱持某種程度的憧憬，這個推測似乎是正確的。

「可是，醫療事務的課程有許多種，比較好的地方還是很貴，大概要五十萬圓，也得買教科書。」

因此，她要廣樹先付一半的酬勞，拿去報名，從八月初開始上課。

「一週四天。那是短期集中課程，考試很多，光是念書就忙不過來。」

昴先生鬆開雙臂，發問：

「預付的五十萬圓不夠用，所以妳刷了信用卡嗎？」

「咦？」

「之前妳都沒刷卡，怎麼突然用了？」

「連這個都查到……」

井上喬美似乎對眼前的帥哥半點好感都沒有了。真下流，她小聲啐道。

「廣樹先生交代，回家以前，最好都不要用提款卡和信用卡，擔心在找我們的人，可能循線找上門。」

不愧是取走井上喬美的手機、從網咖傳郵件的人。「只是，我覺得過了這麼久，應該不要緊。」

從家裡帶出來的衣物實在不夠，而且人家想要秋天的衣服——她囁嚅著辯解。

「況且，我覺得廣樹先生太誇張。」

不，他是謹慎。雖然電子郵件一事弄巧成拙，但共犯居然如此天真大意，恐怕出乎他的意料之外。

聽著她輕鬆的語氣，我漸漸感到好奇，於是問道：

「參與這樣的事，妳不害怕嗎？」

井上喬美一愣：

「害怕？」

「妳對卷田夫妻——從某個時間點起，是對廣樹先生一個人，以不值得稱讚的形式，談判索求金錢。而且，他還曾被懷疑犯罪，妳都不會害怕嗎？」
「哦，是這個意思啊。」
她露出目前最認眞思考的表情：
「這麼一提，我應該要害怕才對。可是，廣樹先生人很好。」
以前也一樣，她說。
「聽到他過去的事前，我甚至想過要把他從小典身邊搶來。」
很像這女人會講的話。
「這次的事，廣樹先生感覺被逼到絕境，眞心想逃離現在的生活。可是，我並不害怕。」
她聳了聳肩。
「他家的火災，只是單純的失火吧。簡單地說，他就是個倒楣鬼，婚姻也失敗。」
她那不在乎的樣子，甚至教人氣憤。但正因如此，感覺是發自眞心的想法。
「你們之間有男女關係嗎？」昴先生問。
喬美噗哧一笑：「才沒有呢。」
然後，她隨即收起笑容，喃喃低語：
「廣樹先生應該不是討厭小典。他一直說『對典子過意不去』，都快哭出來了。」
確實，不像可怕的人會做的事。
「兩個月後，妳打算拿什麼臉回去找妳母親？」
面對尖酸的質疑，井上喬美恢復戰鬥姿態。
「這是我們母女的問題。」

是我的隱私，她強調。

「妳知道卷田廣樹在哪裡嗎？」

「不知道。」她加重語氣。「七月三十日搬來後，我們就沒再見面，也沒聯絡。」

「即使妳撒謊，我們也很快就會查出來。」昴先生平淡地威脅。「這裡有監視器，也有員工。」

「我沒撒謊，我不曉得廣樹先生的下落。我覺得我們不會再見面，他也這麼說。」

「可是，妳有一半的酬勞沒收到。」我提醒道。「剩下的五十萬圓，妳要怎麼拿？」

「世上有種東西叫郵局好嗎？」

喬美似乎也討厭起我，呲牙咧嘴地反駁。

「你們不知道嗎？順便告訴你們，還有宅配喔。廣樹先生和我約定，一定會在十月一日把錢寄到我家，收件人是我。」

「妳相信他嗎？」

「我就不能相信他嗎？」

或許是漸漸激動起來，她的音調又拉高。

「我聽從他的計畫，所以順利住在這裡，還能去上課。我相信他。」

她意氣用事起來。其實，她的內心也有一絲不安，或是後悔。證據就是，她的眼神游移不定。

「搞不好我只是煙霧彈，廣樹先生在別的地方有小三。或許他後悔得要命，早就回去小典身邊。可是，那些都無關緊要。反正與我無關。」

昴先生冷酷地說：

「卷田廣樹沒回去妻子身邊。然後，妳以前的好姊妹小典懷孕了。」

井上喬美神情一僵。

「你騙人……」

昴先生沒回答，我替他解釋：

「是眞的。五個月了，但她身體狀況不好，目前在住院。」

喬美雙手摀住嘴巴，指頭發顫。

「騙人、騙人、騙人。」

她微微搖頭。

「廣樹先生完全沒提過……」

那張臉逐漸變得蒼白。

「我不知道。要是我知道，絕對不會……我都不知道，所以……」

昴先生抓起立在一旁的拐杖。

「謝謝妳坦白告訴我們。做爲回報，我給妳一個忠告。」

他撐著拐杖站起，俯視井上喬美：

「立刻退掉這裡，回去母親身邊。再也別動歪腦筋，試圖向朋友勒索錢財。」

我們把她留在咖啡廳，離開週租公寓。那名能幹的（頭髮稀疏的）調查員，周到地將昴先生的車開到前面等候。

「杉村先生。」

昴先生面向前方，沉聲道。

「我討厭那種人。」

這句話不適合出自調查事務所的所長口中，卻十足少爺風格。

6

隨著「蠣殼辦公室」承接的案子落幕，我的協助工作也結束。

然而，那個「想法」依然盤踞在內心。無論是工作的休息時間、在姊姊家泡澡時、在安寧醫院單人房沉睡的父親枕邊差點跟著打盹時、帶健太郎去散步的途中，我會感到它蠢蠢欲動。

我猶豫著該怎麼辦，度過剩餘的九月。幸好十九日的星期六到二十三日是秋季連假，又是「夏目市場」大賺一筆的時期。在忙碌當中，我得以遠離煩惱。

話說回來，「伊織」果然原封不動出租，新房客沒改掉風評極好的店名，繼續開起蕎麥麵店。

雖然在這次連假中開幕，但口碑糟透了。

隔週星期一，二十八日下午五點多，坂井副店長喊住我：

「蠣殼先生想請你去送貨。」

斜陽莊是坂井副店長負責的，我擔心他會覺得不舒服，沒想到他說：

「我聽店長提過。杉村先生，你在幫忙蠣殼先生吧？」

我支吾其詞，副店長笑咪咪地交代：

「請替我轉達蠣殼先生，我下次會再去請教打網球的技巧，麻煩了。」

「好的。」

「送完貨你可以直接回去。」

這並不是對我有特殊禮遇，而是對「夏目市場」來說，蠣殼家就是這麼特別。來到斜陽莊，只見昴先生穿著運動服，在客廳以大音量欣賞莊嚴的古典音樂。

「據說，搖滾樂的源頭是莫札特。」

他一看到我便開口。

「辛苦你送貨。可以麻煩你把東西收起來嗎？我來準備晚飯。」

「什麼？可是……呃……」

「今晚七點，卷田典子會打電話來。」

我懷裡的紙箱差點掉到地上。

「其實，我想親自和她談談，但她還在住院，不能外出。即使我們一起去探望，應該也沒辦法見面。」

「典子小姐的狀況這麼糟嗎？」

「聽說穩定不少，肚裡的孩子發育得不錯，可以放心。」

「那太好了。」

我將罐頭擺進櫃子，把袋裝義大利麵收進抽屜。

「不過，上週的連假期間，井上喬美和母親去探望她，在病房大哭下跪，惹得主治醫生和護士大怒。現在僅有親屬才能會面。」

昴先生一手靈巧接住我差點沒拿穩的小瓶橄欖油。

「所以，只能透過電話聯絡。杉村先生，比起晚飯，看來你更需要醒腦的咖啡。」

井上喬美回家後，和母親討論，一起去向典子小姐道歉。
「她辯解其實想更早來道歉，但母親只有連假才能休息。她似乎十分消沉，應該是很擔心。」
「那她一個人去不就好了？」
「大概是害怕吧。那女人的內在，完全就是個不成熟的少女。」
我有同感。
「那場騷動告一段落後，典子小姐打電話到我們辦公室。」
——我想和之前見到井上喬美小姐的調查員說話。
「所以，工作人員聯絡我。她留下手機號碼，我立刻打給她，但我覺得杉村先生應該一起聆聽詳情，便另外和她約時間。」
「謝謝你。」
「不客氣。而且，典子小姐需要再休息一陣，我也希望你再來作陪。」
昴先生和我約定，既然把我捲入這件事，會將後續發展告訴我。
「典子小姐默默聆聽井上喬美的辯解和道歉。」昴先生接著道。
既沒責備，也沒反駁或發問。
「她只回說：『喬美，妳沒有錯，都是外子不好。妳不用放在心上，錢也收下吧，請保重。』這樣就結束了。」
然而，這並非真正的結束，所以她才會想找調查員談談吧。
「蠣殼先生，你不是叫她『卷田典子』，而是『典子小姐』。」

他單邊眉毛一顫。

「若說『卷田小姐』，會搞不清在指誰。」

「嗯，也對。」

今晚吃日本料理。加入大量舞茸和山菜的蒸飯，是我守在爐旁，顧著土鍋的火完成的。

這次也沒邊吃飯邊聊案子。昴先生對我在出版童書的「藍天書房」及社內宣傳報《藍天》的編輯工作都很感興趣，提出許多問題。我回憶過去的工作，向他述說，也覺得十分盡興。

用完晚餐，我將餐具放入洗碗機，擦拭餐桌。昴先生望向壁鐘，現在是晚上七點。

他的手機響起。

「喂，我是蠣殼。」

昴先生接聽電話，說一聲「晚安」。

「謝謝妳打來。可能會聊上一段時間，請先掛掉，我立刻回撥……」

對方似乎說不需要。

「這樣啊。那我開擴音，請繼續。」

昴先生將手機立在桌角，我們面對面坐下。

一道細微的女聲傳出：

「我是卷田典子。」

昴先生向我點點頭。我略微傾身向前，對手機開口：

「卷田小姐，我是『夏目市場』的杉村。」

咦？手機傳來細微的驚呼。

「抱歉，之前和蠣殼先生一起去惠比壽的週租公寓，和井上喬美小姐見面的就是我。呃……我對東京比較熟悉。」

「是我請他陪同的。」昴先生解釋。「杉村先生非常擔心你們夫妻，也幫了我大忙。」

這樣啊——她像在喃喃低語。

「杉村先生來我家探望過吧？家母曾向我提起。」

梨子和巨峰葡萄都很好吃，她說。

「害大家這麼擔心，還麻煩大家這麼多，眞對不起。」

「妳不需要道歉。」

昴先生一如往常淡淡回應，但更溫柔一些。

「妳的身體狀況還好嗎？」

「是的。在熄燈前，都是自由時間。」

「要是談到一半不舒服，不必顧慮我們，請立刻按護士鈴。」

「好的。」

斜陽莊的客廳維持著舒適的室溫，我卻在冒汗。

「呃……然後……」

典子小姐的話聲微微顫抖。

「我聽喬美提到調查的事……我會想找你們談……」

是想拜託你們，她說。

「請不要再尋找外子。十月一日，他一定會寄五十萬圓給喬美。外子是個守信的人。」

可是，請不要再尋找他——

「爲什麼？」昂先生平靜地問。

「這次的事……我是指假裝私奔的事……」

「嗯。」

「我全部知情，這是外子和我一起想出來的劇本。利用喬美，是外子的主意，但我覺得能拿到錢，對她不是什麼壞事，因此我也是同罪。」

我望向昂先生，他注視著手機。

「外子和我在考慮離婚。可是，我曉得這件事會讓周圍的人，尤其是我父母擔心……」

她的呼吸急促起來，停頓一下。

「但我們不希望，別人知道我們離婚眞正的理由。所以，需要編造一個假理由。」

昂先生沉默著，於是我問：

「爲何要離婚？在我們——你們身邊的人眼中，兩位是感情很好的夫妻。」

典子小姐輕輕一笑，「那太好了，因爲外子和我都辛苦地避免旁人察覺。」

我彷佛當頭被潑了盆冷水。

「外子不想要小孩。」

說完，她立刻改口：

「不，他本來想要小孩。剛結婚時，我們約定等麵店上軌道就生小孩。然而，我眞的懷孕後，他整個人驚慌失措起來。」

他開始害怕。

「他說沒辦法爲人父母、自己沒資格。」
昴先生對著手機問：
「因爲他曾蒙上可怕的嫌疑，是嗎？」
回答遲了一拍：「是的。」
「換句話說，這表示害死他母親和妹妹的火災，責任在他身上？或者，是他儘管無辜，卻仍會招來嫌疑？」
昴先生講得很慢、很懇切，但內容十分直接。
汗水淌下我的額頭，昴先生神情毫無變化。
「他不是那麼有條有理地解釋。」
大部分的人都沒辦法。辦得到的，頂多只有蠣殼昴。
「可是，我們爲此爭論過好幾次。有一次，他一臉蒼白地大叫。」
——我是殺人凶手！
——殺人凶手怎能抱自己的孩子？殺人凶手怎能扶養孩子？
「我……說不出話……」
典子小姐的聲音暫時中斷，似乎在調整呼吸。
「當時已是半夜，但外子衝出家門。外頭一片漆黑……」
隔天早上，她出門去找。
「發現外子在屋後的墓地，穿著睡衣，抱膝坐在那裡。」
看起來像一抹鬼魂，她形容道。

「我終於醒悟：啊，昨晚他的話是眞的。」

香川廣樹是殺人凶手。十四歲時，他在家裡放火，燒死母親和妹妹。是他下的手。

「他曾明確地叫我放棄生孩子、把孩子墮掉。」

典子小姐堅持不肯，不料他說：

——那麼，我沒辦法繼續和妳在一起。因爲我一定會瘋掉。

——坦白講，我早就累了。我明明不是正常人，卻要裝出正常的樣子。我實在太累，再也受不了了。

「我決定要生下孩子，也曾以爲慢慢說服，他會回心轉意。但老實說，我漸漸害怕起來。」

「居然害怕自己的丈夫，我覺得：啊，我不行了。」

——我一定會瘋掉。

她也考慮過逃回娘家。

「事到如今，我無法向父母坦言丈夫的過去。因爲我們一直隱瞞著。」

典子小姐一陣哽咽。

「父母十分喜歡外子，把他當成親生兒子。他……他眞的是很好的人。」

一直以來守口如瓶，反倒逼得自己無法坦白事實。她築起一道高牆，圍住丈夫和自己，以爲這樣就能保護兩人。然而，注意到時，這道牆已變得過分堅固，無法從內側打破。

直到井上喬美這個意想不到的訪客，從外面闖入爲止。

「五月底妳發現自己懷孕，六月初井上喬美聯絡你們。」

昴先生俐落歸納。

「那麼，你們夫妻等於是扛起兩個不爲人知的難題。」
「是的。」
「你們之間一定發生過許多激烈的口角，也經歷無數失眠的夜晚。」
他隔一拍，繼續道：
「妳眞的非常努力。」
他的嗓音溫柔，像在慰勞。
約莫是昴先生心意傳達出去，典子小姐話聲的又失去控制：
「一、一開始，外子……」
話聲變成哭聲，她堅忍地試著克制。
「說喬美的事交給他。他會想辦法糊弄過去，呃……」
「籠絡她、懷柔她。」
「對，類似這樣。外子說會把她趕走。當時，我滿腦子只想到孩子和我們的事……」
「這是當然的。」
「可是，怎麼講……」
此時，典子小姐突然呼喚我。
「杉村先生，對不起。」
「咦？」
「外子和我在店裡時，是另一種人格——可以滿不在乎。結婚後，兩個人一直守著祕密，面對周遭的人，總是有點像在演戲。這也更進一步鞏固我們夫妻之間的關係……」

我默默點頭，接著想到對方看不見，急忙傻傻應一聲：

「這樣啊。」

她輕輕一笑：

「待在店裡時，不管是孩子的事或喬美的問題，都能擱到一旁，感覺和平常沒任何不同。客人都喜歡我們的店，『夏目市場』的人也對我們很好。」

既然如此，怎麼不向我們求援？

「在店裡表現得開朗，我藉此得到救贖。外子想必也一樣。可是，我們一直欺騙著大家，對不起。」

「這沒什麼好道歉的。」我的話聲也不住發顫。

「擁有祕密，就是這麼回事。」昴先生開口。「這和故意騙人不一樣。」

是嗎？她小聲說。

廚房的冰箱發出聲響，自動製冰器吐出冰塊。

「我要生下孩子。外子決定和我分開，恢復單身。」

典子小姐自言自語般繼續道。

「我們做出結論，著手進行各種計畫。然後，我提議：如果你外遇，和對方私奔，大家比較容易接受。」

——也對。這樣一來，大家都會同情妳，好好呵護妳。

「於是，我們打算利用喬美。她出現的時機正巧。」

我一點都不恨她，典子小姐說。

「但妳變得那樣憔悴。」我忍不住出聲。「廣樹先生是在前一晚離家的嗎？」

「是的。」

「跟你們的計畫一樣。」

「對，沒錯。」

「後來，妳獨自哭了整晚吧？」

她沒立刻回答，或許又哭了。

「我不光是哭。」

我在大掃除，她說。

「三更半夜，我卻像個傻子，清理整幢屋子上上下下、每一角落。我用一大堆清潔劑和除霉劑，想把他的痕跡清除得一乾二淨。」

那就是我聞到的氯水氣味。

「卷田小姐。」昴先生開口。

「是……」

「我明白狀況了。往後我們不會再尋找卷田廣樹先生的下落，請妳放心。」

典子小姐沉默著。

「尋找井上喬美小姐下落的委託已完成，本來就沒有我們多事的餘地。做為參考，我還有兩、三個問題想請教，妳的身體狀況還好嗎？」

「我沒問題。」

昴先生還想追問什麼？

「妳和廣樹先生，是妳就讀短大時認識的。妳們住在同一棟公寓的不同戶，對吧？」

「對，你知道得眞清楚。」

「當時他從事什麼工作？」

她思索片刻，應道：

「很多。他在附近的超商打工，也會去外食連鎖店或小鋼珠店當店員。」

「他身兼多種打工嗎？」

「是的，因爲他沒上高中。」

「可是，在他向妳坦白過去前，妳都不曾感到奇怪嗎？」

「這……當時有不少人求職不順。而且，如果我不是短大畢業，恐怕也找不到工作，所以……」

確實，年輕人的求職困境，雖然多少有些波動，但就是從那時開始的。

「他是什麼時候告訴妳十四歲的事？」

她立刻回答：「我辭掉公司的前一年，大概是九月。那段時期起，我偶爾會提起我們的未來。」

——我有事要向妳坦白。

「但他說自己是無辜的。他沒在家中放火，失去母親和妹妹，非常傷心難過，也很想死。」

典子小姐啞聲重述他的話。

「他大可瞞著我，卻毫不保留地告訴我。」

「不過，妳還是大受打擊吧？妳向公司請兩週的假，對不對？」

「對……沒錯。」

我彷彿能看見她驚訝的表情。

「調查事務所眞厲害。」

昴先生維持自己的步調：

「最後妳沒和他分手，反倒決定和他結婚，回到妳的故鄉，一起共度新的人生。最大的理由是什麼？」

結過婚的人都明白，這不是那麼容易回答的問題。

「因爲我喜歡廣樹。」

卷田典子說。

「我喜歡他，也信賴他。在交往的過程中，我覺得他是好人，所以我相信他是無辜的、造成他母親和妹妹死去的火災是一場意外。然而，廣樹卻遭到懷疑，一直很痛苦，甚至遭親生父親拋棄，變成孤單一人。」

孤獨、無依無靠、沒人肯定。

「我打心底這麼相信。始終相信他，與他一起生活。」

直到幾個月前，聽到丈夫的吶喊爲止。

——我是殺人凶手！

我明白了，昴先生開口。

「當時，井上喬美小姐有沒有阻止妳結婚？」

「她不是那樣的人。」

典子小姐輕笑。應該只是聽起來像在笑。

「我找她商量，她完全嚇壞了，嚷嚷著『天哪，不得了』，所以她才沒告訴任何人，替我們保密。」

直到九年後，想到可利用這個祕密換取金錢。

「我問完了，謝謝妳。」

昴先生以眼神催促，於是我湊近手機：

「典子小姐。」

「是。」

「請保重身體。」

「我會的，感謝。」

「等妳身體康復，如果想轉換心情，歡迎帶著孩子來『夏目市場』看看，大家都會很開心。」

「好的，一定。」

然而，結束通話時，她這麼說：

「謝謝你們，再見。」

我和昴先生注視著回到待機畫面的手機，沉默許久。

「杉村先生……」

我抬起頭。

「即使她沒拜託，我也不打算去找卷田廣樹。」

他的眼神陰沉，像是籠罩斜陽莊的黑夜。

「因為從一開始，根本就沒有這個人。」

盤踞在我內心的「想法」又蠢蠢欲動，重新復甦。

「請瞧瞧這個。」

昴先生拿起手機，進行操作。

「我派調查員找過，眞的耗費好大一番工夫。」

那名能幹的（頭髮稀疏的）調查員，想必是耐性十足地繼續追查。

「香川廣樹在國中是個問題兒童，即使尋找，也找不到算得上朋友的同學。他幾乎沒參加學校活動，沒去畢業旅行，畢業紀念冊上亦沒他的照片。」

這是入學典禮的照片，他說。

「十二歲的香川廣樹。」

我望向手機畫面。

「你覺得這副長相的少年，二十年後會變成你認識的『伊織』老闆嗎？」

我盯著畫面，搖搖頭。

「對吧。」昴先生附和。「這兩個人，是完全不同的人。」

7

掀開底牌一看，原來昴先生和我想的一樣。

在斜陽莊第一次聽到「伊織」的廣樹先生的過去時，我是這麼想的：父親主動斷絕關係後，香川廣樹變得無依無靠，卻也從昔日的嫌疑中解脫。接著，他認識卷田典子，與她相戀，重獲新生。如果不這麼想，昴先生的調查員查到的「香川廣樹」，與我認識的「卷田廣樹」，形象根本無法重疊。

當時，我眞心這樣以爲。除此之外，沒有別的可能。所以，我希望可怕的推測落空。

之後，我得知典子小姐懷孕住院，明白她的母親多麼傷心，並看到廣樹先生寄到「卷田」的信，讀到他以簡潔誠懇的文字，爲自私的行爲道歉。

從那個時候開始，我的想法漸漸動搖。

即使撇開香川家的悲劇是意外或縱火的疑慮，十四歲的香川廣樹也是母親煩惱的源頭。他凡事非要順著己意不可，動不動就發脾氣。不僅不疼愛妹妹，甚至嫉妒妹妹、欺負妹妹……

我認識另一個從小就有這種傾向的大人。是一名女性，三年前將《藍天》編輯部攪得天翻地覆，還持刀威脅我的妻女。

當時，我有機會從她父親口中，聽聞她的青少年時代。她一樣脾氣極差，總是怨天尤人，怎麼樣都難以讓她滿意。她有個哥哥，原本感情融洽，但哥哥結婚後，她不願哥哥被搶走，以十分殘忍的方式毀掉婚宴，害哥哥的新娘自殺。

她的父母都是誠實的好人，盡一切努力面對不斷惹事生非的女兒，卻依然無法改變她。在進來《藍天》編輯部以前，她引發數不清的麻煩，終於犯下刑案。

她年近三十，但香川廣樹認識卷田典子時，應該更年輕。而且，他不像那名女子，得到父母的關愛。甚至沒上高中，關在家裡當繭居族，最後遭父親拋棄，被丟到社會上。

這樣一個人，眞的有辦法改變嗎？

我的心不停擺盪，這個想法盤踞在胸口深處。找到井上喬美、聽她說那是一場假私奔後，疑念益發濃厚。

曾是香川廣樹的「伊織」老闆廣樹先生，沒對厚著臉皮來要錢的井上喬美生氣，儘管利用她，卻也好心地安頓她的生活。廣樹先生一次都沒發脾氣，連半點暴力行爲的徵兆都沒有。井上喬美根本不怕他，反倒說他溫柔，從以前就是這樣的人。

一個人有辦法變得這麼多嗎？

是不是應該從不同的角度，重新詮釋此事？

會不會並非香川廣樹變了個人，而是「香川廣樹」根本換了一個人？

在東京認識卷田典子，墜入愛河的男人，根本不是「香川廣樹」，只是自稱「香川廣樹」？

蠣殼少爺和我有相同的想法。不過，他的出發點，不是我那種災難式的經驗。調查員找到香川廣樹的父親，但他甚至不願看一眼現在的廣樹先生的照片。

父親似乎仍害怕兒子。那麼，他不是應該會更想知道，兒子在哪裡、過著怎樣的生活、親眼確認他變成什麼樣貌？父親堅持不肯看照片，是不是有別的理由？

父親是否知道，根本沒必要再看照片確認？

昴先生隱約有這種感覺，耿耿於懷，才派調查員尋找香川廣樹少年時期的照片。

然後，昴先生和我聽到卷田典子的告白。兩人低調而幸福地過日子，但她一懷孕，廣樹先生竟心生恐懼。他情緒失控，認爲自己沒資格當父親。

——我是殺人凶手！

——殺人凶手怎能抱自己的孩子？殺人凶手怎能扶養孩子？

典子小姐將這段話解釋爲，他承認十四歲時放火燒毀自家，害死母親和妹妹。

蠣殼昴先生有不同的見解。

我也認爲並非如此。

香川廣樹的父親——香川直樹住在橫濱市內。他在一家製造化學藥品的大公司做到退休，接著進入子公司擔任幹部。

他很難找到。即使打電話到職場，還沒表明來意，他就掛斷。我們不願打擾他現在的家庭，因此避免直接造訪他家。

等待機會的期間，月曆翻開新頁，進入十月。跟母親同住的井上喬美沒收到剩餘的五十萬圓，但她當然沒氣惱。

我繼續在「夏目市場」工作，也會去探望父親，還跟父親說上一些話，並爲此驚異。父親從昏昏沉沉的睡夢中醒來，一看到病榻旁的我，便問：

「三郎，發生什麼事？」

他說我臉色很差。

「爸今天的臉色倒是不錯。」

父親虛弱地微笑，「畢竟我沒什麼好擔心的了。」

「我也沒有。」

這樣啊，父親應著，又進入睡夢中。

不管身體再虛弱、分開生活的時間再長，父母依然是父母，最瞭解自己的孩子。我切身體認到這項事實。

十月快到中旬時，我接到昴先生的電話。

「十七日星期六，可以和香川先生見面。」

香川先生要參加母公司在秩父高爾夫球場舉辦的球賽。

「條件是比賽結束後，時間不能太長。杉村先生，你能去秩父嗎？」

「我和店長商量看看，請他讓我請半天假。」

我告訴中村店長又要去當蠣殼少爺的司機，他二話不說地答應。

當天，昴先生和我都穿西裝，但沒打領帶。他的拐杖和平常用的不一樣。

「我會配合服裝挑選拐杖。」

在車子裡，昴先生告訴我截至目前的經過。

「由於事情遲遲沒能了結，我寫一封信，附上照片，將詳情全告訴他。」

所以不需再次說明，昴先生解釋。

香川先生指定的地點，是距離高爾夫球場約兩公里外的河魚日本餐廳。除了主屋以外，還有許多獨立小包廂。我們在其中一個包廂碰面。香川先生似乎也是第一次來，卻熟練地吩咐女侍，要先談三十分鐘的公事，之後再上料理。

香川先生是個體型富態的紳士，或許是在俱樂部喝了一些酒，臉頰微微泛紅。他穿著高爾夫球裝。

「你們寄給我的照片和信件都銷毀了。」

他一開口就這麼說。

「非常冒昧，不過能請兩位脫掉外套和襯衫嗎？我想確定不會被錄音。」
昴先生和我僵住兩秒，接著依香川先生的指示動作。
「這樣可以嗎？」
「謝謝。」
昴先生穿回襯衫和外套，從西裝內袋取出兩張照片，對著香川先生擺到桌上。一張是香川廣樹的國中入學典禮照片，另一張是桑田町夏祭的合照，將臉部截下，放大成相同尺寸。
「這是你的兒子廣樹，對吧？」
昴先生指著學生服少年的照片邊緣，接著移向廣樹先生的照片。
「你知道這是誰嗎？」
香川先生望著兩張照片，咬緊下唇。那張臉的眼睛部分和香川廣樹很像。
「我不曉得他叫什麼名字。」
他嘆一口氣，低聲回答。
「我只見過他一次，是我和兒子——廣樹，斷絕關係一年後的事。」
昴先生毅然抬起頭，我卻垂下目光。
「一開始，他說是廣樹的朋友，打電話到我任職的單位。光說是廣樹的朋友，我不明白到底是怎麼回事，但因爲和廣樹有關，我不安起來，決定與他見面。」
他是十分有禮貌的年輕人，香川先生形容。
「穿著廉價的衣服，神情比我不安。我一眼就看出他不是廣樹的同路人，而是會遭廣樹利用的人。」

年輕人不斷向香川先生賠罪。

「他感激我願意見他，還說從廣樹那裡詳細聽過我的事。」

香川先生指著「伊織」的廣樹先生照片。

「這個人比廣樹大三歲，當時大概二十一、二歲。」

那麼，他其實年長典子小姐五歲。外表差不多也是這個歲數。

「他本來要報出名字，我制止他：你不要講，我不想知道。只要是兒子惹出的問題，我半點都不願牽扯上。」

香川先生又重重嘆氣。

「簡而言之，他將自己的戶籍賣給廣樹。更準確地說，是交換戶籍。然後，他從廣樹那裡得到一百五十萬圓。」

此時，他總算直視我們。

「你們也清楚這種情況吧？這筆金額符合行情嗎？」

昴先生立刻回答：「戶籍買賣並不是值得驚訝的罕見行爲，不過要看個案。現在大多透過網路交易。」

「這樣啊……如今什麼事都靠網路搞定。」香川先生發出呻吟。

「但也不是這麼簡單。僞造戶籍另當別論，但不是光靠買賣和交換，就能變成另一個人。因爲護照和駕照等都附有照片。」

「沒錯，長相沒辦法交換。」

「是的。如果買賣或交換的雙方都沒有護照和駕照，是白紙狀態，價錢就會提高。若其中一方或雙方都已取得這類證照，需要僞造或動手腳，價格便會下跌。」

所以要看個案。

「取代廣樹的男子，結婚後變成『卷田廣樹』，在山梨縣上駕訓班，取得駕照。換句話說，眞正的廣樹本來並無駕照。」

香川先生點點頭。「恐怕沒錯。即使他想，也不可能上駕訓班，乖乖聽教練的話。」

語氣十分惡毒，完全不像在談論親生兒子。連我母親都得甘拜下風。

「廣樹不可能出國旅行，應該沒護照……」

「附帶一提，卷田廣樹和卷田典子現在也沒護照。」

我不會再去質疑「蠣殼辦公室」怎麼查出此事。

香川先生拿起「伊織」的廣樹先生照片，隨即放回桌上，接著道：

「這個人和廣樹在小鋼珠店認識。他是那裡的店員，廣樹天天去報到，花錢如流水。」

一定相當引人注意，香川先生說。

「在他看來，廣樹是好客人，年紀又相仿，兩人不知不覺親近起來。沒多久，廣樹主動坦白自己的事。當時，廣樹的表情就像在好奇對方的反應。」

他就是這種人——

「面對看起來和善的人，他就敢強勢。在學校也是如此，連對方是老師都不放過。在這層意義上，廣樹看透人的能力精準得可怕。」

——起初我十分同情他。

「年輕人這麼說。眞的很傻，這下他就完全落入廣樹的掌心，之後便任憑廣樹操弄。」

「戶籍買賣的事，是哪一方提出的？」

「不清楚，我沒問詳情。不過，當時他的……」

他又指著「伊織」的廣樹先生。

「他的父親生重病，需要一大筆錢支付手術費和醫療費。」

那麼，在他眼中，這一百五十萬圓，顯然具有比金額更重大的意義。

「廣樹有錢。」

「是你和他斷絕關係時，分給他的錢。」昴先生開口。

「沒錯。」

香川先生毫無心虛的神色。

「只要一百五十萬圓，就能在官方文件上變成別人，在他看來應該非常划算。」

「可是，這部分我有些不懂。」昴先生發問。「香川先生家的火災，確實是一起慘痛的悲劇，當時媒體也大肆報導。但廣樹只是十四歲的少年，警方並未證實是他縱的火，我不認爲他會如此受到『香川廣樹』這個名字的束縛，甚至想換掉戶籍——」

香川先生打斷昴先生的話，「他被束縛了。因爲他心裡有底。」

那是沒有一絲猶豫的斷定。

「況且，跟別人交換戶籍，廣樹覺得很好玩吧。他親手殺害家人，毀掉這個家，逼得父親逃走。但換了新戶籍，就能得到新的家人。」

聽到這裡，連蠣殼少爺都答不出話。

香川先生依然指著「伊織」的廣樹先生照片。

「這個人有生病的父親，還有照顧父親的母親和兩個妹妹。好死不死，偏偏是妹妹。廣樹最喜歡虐待女孩。」

面對默默無語的我們，香川先生喝一口女侍留下的冰水，繼續道：

「所以，這個人才會怕得不知所措，最後走投無路，想找人商量，於是找上我。因爲廣樹開始糾纏他的妹妹。」

我感到一股寒意，襯衫袖子底下的胳臂爬滿雞皮疙瘩。

「你們沒辦法查到廣樹國中畢業後的行蹤吧？連我都無法完全掌握，能夠掌握到的，我都四處奔走，全數掩蓋掉。」

「掩蓋掉？」昴先生的目光變得銳利，「什麼意思？」

「就是字面上的意思。那傢伙盯上住家附近的年輕女孩，我不曉得他做過幾次、做到什麼程度，不過其中一件，他當場拍下被害人的照片。」

「你怎會知道？」

香川先生粗暴地說：

「我在廣樹的房間看到那些照片！」

一陣凍結般的沉默，只聽得到香川先生的喘息聲。

「所以，我忠告這個人——」

忠告「伊織」的廣樹先生。

「叫他快逃。妹妹不用說，我勸他讓父母也逃去別的地方。否則，沒辦法從廣樹的魔爪中保護兩個妹妹。」

不過，要完全逃離戶籍上是親人的男子，極為困難。

「萬一辦不到，只能由你挺身而出，趕走廣樹。我告訴他，只有這兩條路，否則會淪落到我這樣——眼睜睜看著妻女被廣樹殺死。他回去前，臉色變得比來見我時蒼白。」

後來，他怎麼行動、事情如何發展，我不知道，也不想知道——香川先生說。

香川先生深呼吸，彷彿要努力恢復冷靜。

「不過，從你們給我的報告來看，他似乎選擇後者。」

他挺身而出，趕走香川廣樹。除掉這個人。

——我是殺人凶手！

他的吶喊，其實是這個意思。與香川廣樹交換戶籍的青年，殺死香川廣樹——為了保護家人。

他接下來的人生，一直背負著這個祕密。即使對他墜入愛河並結婚的對象，都無法全盤吐露的祕密。

然而，打算獨自帶進墳墓的祕密，卻從內在不斷折磨他。最後，他遭到侵蝕。在他深愛、也深愛著他的卷田典子，為了保護他，而在兩人周圍築起的堅固高牆的內側，他變得愈來愈脆弱。

因此，得知流著自己血脈的嬰兒即將出世，他頓時崩潰。

明明不是正常人，我沒辦法繼續假裝正常人。我無法用鮮血玷污的這雙手，擁抱自己的孩子。

人會追求幸福，為了追求幸福而努力，但每個人的幸福都不同。為了冀求樂園，拚命往前走，可是每個人心中的樂園都不一樣。

連相愛的男女之間，追求的事物也不盡相同，於是會造成誤解。努力只是徒勞，幸福如幻影般消失，不管再怎麼往前走，樂園永遠都在搆不著的另一頭。

香川先生說：

「他替我完成身爲父親應盡的責任。在這層意義上，我對他很過意不去。」

語氣平板，但我能理解他的心情。他是眞心感到虧欠與悲傷。

「不過，這個人——如果他……嗯，除掉我兒子廣樹……」

不是能立刻恢復原本的身分嗎？

「我絕對不會去找兒子，他應該也明白，不必擔心我會追究。既然如此，以『香川廣樹』的身分，處理完必須善後的問題，他大可取回眞正的身分。」

「事情沒這麼容易。」昴先生解釋。「戶籍的買賣，不是戶籍謄本的買賣。除非確定交易確實成立，否則買方不會付錢。交易都是這樣的吧？」

香川先生蹙起眉，「那要怎麼做？」

「剛剛提過，這種情況下，若雙方證件都是白紙的簡單買賣，一般作法是買方用獲得的身分申請護照。」

「一般作法？」

我忍不住插話，但昴先生一如往常，淡淡地繼續道：

「因爲護照是附有照片的官方身分證。」

長相無法交換。

「沒有比取得護照更確實的方法。而且，護照和駕照不一樣，只要文件齊全，馬上就能取得。」

香川先生依然苦著一張臉，嗤笑一聲：「可是，只要不出國，就不需護照。本人小心點就沒問題吧？」

「那可是我國政府發行的身分證。對本人來說固然重要，但對政府來說，也是最重要的個人識別證件。」

昴先生望向「伊織」的廣樹先生照片。

「這個人老實又膽小。一般我們稱這種人爲『善良的小市民』。」

這樣一個人，卻在情勢逼迫下，犯下殺人重罪。

「他甚至沒在自己的麵店網站放照片。明明不知道有沒有人記得他原本的長相，也不知道他們會不會看到網站；就算看到，礙於名字不一樣，也可能以爲是相似的不同人。即使如此，背負著罪惡感，他仍怕得不敢放照片。」

這樣一個人，心知社會上存在著一份可能揭發自身謊言和罪行的官方資料，還敢恢復原本的身分嗎？一旦碰上萬分之一、十萬分之一的不巧，導致眞相敗露，會牽扯到他想保護的眞正的家人。

昴先生抬起頭，望向香川先生：

「最起碼，直到你兒子以這個人的身分取得的護照失效前，他只能繼續使用香川廣樹的身分。我是這麼認爲。」

就在這時，他認識卷田典子——

我忽然想到，他會將「香川廣樹」的過去告訴典子小姐，或許並非單純是太誠實，而是希望她能和自己分手。要是典子小姐害怕、遠離他就好了，這樣他就能死了這條心。

然而，儘管煩惱到憔悴消瘦，典子小姐卻沒放棄對他的愛。

——明明不是正常人，卻要假裝正常人。

所以，他不得不選擇這條路。

「眞的很像廣樹的作風。」香川先生緊皺眉頭，唾棄道。「死掉以後，還要繼續折磨這個人。」

「廣樹可是你的兒子。」昴先生彷彿在低聲勸告。

香川先生絲毫不受影響。他瞪大充血的雙眼，瞪著昴先生說：

「不，他是怪物。」

國中的入學典禮上，少年凶狠地板著臉入鏡合照，不知是光線刺眼，還是厭惡著什麼。不管是怎樣的父母，終歸是父母，最瞭解孩子。

他是怪物。

「我也不是一直袖手不管。我看過許多書，請教許多專家。像廣樹那種人，是極低的機率中，不是誰造成的緣故，而是天生就是那副德性。那就叫心理變態吧。」

「那不是能隨便使用的字眼。」

蠣殼少爺第一次明確表現出憤怒。

「對象是孩子，更應該謹慎。」

「那麼，你認爲我還能怎麼辦？」

香川先生握拳，重重捶一下桌子。冰水杯搖搖晃晃。

怒氣染紅他的雙眼，臉色卻宛如白紙。

「我只能祈禱。祈禱廣樹——他應該早就變成白骨了吧，祈禱他永遠不會被找到。然後、然後……」

香川先生望向「伊織」的廣樹先生照片，真的像在祈禱般閉上眼。

「希望這個可憐人，能回到父母和妹妹身邊，過著安穩的日子。」

雖然對店家很過意不去，但我們沒用餐就離開。

夜已深，從秩父前往山梨縣境的山路沉入黑暗，副駕駛座的昴先生臉龐倒映在車窗上。

他看起來像一抹幽魂。像卷田典子發現時，抱著膝蓋坐在自家後方墳地的她的丈夫。像憔悴不已，哭腫雙眼倒進我懷裡的卷田典子。

「蠣殼先生。」

你還好嗎？我問。

「大概吧。」他應道。

夜晚與深山的黑暗，連同車子包裹住我們。

「他也死了吧。」

昴先生彷彿在自言自語。

「所以才沒將約定的五十萬圓寄給井上喬美。」

我什麼都不想說。

「他的自我認識大錯特錯。他是個再正直不過的人。正因太正直，才會無法承受。」

曾是「伊織」老闆的人。打出美味的蕎麥麵，深愛妻子，喜歡登山和攝影，溫柔和善的人。

昴先生說一聲「抱歉」，打開汽車音響。與在斜陽莊聽到的截然不同的重量級搖滾樂響起。

我握著方向盤，昴先生靠向椅背閉上眼，車子以遠光燈劃開夜晚的深淵前進。我漫不經心地聽著大音量的重金屬音樂，幾首歌過去，歌詞的某個部分勾起我的注意。

「沙男要來了」。

所以，就寢前記得禱告——歌詞這麼向孩子述說。

沙男——sandman，這是歐洲童話故事裡登場的怪物，會往孩子的眼睛撒上魔法的沙子，讓他們睡著，落入美好的夢鄉。不過也有人解釋爲，那是將孩子拐進黑暗世界的怪物。

孩子啊，睡前記得禱告。因爲像沙子一樣無法捉摸的恐怖怪物就要到來。

連眞正的名字都不知道的不幸男子，或許認爲對於即將出世的嬰孩來說，自己就像沙男。

「我要上床睡覺了。

神啊，請保護我。

如果我一睡不醒，

請帶走我的靈魂。」

我不熟悉重金屬音樂。

「這首曲子叫什麼?」

「金屬製品（Metallica）的〈Enter Sandman〉。」

我覺得這是寫給他的送葬曲。

這個月底，父親去世了。走得十分安詳。

守靈和葬禮一切順利。唯一的插曲，只有麻美哭到睡著，感染中耳炎。

喪期結束，我到「夏目市場」上班，每個人都安慰我。中村店長說：

「私下去我的祕密基地吧，我們痛飲一場。」

我感激地答應，沒想到目的地竟是斜陽莊。昴先生大展廚藝，並備妥紅酒等待我們。

喝酒吃飯之際，昴先生將這次的案件一五一十告訴店長。

「少爺，我會當成什麼都沒聽見。」中村店長開口：「所以，請端出比紅酒更烈的酒來吧。」

然後，他大口喝著不該用紅酒杯品嘗的義式白蘭地，在深夜醉倒，睡著在沙發上。

「杉村先生，你看起來悶悶不樂。」昴先生關切道。

我以爲他討厭酒類，沒想到判斷錯誤，他是千杯不醉。所以，他才說平常不喝酒。

「是又被捲入案件的關係嗎？」

我搖搖頭，「總覺得自己受到詛咒，連回到故鄉都會招惹麻煩。」

這話有一半是認眞的，爲此消沉也是眞的。

蠣殼少爺沒有笑我。

「這次的案件不是你帶來的。不過，我理解你忍不住要這樣想的心情。」

然後，他微笑道：

「既然如此，乾脆別逃避，挺身面對詛咒如何？」

我驚訝地望著他。

「不會要求你在我底下工作。」

即使微笑，昴先生依然老成持重。

「比起擔任我們這種辦公室的調查員，杉村先生更適合當自由行動的私家偵探。我會每個月提供案子給你，讓你維持生活所需，也會提供支援，方便你獨立創業。」

我喝得相當醉。「蠣殼辦公室」的年輕所長，饒富興味地觀察我。

「以前，我捲入案件時……」

「嗯。」

「有兩個可愛的女高中生說我應該去當偵探。」

「她們應該會和我很投機。」

我不禁一笑。「在那起案件中，我認識眞正的私家偵探。他以前是警察，中途離職，做起偵探。」

相當罕見呢，他說。「我們辦公室也有警察出身的調查員。」

「這樣啊。他告訴我，他厭倦刑警這個等悲劇發生後再收拾殘局的工作，往後他要盡可能防患未然。」

昴先生在我的杯中斟入紅酒。

「這話說的眞不錯。」

「是的，他是個值得尊敬的人，可惜已去世。」

客廳播放著老藍調金曲，這是中村店長的嗜好。

「可以讓我考慮一下嗎？」

昴先生點點頭，「當然，我會在這裡待到月底。」

我無法想像他在東京的辦公室，於是益發好奇。

中村店長微微打著鼾。昴先生瞥他一眼，露出苦笑：

「杉村先生，看看身後的書架，有你懷念的公司信封吧？」

書架上的書不多，我馬上找到「藍天書房」的淡藍色信封。

「請你看裡面。」

裡面是一本外觀宛如繪本的薄書，名叫《快樂折紙》，作者是「南陽一郎」。

「是你在惠比壽見到的，那個頭髮稀疏的調查員的作品。他是個折紙大師喔。」

居然連所長都如此形容，這個人實在太教人同情。原來他有著如此令人意外的興趣。

「這是他寫給孩童的第二本折紙書。眞要說起來，南的本行是折紙，調查員是副業。」

「哦……」

世界實在廣大，充滿各式各樣的人。

「調查你背景的，其實也是南。一般情況下，不會在事後和調查對象碰面，想必他頗尷尬。他說算不上賠禮，如果不嫌棄，請送給令嫒吧。」

「謝謝。」

第一頁是可愛的雨蛙折紙。

這件事我只和一個人商量，就是我的姪女麻美。

我們坐在她喜歡的咖啡廳，隔著披薩吐司和果醬吐司討論。

「不錯啊。」姪女說。「如果叔叔住在東京，我就能三不五時去玩。」

「好自私的理由。」

麻美咯咯笑著。

「事情沒這麼簡單，而且我工作不到半年就辭職，對中村店長和『夏目市場』的人太過意不去。」

「叔叔只是打工吧？『夏目市場』少了叔叔也沒差。」

這話刺傷我了。

「叔叔受傷啦？」

「有一點。」

「叔叔在這方面意外脆弱。」

是妳的措詞太不纖細。

「我呢——只是隱約啦，一直覺得叔叔不會待太久。因爲你的心思總是不在這裡，彷彿靈魂有一半留在東京。」

我完全沒意識到這種情況。

「原本以爲叔叔是和女兒分開，感到寂寞，但我又覺得不僅僅如此。」

「我也不清楚理由。」

「那就更應該回去確認一下吧？」

姪女吃著披薩吐司，果敢地敦促我。

「人生就得往前進。萬一失敗，再回來就好。反正不管叔叔去哪裡，故鄉都不會跑掉。」

不過到時我應該已不在老家，她說。

「我會在外頭的世界冒險。叔叔失去冒險的衝勁了嗎？」

我捫心自問。

然後，得到了答案。

接下來，我眞的忙得和陀螺一樣。辭掉「夏目市場」的工作，在故鄉和東京來來回回，尋找事務所兼住家，在「蠣殼辦公室」接受基礎實習（原來這麼正式，還有實習）。這段期間，也處理父親的納骨事宜。

對於我的決定，母親沒生氣，但依舊毒舌：

「你這個人啊，不管做什麼都三心二意。我就知道遲早會這樣。」

大嫂顯然非常開心。因爲她開心，哥哥也贊成。

姊姊和姊夫窪田一陣驚訝。接著，姊夫鼓勵我，姊姊則是擔心健太郎——不過，不是擔心愛犬會寂寞。

「以後沒有你幫忙帶出去散步，就不能這麼輕鬆了。」

家人的反應都很像他們的作風，其實我覺得這樣就好。

「名片要印『杉村偵探事務所』喔。」

麻美這句話不是建議，而是命令。

「『調查事務所』聽起來是半吊子，實在很遜。叔叔要當的是私家偵探，所以要自稱偵探！」

於是，我從善如流。

分身

1

「傾斜了呢。」我說。

「嗯，傾斜了。」諸井社長說。

「有嗎……？」

我們的巡迴管理員田上低喃，竹中夫人輕拍他緊實的背部說：

「你啊，明明有在運動，姿勢卻歪七扭八，才會看不出來。」

四人在我向竹中家租借的，事務所兼自宅的老房子前一字排開。現在是二〇一一年五月十一日，下午三點多。

東日本大地震後，剛滿兩個月。地震發生的下午兩點四十六分，我們四人配合收音機廣播，進行一分鐘的默禱。接著，進入竹中夫人口中的「面對問題，立下決心」的協議。

竹中家是大資產家，擁有許多不動產。我租借的老房子，在其中也是屋齡最古老的木造房屋。搬進去時說是屋齡四十年，但這次仔細檢查，發現正確來講，在今年四月屋齡跨入四十三年。簽約後，在房東大方的同意下，我稍微更動內部裝潢，但外觀沒變動，任何人都能一眼看出這是棟老房子。

如今這棟老屋傾斜了。當然，是那天震度五級的地震造成的。

「看過去的右邊，感覺像是整體往前拉了，對吧？」

「或許屋子變成平行四邊形。不過那是歪斜，跟傾斜不一樣吧？」

「總之，一樣危險啦。」

傾斜的角度是多少？是往三六〇度的哪個方向傾斜？這傾斜是源自於房屋哪個部分的損壞？地基更深處的地盤下陷了嗎？詳細情形，必須委託專門業者調查才知道。

「我問過大松設計的師傅，不過對方手頭有超過二十件的房屋健檢案子。其實，他接到更多委託，儘管以人多的地方爲優先，仍忙到假日都得加班。所以，他說不好意思，暫時沒辦法處理我們竹中家的這棟老房子。」

竹中夫人雙臂交抱，哼一聲。

「他還表示，這棟老房子檢查也是白費工夫，應該要行個禮，感謝這副老骨頭撐過漫長的主震和沒完沒了的餘震，慰勞它實在辛苦了，然後拆掉重蓋——說得眞容易。」

「如果是竹中夫人家，就能毫不猶豫地重蓋。」諸井社長說。

「即使是我們家，拆掉一棟房子重蓋，也是很花錢的。」

竹中夫人——竹中松子七十歲，一四三公分的嬌小身軀上，頂著一頭燦爛的銀髮。無論何時見到她，臉上必定略施脂粉。根據斜對面柳藥局的柳太太提供的情報，除了居家服以外，竹中夫人全部的衣服都是訂做。

——不是有錢所以奢侈，而是找不到她能穿的成衣。因爲她的體型像個小木桶。

接著，柳太太補充道：

——別說是我透露的啊。不過，這話也是在稱讚。竹中太太是小又堅固的木桶，裡頭裝的東西非常高級。雖然我不曉得到底裝些什麼，總之很高級。

竹中夫人符合身材的小腳，緊踏在人行道上仰望我。「杉村先生，你死心吧。修補這棟房子，對竹中家來說只是浪費錢。但繼續租給你，害得前途無量的私家偵探被壓死在租屋處，身為房東也會睡夢難安。」

面對花錢的搬家，及必須從頭設立事務所的現實難題，在茫然失措前，我反倒不小心笑出來。前途無量的偵探，真是好笑的形容。

田上似乎有同感。那張一年四季都晒得一樣黑的臉，笑了開來：

「是啊，如果老房子壓垮杉村先生的未來，可是大家的損失。」

「討厭啦，你們兩個，有什麼好笑的？」

「沒錯，這不是什麼好笑的事。」諸井社長一臉若無其事，但眼睛也在笑。

「杉村先生應該早有心理準備吧？」

聽到田上的話，儘管我有些懊惱，仍點點頭。

「只能搬走了。」

地震發生前，我就感覺這棟房子老舊到進行修繕，也只能撐過一陣。有時地板下的橫木和柱子會發出傾軋聲，廚房和盥洗室的地板，如果用力踩踏某兩個地方，便會沉陷。二樓和室的榻榻米，北邊有一片邊緣微微浮起，沒辦法壓得平整。階梯的踢面和踏板之間出現空隙，扶手一推就搖搖晃晃。

當天，我待在這棟老房子一樓的事務所，面對著電腦，閱讀桃子的學校定期傳給家長的電子報。女兒跟著前妻，與外公和舅舅的家人熱鬧地住在一起。新學期開始，她就升上小學四年級。六月生日過去，便滿十歲。

一開始感到搖晃時，我在看「新年度行事曆」，想著原來小學四年級就有第一次的校外教學露營。突然間，晃動變大。

我還坐在電腦椅上。五腳椅的滾輪移動，椅子左右滑行。

好大的地震——我心生戒備，卻覺得不太對勁。有橫搖這麼久的地震嗎？

——難道房子要塌了？

饒過我吧……正當我這麼想，瞬間窗玻璃震響，巨大的搖晃襲來，彷彿整棟房子在哆嗦。我看見走在窗外的西裝男子驚呼「噢」一聲，蹲到地上。不是這棟房子的問題，眞的是地震！我抓起手機衝出屋外，還記得趿上拖鞋。

談定租這棟老房子時，諸井社長嚴肅地忠告過我。

——依我的直覺，這棟房子頂多耐得住四級地震。要是超過四級，趕快離開。如果窗玻璃劈啪作響，就超過四級了。

——隔壁的木工所雖然小，但屋子很新。而且不是一整片的地基，是打了摩擦樁，屋子蓋在上面，耐震性極佳。平日要和對方打好關係，萬一遇上地震，就過去避難吧。

我遵守忠告，因此一來到隔壁的尾島木工製作所門口，抓著辦公桌站著的尾島社長便向我招手：

「杉村先生，這邊、這邊！」

女職員躲在桌子底下。後方的作業所，穿工作服的男子抱著頭，背貼在牆上。

「只有你一個人？客戶呢？」

「沒有客人。」

我一進去自動門便沒再關上（事後聽說，那道自動門採用的系統，是一偵測到強烈地震，就會自動固定在開門）。除了電線沙沙搖晃的聲響，戶外還傳來女人的尖叫聲，是斜對面的柳藥局。我又想出去，但尾島社長抓住我的手肘制止：

「等停了再說。」

玻璃的鳴響停止，晃動漸漸減弱。持續好久，我生平從未經驗過這麼漫長的地震。

「還在搖，怎麼搞的？」

社長呻吟似地說，一手抓著辦公桌，另一手按住檔案櫃。躲在桌底下的女職員幾乎要哭出來：

「是震源很遠，一定是東海大地震。」

社長朝後面的作業所吼道：

「山田，開收音機！聽廣播！」

很快地，NHK播報員冷靜的話聲傳來：澀谷電台發生強烈地震，目前搖晃已漸漸平息，請各位聽眾留意落下的物品，並檢查火源……

我離開屋外，穿過馬路，衝進柳藥局。店內變得五顏六色，商品架上的貨品掉了滿地。

「柳太太，妳不要緊吧？」

「啊，杉村先生！」

櫃檯裡冒出柳太太和另一名中年婦女的頭，應該是恰巧在店裡的客人。她們似乎一起鑽進櫃檯底下。兩人都一臉蒼白。

「這是關東大地震嗎？」

「不清楚。」

不是啦、不是啦，中年婦人拉扯柳太太的袖子。

「後面的電視說大阪也在搖。」

藥局店面後方就是柳家的客廳。電視確實開著，畫面上是來自大阪攝影棚現場直播的午後綜合新聞節目。

東京和大阪同時搖晃的地震，我這才感到背脊發涼。女兒呢？前妻呢？岳父呢？大舅子他們呢？他們平安撐過剛才的地震了嗎？腦袋塞滿擔憂，膝蓋顫抖起來。

我聯絡各處，爲了讓自己恢復冷靜，穿著鞋子在亂成一團的事務所裡踱步，於是尾島社長拿了頂安全帽來借我。書架上的物品全數掉落，櫃子抽屜滑開，廚房的餐具幾乎全碎光，一時興起在夜市攤販買的仙人掌盆栽也摔破。頭頂不時有碎塵沙沙落下，黃色安全帽令人感到格外安心。

但沒多久，我就停止收拾事務所，及在室內繞圈子。因爲我在電視機新聞畫面前動彈不得——據說是千年一次的大災難，也就是那場大海嘯的影像。

「哦，你沒被壓死啊。」

連門口傳來聲音，我都沒轉頭。是「睡蓮」的老闆，水田大造先生。

「眞難爲這棟破房子撐住。可是，杉村先生，還是收拾一下重要物品，去我那裡避難吧。餘震一定也很大，待在這裡非常危險。」

「老闆，比起餘震，你看這個，不得了——」

「我知道不得了，才會從店裡跑出來。客人都守在電視機前，但我不想看。」

不想看，沒辦法看，我絕對不看……老闆不停低喃，眞的像在逃難，又不曉得跑去哪裡。老闆租下「侘助」所在的新公寓三樓當住處。我聽從他的好意，暫時棲身在那裡。後來，即使白天待在事務所，或在其他地方活動，睡覺時也都回去老闆的住處。

我能繼續住在這棟老房子嗎？租約能繼續嗎？我知道房東竹中家、仲介的房仲業者諸井社長，及房客我，三方必須盡快聚首商議才行。但我們都很忙碌，加上有段時期周圍的狀況不允許我們這麼做，直到地震過後整整兩個月的今天，才能會合。我不在時，偶爾會來看看的田上說：

「不管要修繕或拆掉，都得趕快動手，否則房子就像受了瀕死的重傷，不停在哀號。」田上一直很擔心這棟房子，總算聽到竹中夫人要讓它安息的決定，或許他是最感到鬆了一口氣的人。

「問題在於，如果蓋新房子出租，租金就得調漲。」

諸井社長回頭望向我：「杉村先生，你負擔得起嗎？」

我立刻回答：「沒辦法。」

「眞老實。」竹中夫人笑道。

「或者說，還有個問題。」田上有些客氣地開口：「在社長面前講這種話是班門弄斧，不過，這棟老房子根本是違建吧？這一帶是準工業區，整片土地卻蓋滿一戶戶雙層住家。」

諸井社長一愣，點頭同意：「唔，這麼一提，的確是這樣。」

準工業區若要興建住宅，建坪率是百分之六〇。前妻在興建新居時，我也在旁邊觀摩，因而得知。

「竹中夫人，這建築許可申請是怎麼通過的？」

「我不曉得，又不是我們蓋的。」

聽到這話，社長和田上不約而同發出「咦」一聲。

「竹中夫人，原來這棟房子是你們買的嗎？」

「是啊，三十年前我們買下時，房子還很新。」

「怎麼會買下這棟房子？」

「交情啦。屋主付不出房貸，哭求我們收購。」

原來如此——這回社長和田上都恍然大悟。我也有同感。竹中夫妻從以前就是這個町的權貴顯要（在好的意義上），凡事總與人爲善。

「既然不是竹中家蓋的，會破損成這樣，便不難理解。若好的業者挑選建材，規規矩矩地蓋，就算是木造住宅，也能撐上五十年。」

實際上，像法隆寺就維持得很好——諸井社長說。

「法隆寺又不是住宅。」竹中夫人反駁。

田上連連乾咳。

「總之，如果拆掉，就不能再蓋一樣大的住宅，會變成所謂的『狹小住宅』。」

「那改成投幣式停車場吧，不然就租給尾島先生。」

是指隔壁的尾島木工製作所。

「他老是在埋怨，資材放置場的租金太貴。」

「那我去找他談談？」諸井社長問。

「是啊，麻煩你了。」

事情談妥是很好，但我該怎麼辦？即使可暫時投靠老闆，可是沒事務所，實在傷腦筋。

諸井社長用一種念誦文件的語氣聲明：「物件因自然災害損毀的情況，出租人對承租人可免負義務。」

「我知道。」

無法期待拿到搬遷費或提供替代方案，我得自己想辦法。

「我會再幫你介紹房子。畢竟是天災，手續費會算你便宜點。」

「可是，杉村先生現在開銷很大吧？」

「所以，你看這麼辦如何？」竹中夫人墊起腳尖注視我。「昌子離開後，家裡會有空房。田上，你知道吧？最西邊的，靠近青木家停車場的地方。」

竹中家是尾上町內唯一稱得上「宅第」的大房子，在凸型的寬闊土地上，坐落著隨家中成員增加而不斷增建的房屋，因此結構變得相當複雜（據說每次增建，需要的特製門窗等，大部分是尾島木工承製）。我也去辦過幾次事，那裡幾乎像座迷宮。諸井社長每次去都迷路。

在這部分，田上不愧是竹中家物產的巡迴管理員，兼御用萬事通。

「哦，一樓西邊走廊再過去的一區。」

「沒錯、沒錯。」

談論個人住宅時，使用「區」這種詞彙，一般會格格不入。但竹中家的情況，這是最貼切的形容。證據就是，諸井社長也這麼說：

「是平房區西邊角落，有小廚房的地方吧？三坪房間和二坪房間，還有閣樓是嗎？」

「那不是閣樓啦。只有那裡，從西邊走廊上面嵌進二樓的房屋。昌子無論如何都想要閣樓，所以放了梯子，湊合改裝一下。」

田上告訴我：「那叫斷頭梯，腳一滑摔下來必死無疑。」

「你摔過兩次，不也活得好端端？」

「我平常有在訓練。」

田上拍拍從光頭延伸下來的厚實後頸。確實，那裡的肌肉高高隆起。

「喔……」我只能附和。

「反正是空房，就用跟這裡一樣的價錢租給你吧。雖然小，不過也有玄關和門鈴，可當獨立住宅使用。」

不光是小廚房，還附有「直立棺材般的淋浴間」。

「走路三分鐘的地方，就有附設可用熱水的投幣式洗衣店的澡堂。」田上補充重要的資訊。「澡堂從下午三點開到十一點，洗衣店則是二十四小時營業。」

「可是，把屋子租出去，昌子小姐怎麼辦？」

諸井社長問，竹中夫人明顯露出怒容：

「誰管她啊。那丫頭說這次一定要渡過盧比孔河（註），離家出走。」

竹中家是三代同堂的大家庭，住著竹中夫妻和大兒子一家、大女兒一家、二兒子一家、未婚的三兒子和二女兒。不，從剛才的話聽來，這已是過去式。

昌子小姐是二女兒，我跟她打過一次招呼。她年約二十五，是個感覺很害羞的人。包括大兒子和二兒子的太太們在內，竹中家的成員都大方熱情，因此她格外與眾不同。

「昌子小姐什麼時候搬出去的？」諸井社長問。

「二月初吧。」

「她和誰住在一起嗎？」

「不用『誰』啦，社長你明明知道，就是那個沒用的傢伙。昌子爲什麼不肯和那傢伙分手？拖拖拉拉黏在一起，這次外子眞的動怒，逼她在那男人和父母之間選一個。」

「於是，昌子小姐渡過盧比孔河——豁出去了呢。」田上說。「地震後也沒回來嗎？」

竹中夫人狠狠睨田上一眼。

「跟地震有什麼關係？」

「哦，地震發生後，不是瀰漫著一股要更加珍惜家人的氛圍嗎？」

「你說誰？」

「誰？就全體國民啊。」

「那昌子一定不是日本國民，她連通電話也沒打回家。」

田上敬畏地驚呼一聲，諸井社長（不知爲何）伸長人中，用指頭搓著。

這時，一道沉穩的聲音插話：

「站在外頭聊天也不是個事，要不要進來喝杯咖啡？」

說曹操，曹操就到，是尾島木工的尾島社長。他在自動門前，朝我們微微舉手。

「剛才我似乎聽到有人呼叫？」

註：Crossing the Rubicon，西方諺語，意指破釜沈舟。典出凱撒打破不得越過盧比孔河的禁忌，進軍羅馬，獲得勝利。

「對對對，尾島社長，如果隔壁變成空地，你願意租嗎？租金算你便宜點。」

竹中夫人說著，走向尾島木工的門口。諸井社長跟上去。

「兩位也一起來吧。不過，咖啡是用自來水沖的。如果你們不介意的話。」

福島第一核電廠事故中外洩的放射性物質，污染東京的自來水。究竟是危險到不適合飲用，或者，其實還好？世人擔心體內曝露，整個社會疑神疑鬼超過一個月。一開始的恐慌雖然平息，但包括「自稱」在內的專家之間，意見仍是眾說紛紜，疑慮只是潛伏到水面下，並未消除。

「我不在乎，那我就不客氣了。」

田上說完，以只有旁邊的我聽得到的音量補了句：

「不過，我都買天然水給小孩喝。」

「我們家也是。」我說。

事情決定三天後，我搬到竹中家的西區。搬家時，田上和諸井社長部下的男職員開著小卡車來幫忙。多虧有他們，我省下請搬家公司的花費。

幸好室內電話兼傳真機的號碼不變。不過，我本來就沒掛出「杉村偵探事務所」的招牌，而且，目前接到和婉拒的委託，都是經由紹介來的，即使搬遷，影響也不大。只是，借用房東的屋子一隅的私家偵探，或許看起來比住在老房子的私家偵探更不可靠——我微不足道的虛榮心會隱隱作痛。

午餐我叫了「侘助」的外送，老闆親自提餐盒過來。我們吃著烤雞三明治時，他走來走去，查看我的新事務所兼自家。

「這裡全是木地板，不必擔心跳蚤大爆發。」

「託你的福。」

「天哪，淋浴間幾乎和更衣室的寄物櫃一樣大。杉村先生，哪天你交了女朋友，也沒辦法在這裡恩愛。」

除了我以外，兩人賊笑起來。他們笑的點應該是「哪天」吧。

「咦，這是杉村先生的嗎？」

令老闆驚訝的是壁掛式的發條報時鐘。

「不，是那棟老房子的。我很中意，請竹中夫人送給我的。」

「不過，它不會動了耶。」

報時鐘背面刻有銘文「田中時鐘店製造　昭和三十年四月吉日」，是與那棟老屋子年紀有得拚的老古董，卻一直盡忠職守地爲我報時。在三月十一日停止走動，時針指著兩點四十六分。

「原來如此，是在地震時停住。」

「對，似乎終於壞掉。」

「不拿去修理嗎？」

「這樣的老鐘，一時應該也找不到可修理的師傅吧。況且，就這樣保留起來，總覺得有什麼意義。」

這回三人露出疑惑的神情，我解釋道：

「恐怕我的工作，往後有相當長的一段時間，處理的都會是與那場地震有關的案子。」

原來如此——田上呻吟道。

「整個世界都變了樣。」

「嗯。」

我簡潔地點點頭，其實理由更複雜。像我這樣的偵探，往後遇到的案子，應該會是社會因那場地震而改變、沒有改變、非改變不可但無法改變、不想改變卻被迫改變——種種衝突引發的扭曲所形成的案子。

這並非我的創見，而是「蠣殼辦公室」的蠣殼所長，在地震後第五天，召集社員和約聘調查員訓示時提到的話。

訓示結束，蠣殼所長招募願意參加災區支援活動的志工。我也舉手了，不過我沒被派往災區，而是被命令留在東京，負責分配及發送來自首都圈全區的支援物資。

「目前核電廠事故不曉得是什麼狀況，我不能把還有年幼孩子的杉村先生送去災區。況且，你沒有大型車輛駕照，無法在搬運物資上做出貢獻。」

命令果斷明確。

我被派去的港口倉庫，有蠣殼所長的舊識擔任代表的ＮＰＯ在那裡指揮整體作業。

送來的支援物資五花八門，從派得上緊急用場的物品，到令人懷疑捐贈者以援助爲藉口，實際上根本只是想處理掉垃圾的東西，什麼都有。有些讓人體會到人的善意溫暖，有些讓人想詛咒人的愚蠢。

確保通訊方式後，便出現依據災區要求，募集必要物資的業務。這個ＮＰＯ也是災區支援活動的志工聯絡窗口，因此狀況穩定下來後，行政工作暴增，像是志工登記，及聯絡災區地方自治單位負責人等業務。我開始協助這部分的工作，於是這兩個月左右，偵探事務所都處於開店休業的狀態。地震剛發生時，除了以尾上町町內會治安幹部的身分巡視，協助獨居老人和高齡者家庭打掃和採買之外，社區的事務我幾乎都丟下不管（因此被柳太太念了幾句）。

如果我不是輕鬆的單身漢、沒想起桃子，或許會採取不同的行動。換個立場，如果我依然擁有家庭，比起支援活動，或許我會優先選擇陪伴妻子和女兒。

「這種時候，說『或許』是沒有意義的，只要盡一份力量就是了。」

蠣殼所長說。

「蠣殼辦公室」在地震後立刻推出專門網站，爲委託人查詢在災區的親人是否安好。這部分屬於業務項目（不過價格訂得很低），有專責的調查員，由網路魔鬼小木負責指揮。但有時光靠網站上的交談不得要領，需要親自去見委託人，我也支援其中幾個案子。在我協助的範圍內，找到的親屬都平安無事，讓人感到極大的安慰。

隔著午餐休息時間，下午四點左右，我的新窩完全整理妥當。

「杉村先生要睡在哪裡？」

「大房間的沙發床。」

我想過睡閣樓，但沒自信能在睡眼惺忪的狀態下，安全上下斷頭梯。幸好大房間有座大壁櫃，日常用品可收在裡面。我打算平常把那裡當事務所使用，下班時間一到，就轉爲私人住家。

「我想將閣樓當成儲藏室。」

「上下樓梯千萬要小心。」

不單是田上，連諸井社長的部下都如此叮嚀。

這天晚上，老闆不是在「侘助」，而是在他的住處，煮拿手的什錦火鍋招待我。

「澡堂公休，不想在棺材淋浴間沖澡時，可以過來我這裡。」

「謝謝。」

「杉村偵探事務所重新裝潢開幕，接下來就祈禱快點有委託人上門——在杉村先生餓死之前。」

老闆喝著紅酒，淡淡笑著，或許意外地他是真心如此祈禱，也或許是老天爺聽到他的祈禱。說「或許」沒有意義。但就在兩天後，重新裝潢開幕的偵探事務所，迎來第一個委託人。

2

那名少女穿得一身黑。

毛線帽、連帽T、底下的上衣、牛仔褲、運動鞋、搭在左肩上看起來很沉重的背包，連毛線帽底下，長度到下巴的頭髮也是漆黑的。

此外，還有一個共通點——都很老舊。連帽T的衣襟磨得泛白，運動鞋穿得快爛了，鞋帶也軟趴趴。

她本身也疲憊萬分。瘦到連一般尺寸的連帽T，套在她身上都顯得鬆垮，臉色頗糟。沒化妝，眉毛淺淡，嘴唇蒼白乾燥。

聽到鈴響開門，看見站在門外的她時，我想到各種推銷的可能性，比如推銷訂報或宣傳新興宗教，作夢也沒想到她會是委託人。當時我在拆紙箱，整理內容物，因此手很髒，而且穿著運動衣，脖子上綁著毛巾。

她向這樣的我行一禮：

「你是杉村先生嗎？」

她問，聲音像夏季尾聲將死的蚊子振翅聲。下午三點，坐西朝東的玄關位於日陰處，也不是寒冷的季節，她卻瞇著眼，彷彿陽光或冷氣刺得她難以睜眼。

我急忙抓起毛巾擦臉：

「是的，我就是杉村。」

她的眼睛瞇得更細：

「我是相澤幹生介紹來的，他說認識不錯的私家偵探。」

聲音和粗糙的嘴唇一樣，缺乏水分。

「我有事想商量，你能聽我說嗎？」

我應該僵了兩秒左右。

「當然，請進。」

她脫下運動鞋，踩上我並攏遞過去的拖鞋。沒穿襪子。腳趾甲很長。

「請坐那裡，不用緊張。」

會客區的沙發是暫時擺放，我還不確定是否眞的要放在那個位置。後面還積著未拆封的紙箱。

「亂糟糟的，眞不好意思。我剛搬過來。」

少女在沙發坐下，摘下毛線帽。髮型是率性的鮑伯頭。暗淡無光的頭髮乾燥受損，耳後和後腦、後頭處的頭髮翹來翹去。

她把背包放在膝上，打開拉鍊，將毛線帽塞進去。拉上拉鍊後，似乎是介意背包歪七扭八的樣子，輕拉一下正面的方形外袋，理好形狀，決定好它在膝上的位置，接著雙手寶貝地環抱。我忍不住觀察她一連串的動作，感覺有種莫名的嚴謹。

少女抬頭，我們對望。我友善地笑著，在她的對面坐下。

「妳是相澤幹生的朋友？」

她避開這個問題，低聲喃喃：「他告訴我的地址，是之前的事務所。」

「啊，這是當然的。因爲我沒通知他我搬家了。」

「然後，我找到一棟好破舊的房子，門口貼著『禁止進入』的告示。」

「妳嚇一跳吧。」

「然後，斜對面的藥局走出來一個大嬸，說杉村先生搬家了，告訴我這裡的地址。」

藥局的柳太太十分熱心助人。

「然後，你要和相澤確認嗎？」

看來「然後」是她的口頭禪。

「確認什麼？」

「我的身分之類的……」

「妳是他的同學？」

「我讀不起那麼貴的學校。」

少女打開背包拉鍊，翻找裡面的東西。

「可是，相澤很能幹，人又好。在我們裡面，他是最受歡迎的一個。」

相澤幹生是我在地震前經手的調查工作中的關係人。他是委託人的二兒子，當時就讀高中一年級，現在應該已進入新學期，升上二年級。

我們透過調查，親近了一些。起碼我認爲贏得他一點信賴，而且似乎不是自我感覺良好。畢竟他把我介紹給「朋友」。

「然後，這個……」

少女遞出一本深藍色封面的小手冊。她的眼神空洞，朝我伸出手的姿勢不是拚命或緊張，而是純然的粗魯、頑固。

「學生手冊？」

「我沒有其他可證明身分的東西。」

「那我看一下。」

接過手冊時，我留意不要碰到她的指頭。

手冊深藍色的封面上燙著細小的金字「東京都立朝川高等學校學生手冊．校規集」。

「第一頁有名字和照片。」

翻開一看，如同少女說的。照片下方，標示「組別．學年」的地方貼著貼紙。

「文組學分制　二年級　伊知明日菜」。

「妳的名字是伊知明日菜？」

「對。」

「我不清楚現在的高中制度，這邊寫的文組學分制是……？」

「可以選想修的課，只要學分夠了，就能畢業。」

「好像大學呢。」

「對。」

「這邊寫的文組，跟大學的主修是一樣的意思嗎？」

「沒分得那麼清楚，理組要成績很好的人才能進去。」

組別和年級的貼紙會更新，但照片應該一直都是入學照。比起眼前的伊知明日菜，照片裡的她頭髮更長、表情更明亮，臉頰也更豐滿。

「謝謝妳。」

我把學生手冊還給她。

「妳跟相澤一樣，很懂事。」

明日菜沒回答。學生手冊消失在背包裡。她把所有重要的東西都塞在這個鼓鼓的背包裡嗎？

「我想妳應該能夠理解，所以就直說了。抱歉，我不能接受未成年人的調查委託。不單單是我，大部分的調查事務所和偵探社應該都一樣。」

明日菜接近呢喃般小聲說：「我會付錢。」

「不是錢的問題。對我們來說，是職業倫理的問題。」

雖然隱隱約約，但明日菜空洞的目光裡浮現煩躁的神色。

「不過，我不會因爲不能答應，就立刻請妳離開。如果妳遇上什麼麻煩，我可以跟妳聊聊，再一起思考該怎麼解決。如果妳的問題最好和學校或家人討論——」

「跟我媽說也沒用。」

明日菜冷冷應道。語氣變重，缺乏水分的嗓音乾啞。

我刻意沉默五秒，一動也不動。

明日菜吸了吸鼻子，抬起目光。乾燥的嘴唇看起來很痛。

「我們是單親家庭，小時候媽媽和爸爸離婚，一直是媽媽一個人把我養大。」

說著說著，明日菜音量又降回和蚊子叫一樣，但語氣果決。

「也完全沒有要再婚的樣子。可是去年秋天，她交了男友。雖然她瞞著我。」

「可是妳發現了。」

「對。至於為什麼我會發現，有很多原因……」

「那麼，這個晚點再談。然後呢？」

明日菜吸一口氣，停頓一拍後，繼續說明：

「那個人——媽媽的男友，地震以後就失蹤了。他前一天說要去東北，搞不好是碰到地震死掉。可是，媽媽沒採取任何行動，所以我想找他……」

「等一下。」

我起身從辦公桌上拿便條本和原子筆回來。明日菜維持相同的姿勢和表情，文風不動。

我翻開便條本，寫下日期和「諮詢人　伊知明日菜　都立朝川高中二年級」。

「我可以筆記嗎？」

明日菜看一眼寫在便條本上的她的名字，點點頭。

「這不代表我決定接受妳的委託。如果想確定可能在災區的人是否平安，比起僱用我，還有更恰當的方法。」

我想到的是「蠣殼辦公室」的專門網站，也想到幾個往來災區的NGO成員。

「我應該能替妳連繫可幫忙進行這類查詢和調查的地方。所以，請妳大略告訴我狀況，辦起事比較順利。」

「好的。」

明日菜並攏膝蓋，抱緊背包，傾身向前。

「首先，下落不明的人叫什麼名字？」

「昭見豐。」

她說明字怎麼寫。

「妳知道他的住址或上班的地方嗎？」

「他在市谷的車站附近開店，是一家雜貨店。」

明日菜又打開背包，取出一只票夾。

「是這裡。」

她從定期票的後面，抽出一張名片。是一張彩色印刷、很精緻的名片，還頗新穎，不知是剛拿到不久，或是十分珍惜。

「輕古玩ＡＫＩＭＩ　昭見豐」。

「是古董店啊？」

明日菜點點頭，「可是賣的不是昂費的古董，是更便宜的東西，像是電影海報、老玩具、馬口鐵別針之類。」

「原來如此，是賣類似古董的老雜貨的商店。」

所以才叫「輕」古玩。

「他經常去許多地方採購。不僅是國內，也會出國。」

「那麼，地震前天他會去東北地方，也是……」

「對，應該是去採購。」

名片翻到背面，印著一行字：官網「AKIMI通訊」，並附上一行網址。

「那是店鋪的部落格。」

「我來看看。」

我把筆電放到桌上，連上去一看，在「AKIMI通訊」的標題底下，有一張大照片，是圖案色彩和尺寸各異的罐子。不是罐頭，而是裝餅乾或仙貝之類的鐵罐。

「AKIMI通訊　本月強打　空罐樂園」。

往下拉動，很快出現第二張照片。一名頭髮染成栗色、戴波士頓框眼鏡的中年男子，雙手捧著圖案鮮豔的方型平罐，對著鏡頭滿臉笑容。圖說寫著：

「英國Huntley&Palmers公司的餅乾罐，一八七〇年製，是前年在倫敦的古董店挖到的。該公司運輸車主題的印刷圖案精美別致。」

我大略瀏覽前後的文章，大意是說，餅乾空罐似乎也具有古董的價值，因此昭見先生推薦為「任何人都能輕鬆入門的古董收藏品」。

「每個月都有主打商品。」明日菜解釋。「上次我看到時，是百事可樂的瓶蓋。」

「那種東西也可以收藏嗎？」

「瓶蓋有時會推出不同設計的期間限定款式。」

「AKIMI通訊」從二〇〇九年四月起，每個月一次，在月初刊出文章，過去的期數全部都能閱覽。〈空罐樂園〉是最新一期，更新的日期是三月三日，晚上十一點三十分。

就此打住，沒有四月和五月的內容。
「這名戴眼鏡的男子，就是昭見先生吧？」
「對。」
「名片上沒職稱？」
「那家店是昭見先生的，他算是店長，或者說社長……」
店鋪只有市谷的「足立大樓1F」一個地方，沒有分店。部落格上介紹一些店裡販賣的輕古玩商品，但似乎沒有網購服務。
部落格上沒有昭見先生的行動紀錄和日記。有一區叫「AKIMI訪客簿」，供顧客和部落格讀者留言，但現在關閉，無法寫下新留言，也不能觀看過去的留言。
「妳知道店面現在怎麼了嗎？」
「店關了，不過有個打工人員。他說會等到社長回來。」
「是年輕人嗎？」
「好像是大學生。」
如果是從地震以後就下落不明，已過兩個月。打工人員應該有自己的生活要顧，他肯無酬爲老闆看店，看來極爲忠實。
「昭見先生有家人嗎？」
「松永先生說，昭見先生有個哥哥。啊，松永先生是那個打工的人。」
「昭見先生沒有妻子或小孩嗎？」
「沒有。正確來講，他似乎是說沒有。」

用詞相當謹愼。

「實際上怎麼樣我不知道，我媽在這部分眞的很傻。」

我思索片刻，把這段話解釋爲「我媽有時很輕率，會和不曉得（或對方不肯明說）有沒有家室的男人交往」。明日菜的語氣頗爲刻薄，這樣解釋應該沒錯。

「妳見過昭見先生嗎？」

明日菜默默點頭。

「妳和他很熟嗎？跟母親三個人一起見過面嗎？」

「怎麼可能？」

她當下斬釘截鐵地否定。

「那麼，妳也不是跟昭見先生很要好？」

她又默默點頭。

「然而，妳卻想僱用我這樣的人，確定昭見先生是否平安。是同情母親的緣故嗎？」

明日菜盯著電腦螢幕。

「她每天都在哭。」

那目光十分尖銳。

「哭哭啼啼，沒完沒了，實在煩死人。」

這並不奇怪。在碼頭倉庫一起工作的成員裡，也有個女孩會在工作時忽然想起什麼而哭泣。我沒詢問詳情，不過她應該是看到什麼，或和別人交談，聽到什麼。任何一點契機都可能勾起內心的傷痛。

「十一日那天，她從早哭到晚，也沒去上班。」
五月十一日，電視和報紙都充斥著地震與海嘯的話題和畫面。
「妳母親是不知道昭見先生怎麼了，才會擔心得哭泣？」
「不是不知道吧？一定是死了嘛。松永先生也叫我媽死心。」
明日菜一股作氣地說，猛然抬起頭。
「如果他還活著，不可能丟下店不管。可是，媽媽實在太傻，就是沒辦法死心。」
她不再用敬語說話，不是與我的距離拉近，而是她這個年紀在說出難以啓齒、不願啓齒的事時，沒辦法彬彬有禮地使用敬語。
「那麼，由妳去拜託松永先生怎麼樣？」
「拜託他什麼？」
「說妳擔心昭見先生，請他聯絡昭見先生的哥哥。親人或許會知道詳情。」
明日菜垂下頭。
「妳認識松永先生吧？只要跟他說，妳母親和昭見先生感情很好，他一定能理解妳們會擔心是理所當然。」
明日菜噘起下唇，撇下嘴角。
「有夠笨的……」
「嗯？」
她瞪著我，流露明顯責怪、輕蔑的眼神。
「要是這麼容易，我早就做了。」

接著，她表情一歪，彷彿突然哪裡痛了起來。

「對不起，我嘴巴很壞。」

她用力咬緊牙關。

「沒關係。確實，我的反應滿遲鈍。不過，會來我們這類事務所的人，不是焦急就是憤怒、害怕，總之情緒很亢奮，所以有時我會故意裝遲鈍。」

明日菜皺著臉沉默著，筆電的螢幕暗下來。

「喝杯咖啡吧。」

我起身走向小廚房。多虧有「侘助」的老闆慶祝我的事務所重新開幕，送給我「一眨眼就沸騰的電熱水壺」，我得以迅速泡好即溶咖啡。

我將冒著蒸氣的杯子放到桌上。明日菜連碰都不碰。於是，我逕自喝了起來。說真的，這話題讓人想來杯熱咖啡。

「即使妳這樣說明，打工的松永先生也不肯理會嗎？」

明日菜點點頭，表情像痛得快哭出來。

「他討厭我媽……」

「這樣啊。」

「他是店員，所以態度還好。可是，那都只是表面上而已。」

我放下杯子，在紙上寫下「店員松永」，並圈起來。

「他知道妳母親與昭見先生在交往嗎？」

「知道。」

「然後他不贊成這件事。」

「對。有一次他露出別有深意的表情說：社長家很有錢，其實是個大少爺，他生活的世界和我們這些凡人不一樣。」

來到這家事務所後，明日菜第一次悄聲嘆息。

「地震發生後大概兩天，昭見先生的手機完全打不通，所以媽媽去了店裡。」

「妳也一起去嗎？」

「只有我媽。可是，她有跟我說要去『ＡＫＩＭＩ』。」

「這樣啊。然後呢？」

「她回來又哭了。我問她，知不知道昭見先生的情況……」

——沒希望了。

「然後她就只是哭。隔天，我立刻去『ＡＫＩＭＩ』，看到松永先生守在電視機前面。」

是福島第一核電廠事故的報導。當時一有時間，我也會守在電視機前。

「他告訴我：明日菜，如果妳在西日本有親戚，最好趕快去避難。」

——我得待在這裡，等社長回來。我和社長的哥哥約定，會守住這家店。

「我說，我和媽媽也很擔心昭見先生……」

——別提社長了，我們都自身難保。東京會被炸掉。

「根本沒辦法談。可是，當時我腦袋一片混亂，覺得搞不好東京也會因爲核電廠爆炸，而被炸掉……」

經過十天左右，中隔春分的週末連假結束，核電廠事故的狀況還是一樣嚴重，但明日菜漸漸覺得東京應該不會被「炸掉」，於是再次前往「AKIMI」。
「沒想到，松永先生一副若無其事的樣子。」
——辛好有自衛隊幫忙，總算沒事。
「那麼，昭見先生呢？」
「昭見先生的哥哥在找他，但完全沒消息。」
——搞不好沒救了。
「我說媽媽擔心得一直哭，想知道更詳細的情形，並跟昭見先生的哥哥談談，他卻露出厭惡的表情。」
——妳這樣會給人家添麻煩。
「所以，他不能告訴我昭見先生哥哥的聯絡方法，還說我們和昭見先生已沒關係。」
明日菜喘著氣，一股腦說到這裡，喉嚨「咕嚕」一聲，又補一句：
「他表示不會向社長的哥哥，提起媽媽跟社長拿錢的事，叫我們不要再繼續糾纏。」
明日菜嚥下口水，呼吸卻依舊急促。
「妳母親向昭見先生借錢嗎？」
「我不知道。可是，既然松永先生這樣說，應該是真的。不過，不清楚是昭見先生給媽媽錢，還是媽媽向他借錢。」
不管怎樣，「不要再繼續糾纏」是很失禮的說法。他把擔心昭見豐安危的伊知母女當成上門討錢的，明日菜會激動到喘氣也是難怪。
我漸漸看出狀況。

「好，我知道了。我會調查看看昭見豐先生是否平安。」

明日菜一愣。這是她截至目前最自然的表情，露出這樣的表情，看起來便相當可愛。

「你不是說，不能接受未成年人的委託嗎？」

「我不是接受妳的委託，而是擔心某家有趣的輕古玩店的老闆安危，才會想調查看看。這不是工作，我沒辦法給妳一個期限，也無法保證一定會有結果，所以也不需要手續費，這樣如何？」

明日菜的眼神轉為尖銳。

「我最討厭這種的。」她的口氣像在咒罵。「假意親切，其實根本瞧不起人。」

「妳的嘴巴真的很壞。」

她彷彿被當頭潑了盆水，頓時退縮。

「我還不認識妳這個人，要怎麼瞧不起妳？不過，把我介紹給妳的相澤幹生，我還算瞭解。我不想害他沒面子，也不能違背職業倫理，這完全是一種折衷方法。」

明日菜更用力地抱緊懷裡的背包。眼前的少女，像緊抓住救命繩的漂流者。她詛咒、氣憤居然落得在海上漂流的自己。

我平靜地說：「剛才忘了問，妳和幹生是怎麼認識的？如果不是高中同學，是國小或國中同學嗎？」

「他是我朋友的朋友。」

明日菜變回一開始垂死蚊子般的聲音。

「ＬＩＮＥ的朋友。」

「妳們見過面嗎？」

不管是ＬＩＮＥ的朋友，或其他網路社群的朋友，這都不是能輕鬆透過手機告訴朋友的朋友的內容。

「跟朋友一起……」

明日菜的聲音幾乎要消失。她整個身體都在傾訴：不要再追問下去。

「這樣啊。總之，我不能辜負幹生的信賴。或者說，我得露幾把刷子給他瞧瞧。」

我露出笑容。

「我會盡一切努力。請妳不要再行動，等我聯絡。況且，妳還是個學生。今天妳是放學後過來的吧？」

「對，等一下要去打工。」

她在新宿車站南口的速食店打工。

「每天都打工嗎？」

「五點到九點。星期六和日的班表會變動，不過都上八小時的班。」

這名少女根本沒時間享受高中生活吧？

我把名片遞給她，和她交換手機信箱。

「把妳的住址告訴我吧。」

「為什麼？」

雖然也可對她訓誨一番，說明在社會上，只要是正式工作，就不能只因手機可隨時聯絡，就不留住址。

「如果不知道妳的住址，要是妳為某些理由不回應我的聯絡，而我又想聯絡妳時，就只能問學校嘍？」

明日菜不情願地在我遞出的便條本上寫下住址。是小田急線沿線的住宅區。

「交通很方便呢。」

「電車只有每站停的，不太方便，而且是老公寓。」

「我以前的事務所，也是屋齡超過四十年的老房子。由於地震造成傾斜，只好搬家。」

明日菜率直地睜圓雙眼：

「我們家附近也有破舊得要命的老房子，可是沒怎樣。」

「那就是我運氣不好。」

昨晚我懶得去澡堂，用了棺材淋浴間，才切身體會到這一點。

明日菜對著便條本，突然想起般繃緊臉：

「那個……調查的事，請不要告訴別人……」

「我不會說是妳拜託的，會想辦法瞞著。」

這樣應該比較方便行動。

「不過，我必須去找妳母親和松永先生談談，所以妳要假裝不認識我。」

「好。」

「那麼，妳母親叫什麼名字？」

明日菜重新拿起原子筆，寫下「伊織千鶴子」，接著道：

「Ichi Chizuko，很難念吧？我老是覺得，真不曉得我媽的父母在想什麼。」

「我媽的父母」，而不是「外公和外婆」。這樣的稱呼，隱約透露出這名女高中生的成長環境。

等明日菜戴好毛線帽，揹上背包，我和她一起走到大馬路。

「這房子好驚人。」

竹中家的房子，不管在占地廣闊、花錢、拼接增建奇觀等意義上，都相當驚人。

「我只租借邊角的這區住處，裡面似乎像一座迷宮。」

明日菜走路的樣子有點奇怪。

「我說話很沒禮貌，對不起。」

我目送她深深行禮後遠去的背影，發現原因來自她的運動鞋。左右兩邊都僅有外側磨損，鞋底是斜的。

——不清楚是昭見先生給媽媽錢，還是媽媽向他借錢。

我不禁納悶，明日菜的母親沒能用那筆錢，爲上學還要打工的女兒買雙新的運動鞋嗎？

3

足立大樓位在從ＪＲ市谷站往四谷站徒步五分鐘的地方。

那是一棟老舊的三樓住商大樓，呈深長形。「ＡＫＩＭＩ」的店鋪就在大樓正面，鐵捲門關著。沒有招牌或標示，我會知道那裡就是「ＡＫＩＭＩ」，是鐵門上有油漆字的緣故。

「從今天起你也是收藏家　精蒐全世界各式古玩　ＡＫＩＭＩ　營業時間　上午十點～晚上八點　星期四公休」。

一晚過去，今天是五月十七日星期二，早上十點多。

昨天伊知明日菜回去後，我讀起「ＡＫＩＭＩ通訊」過去的內容，一直看到天黑。內容意外地有趣，我有兩個發現，一是昭見豐先生推薦的輕古玩收藏，不僅可輕鬆入門，而且似乎成為相當有趣的嗜好。

輕古玩收藏的對象，都是近在身邊的日常物品。昭見先生提議的獨特之處，在於不著重物品的金錢價值，甚至是罕見度。他主張，只要依據自身的喜好決定要蒐集什麼，並以網羅為目標，每天的生活便會頓時變得有趣又有勁。

如果是「紙類」，可蒐集在書店購買新書時贈送的書籤、印有餐廳店名的杯墊或筷袋、澡堂或溫泉設施的入浴卷票根。若是「蓋類」，就是飲料瓶蓋，或杯麵蓋子。至於「盒類」，「不是散漫地蒐集紙盒或木盒，而是只鎖定蜂蜜蛋糕盒之類」。確實，這樣一來，門檻便降低許多，也不用花多少本錢。

「蒐集輕古玩，千萬不能想著往後要用這些收藏大賺一筆。與他人比較，忽喜忽憂，也是粗人的行為。」

讀到這句話，我覺得好像很久沒看到「粗人」這樣的形容。

第二個發現，是昭見先生有段時期，似乎曾為雜誌寫稿。部落格裡提到「我寫專欄的雜誌」、「以前我替雜誌採訪時找到的」。文章整體十分純熟易讀。

昭見這個姓氏相當少見，不過他曾擔任雜誌寫手，也可能是筆名。我這麼想，搜尋一下，起碼書籍中沒發現「作者・昭見豐」的作品。若要尋找雜誌上的文章，必須縮小時間和種類的範圍，否則難有收穫。這部分感覺我處理不來，決定若有必要就拜託小木，接下來便欣賞部落格中介紹的各種輕古玩照片。於是，昨晚收拾工作沒做完，還在最後一刻衝進即將打烊的澡堂。

不能想靠輕古玩賺錢。所以，推廣輕古玩的人開的店，儘管標榜「全世界」，規模也很小。足立大樓不僅老舊，牆壁泛黑，空間狹窄。如果鐵捲門裡面是車庫，頂多勉強容納兩輛小轎車。

我說了聲「請問有人在嗎」，敲敲鐵門，沒有反應。

鐵門右邊的牆壁吊了個東西，像剖開一半的白鐵水桶，側邊以油性麥克筆手寫著「AKIMI」。我手指勾住半圓形的蓋子，輕易就打開。如果這是信箱，未免太不小心。

我環顧周圍，附近都是大樓和商店。對面是連鎖印刷店，兩側似乎是辦公大樓，此刻沒什麼人進出。

我站在原地，思忖該怎麼辦才好。這時，一名高瘦的青年小跑步過來：

「啊，不好意思。」

牛仔褲配T恤，腳上趿著樹脂拖鞋。背上的迷彩紋背包陳舊的程度，與伊知明日菜的黑色背包不相上下。

「要找『AKIMI嗎』？」

我點點頭，詢問：「今天休息嗎？」

「對，現在有點……」

青年和我保持距離，微微彎身，眼神像在觀察。

「呃，請問你是哪位？」

今天早上的我不是運動服打扮，而是穿得像個上班族。

「說我是客人有點厚臉皮吧，我還沒在這裡買過東西。」

我露出微笑。
「前年年底我經過時，看到這家店，覺得挺有意思，進去逛過。我本來想挑送女兒的聖誕節禮物。」
「哦，這樣啊。」
「當時我遇到昭見先生，聊得非常投機。你是……店員嗎？」
青年點點頭，「我是打工的，去年四月開始在這裡工作。」
「這樣一來，我應該沒遇過你。後來，我一直在關注這家店的部落格『AKIMI通訊』。可是，有一陣子沒更新吧？」
「對。」
「所以，我納悶是怎麼了……今天恰巧有事到這一帶，順道過來瞧瞧。」
這樣啊——打工青年應一聲，視線落到腳邊，明顯支吾其詞：
「呃，那個，現在店裡有點不方便……」
「店不做了嗎？」
「對，就是……」
我壓低音量：「難道是昭見先生患病，才不能更新部落格？」
打工青年抬頭，抱歉地縮起脖子說：
「其實他失蹤一陣子了。」
我有些誇張地驚叫：「咦，怎麼回事？」
「因為地震……」

我直視打工青年，他也看著我。

「不會吧？昭見先生去東北？」

「是的。」

「去帶貨？」

「嗯，可是昭見先生經常沒有特定目的，臨時起意四處去旅行。當然，有時會在旅行的地方，找到有趣的東西帶回來。」

打工青年不是稱他「社長」或「店長」，而是「昭見先生」。

「那麼，這次也是剛好……？」

「是的。」

我按住額頭，好一陣子定住不動。

「眞是不巧……」

「是的。」

「他什麼時候去的？」

「不太清楚。十日星期四是公休，我沒遇到他。」

打工青年抹了抹嘴唇上方的人中處。

「他打一通電話給我，說要出門旅行一趟，叫我顧店兩、三天。」

「那個時候他在哪裡？」

打工青年繼續抹著人中，而後手指按住，含糊地說：

「我沒問……」

「噯，既然他經常這樣，想必你也不會多問。昭見先生說要去東北嗎？」

「他覺得那個方位有寶貝等著他去挖掘，這也是常有的情況。」

「寶貝啊……」我不住呻吟，蹙起眉頭。「既然是下落不明，可能只是聯絡不上，或許他平安無事，對吧？」

我拍拍打工青年的肩膀。

「打起精神，不要放棄希望。」

他蜷著背行禮，「謝謝。」

「店面會暫時保留嗎？」

「目前是這樣，但還有房租的問題……」

「啊，這裡是租的？」

「對，所以我正在整理。」

打工青年拉過背包，從側袋取出鑰匙串。鑰匙圈上嘩啦啦地掛著許多鑰匙。他拿其中一把打開鐵門，用力掀開。鐵捲門裡是面玻璃牆，即使不打開單片門，也可清楚看到店內的情況。

商品的陳列架幾乎都空了。約三坪的小店裡，擁擠地堆滿紙箱和紙盒。包裝用的半透明舒美布、成綑的氣泡紙立放在前面的櫥窗中。

「你一個人在處理嗎？」

「對，反正也沒有重物。」

「這些要拿去哪裡保管？」

「要移到出租倉庫。呃……如果你有什麼想找的東西，我拿給你看。」

半。

我舉起雙手，像在推回他的提議：

「不不不，請不用在意我。你現在應該不能隨便賣東西，我也眞的只是順路過來瞧瞧。」

打工青年用另一把鑰匙打開店門。門上標示「拉」，他卻用推的。門被紙箱擋住，只能打開一半。

店鋪空間深處，似乎有個可脫鞋上去的空間。沒有隔門，不過有個拱形出入口。那裡的地板高出約三十公分，前面放幾雙拖鞋。可能是休息區，或昭見先生的住處。

打工青年回過頭，我將視線移向前面，只見氣泡紙捲旁邊的紙箱，用黑字寫著「明信片」。昭見先生在部落格裡提到，「我有五千張東京鐵塔的明信片」。換句話說，光是東京鐵塔的明信片，便多達五千種。

「昭見先生的家人一定很擔心吧。」

「是啊。」

「他的太太和孩子……」

「他沒結婚。」

「那他的家人呢？」

「他有個哥哥在名古屋，我現在是聽他的指示辦事。」

「他哥哥也是叫『昭見先生』？」

「是啊……」

「這個姓氏十分特別，我以爲是筆名。那你加油吧，打擾了。」

我準備離開，又轉身折回來。

打工青年提著背包，正要走進店裡。我開門出聲：

「不好意思。」

打工青年的表情驚訝到出乎我的意料。

「或許我是多管閒事，不過，我覺得可運用那個部落格。」

「什麼？」

「應該有許多人和我一樣，喜歡昭見先生的部落格『ＡＫＩＭＩ通訊』。或許可開放『訪客簿』，告訴訪客目前的狀況，並蒐集資訊。像地震那天晚上，推特就派上很大的用場。這種情況，網路的力量是非常強大的。」

打工青年頂出下巴般，點點頭：

「本來有的。」

「咦？」

「客人爲昭見先生擔心固然值得感激，可是留言太多，一片混亂，也有些人留下不確實的消息，反倒造成混亂，所以半個月前關掉了。」

原來如此。

「這樣啊。那眞的是我多管閒事了，抱歉。」

我微微舉起手，離開「ＡＫＩＭＩ」。

「我覺得沒可疑到需要杉村先生去揣測的地步。」

我從ＪＲ市谷站月台打直通電話，小木馬上接聽。聽完我的說明，他如此宣告。

「光憑一般使用電腦的人，想找到特定人士是否平安的資訊，太困難了。現在網路上消息一片混亂，而且就像那個打工小哥說的，有人散布不確實的消息，害拚命尋找家人和朋友的人被耍得暈頭轉向。眞的是亂成一團。」

原來如此。

「我不是在懷疑那名打工人員，只是有點納悶爲何不利用『訪客簿』。」

「我得提出忠告，你最好也不要隨便亂來，否則一定會搞到無法收拾，還是透過我們的官網委託吧。」

「這要先找到昭見先生的家屬，談過後再決定。然後，我有事要拜託你。」

如果是名古屋的「昭見」，容易縮小搜尋範圍。

「現在是我這輩子最忙碌的時候……」

「交給你的心腹手下處理也行，請盡快。」

我迅速結束通話，搭上湊巧進站的電車。先回去事務所，收拾完東西吧。如果今天運氣繼續這麼好，或許能像奇蹟聯絡上小木一樣，傍晚順利遇到下班回家的伊知明日菜的母親。

我運氣眞的很好。

眼前這棟「田中住宅」，宛如將隔熱材料與防火磚牆組合起來的簡陋建築，嚴重老朽。明日菜說這裡是公寓，其實是排屋公寓（或古代的連棟大雜院）風格的雙層房屋，有一號室到五號室。伊知家是三號室。我從最近的車站，循著住居標示穿過住宅區走到這裡，只見三號室前，一名提著沉甸甸超市購物袋的婦人準備開門。

「不好意思，請問妳是伊知千鶴子女士嗎？」

婦人回頭。簡單綁成的髻摻雜著醒目的白髮，脂粉未施，穿著樸素的外套和黑長褲，應該是通勤服。

她似乎很睏、很累。臉頰凹陷，圓領處的鎖骨凸出。如果是高二女兒的母親，即使年齡估得老一點，應該也才五十多歲。然而，她看起來卻比七旬老婦的竹中夫人衰老。因爲她毫無生氣。

「抱歉，冒昧打擾。這是我的名片。」

我遞出剛重新印好的事務所名片，向她行禮。

「我來請教昭見豐先生的事。不好意思，在晚飯時間上門。」

約莫是昭見豐的名字起了作用，伊知千鶴子訝異的神色隨即消散。

「找到他了嗎？」

除了離婚的妻子以外，我沒被女人緊緊抓住的經驗。不過，現在感覺她只差一步就要撲上來。

「昭見先生平安無事嗎？」

我一陣心痛。地震發生後，以災區爲中心，全日本到處上演著類似的對話，這一瞬間一定也不例外。找到人了嗎？平安無事嗎？

「很遺憾，還不清楚。」

她的表情倏地萎縮，像影子在瞬間淡去消失。

「這樣啊……」

「敝姓杉村，如同名片上寫的，是偵探事務所的人。我接到昭見豐先生的家人委託，正在調查他的下落。」

伊知千鶴子重新檢視我的名片。她把裝著許多食品和寶特瓶的超市購物袋放到腳邊。
「偵探事務所……」
「是的。」
「如果要找他，在東京也找不到人吧？」
「沒錯，但災區廣大，漫無目的四處尋找，也只是浪費時間。所以，我們打算重頭來過，詢問昭見先生的親朋好友，鎖定他可能會去的地方，再重新找起。」
這樣啊——她彷彿這麼說，緩緩點頭。在近處一看，五官和明日菜很像。暮氣沉沉的氣質也一模一樣，但這不是遺傳問題，應該是家境使然。
「伊知女士是昭見先生的朋友吧？」
「你是從誰那裡……」她問到一半，在我回答前便說：「松永先生那裡是嗎？」
「『ＡＫＩＭＩ』的店員？不是他，是昭見先生的家人告訴我的。」
這個謊滿冒險的，但我得到期望的反應。
「他在名古屋的哥哥嗎？」
我客氣地淺笑，閃避這個問題。
「我從松永先生那裡聽到令嬡的事。」
這次反應的方向雖然如同預期，強度卻出乎意料。
「松永先生？他說我女兒什麼？他怎麼說的？」
如果這名女子更朝氣蓬勃一些，此刻的氣勢會讓人想形容爲「勃然變色」。或許她也察覺，身體掙動一下。

「別站在這裡說話，請進。」
她爲我開門，我進入屋內。狹小的脫鞋處，掉著一雙應該是明日菜的夏季拖鞋——或許應該稱爲涼鞋。這雙涼鞋的鞋底也是單邊磨損，整體有些變形。
「屋裡頗亂……」
伊知千鶴子道著歉，把涼鞋併攏挪到旁邊，脫下腳上的黑色便鞋，並排在側。然後，她打開小鞋櫃，取出拖鞋。
我接著開口：「我的問題不多，在這裡談就好。」
「這樣嗎？不好意思。」
「哪裡，是我突然上門打擾。如果妳願意，請先把買的東西收起來沒關係。」
實際上，根本用不著進入室內。緊鄰門邊就是狹小的廚房，沒有隔牆，也沒有可掛簾子遮蔽的空間。餐桌有一腳可能鬆動了，腳底大剌剌地用布包裹起來。
伊知千鶴子匆忙整理購物袋裡的東西。我面對牆壁，避免直接盯著看。冰箱裡大大小小的保鮮盒堆疊，像是塞滿母女儉樸的生活。
提到簡樸，鞋櫃這麼小，居然能收進客用拖鞋，是她們母女的鞋子很少的緣故吧。明日菜應該是上學或打工穿那雙黑色運動鞋，出門到附近，就穿這雙涼鞋。
收拾完畢，伊知千鶴子走到小電視櫃旁，打開底下的抽屜，取出一些物品。
「這是去年底收到的，不知能不能當成參考……」
那是以秋田的竿燈祭照片印成的明信片。
「我看看。」

將明信片翻過來，上面的字跡並不流麗，但中規中矩。墨水是藍黑色。郵戳是去年十二月十八日。

「伊知千鶴子女士：我在這裡發現好東西，致贈其中一張給妳。這是昭和四十五年夏季的竿燈祭照片。　昭見」

「他投宿的旅館，保留商店賣剩的舊明信片。」

「他告訴我，明信片即使是用過的，也能成爲收藏品。」

所以，雖然是約五個月前寄來的明信片，紙張卻年代久遠。

「約莫是使用過，更能烙下歲月的痕跡吧。」

伊知千鶴子微微點頭：

「這個時候，他也是臨時起意去秋田。旅館老闆娘年紀非常大，當時是年底，大家都忙得沒空旅行，所以很驚訝地問他：客人是做什麼生意的？」

明信片的文章，完全是輕古玩店的老闆寄給顧客的內容，但附上語調懷念溫柔的說明，字裡行間便彷彿滲透出親近感。

「昭見先生總是像這樣出門旅行嗎？」

「似乎是。」

不知爲何，伊知千鶴子尷尬地垂下目光：

「我只曉得他最近一年的事……如果請教松永先生和昭見先生的哥哥，應該能問到更多線索。」

我把明信片還給她：

「抱歉，突然問個私人問題。妳和昭見先生是怎麼認識的？」

伊知千鶴子依然垂著頭。視線前方是鞋跟磨損的便鞋，及變形的涼鞋。

「昭見先生的家人知道我多少事呢？聽說他和哥哥感情很好。」

她暫時閉口，猶豫片刻，接著道：

「果然是松永先生向你告的狀吧？」

我沒肯定，也沒否定。「告狀」這種說法令人好奇。

「而且，我女兒做出那種事，身爲母親也有責任。我是眞心覺得不能太依賴昭見先生，給他添麻煩。地震後我會去店裡，也純粹是擔心他的安危。」

她的話聲愈來愈小，母女這地方非常像。

「抱歉，我不太懂妳在說什麼。」

我平靜地說，歪頭露出疑惑的樣子。

「我只是從豐先生的家人那裡聽說，妳是他要好的朋友之一。冒昧請教，難道發生過什麼問題嗎？」

伊知千鶴子抬起頭，顯得十分驚訝。我努力用表情傳達：雖然不清楚是怎麼回事，但除非妳說明剛才提到的內容，否則我不會罷休。

我的表情起了效果。

「去年暑假，我女兒——她讀高中，在昭見先生的店裡偷東西。」

哦？看來，明日菜對我有所保留。

「她想偷一些飾品，被昭見先生抓到。」

「然後，店家聯絡妳嗎？」

「對。我要上班，沒辦法立刻趕過去，就算店家報警也沒辦法，但昭見先生沒這麼做，把我女兒留在店裡，要她幫忙雜務，等我到達。」

兩人就是這樣認識的。

「不清楚你是否知道，我們是單親家庭，家境眞的很拮据。可是，我女兒不是那種會偷東西的人。她居然偷竊，我實在難以置信。不過……她正値彆扭的年紀，我也沒自信……」

那天，伊知千鶴子再三向店家賠罪後，帶著女兒回家。

「我女兒不肯道歉，也沒辯解，只是臭著一張臉。我覺得不太對勁。」

由於內心的疑惑沒消失，幾天後她再次前往「ＡＫＩＭＩ」，想詢問更詳細的情形。

「然後，昭見先生……」

這個母親也很喜歡用「然後」。

「他認爲，我女兒可能不是自己想偷東西，而是被朋友逼的，我簡直嚇壞了。」

「是令嫒告訴昭見先生的嗎？」

「不，她沒明確地這麼說。不過，當時我女兒在店裡走來走去——就是所謂的『物色』吧，有一些年輕的孩子在外頭張望。」

這相當可疑。

「我女兒的態度也……怎麼說，故意表現得非常可疑，一眼就能看出她想做什麼。眞的逮到她後，她默不吭聲，既不反抗，也沒逃走。」

——我立刻就看出來，這孩子根本不想偷東西。

行竊失敗，她反倒鬆一口氣──昭見豐如此描述。

「令嫒被抓到後，那些孩子呢？」

「一眨眼就跑光。」

那就更可疑了。

「昭見先生表示，如果我女兒再去店裡，他會盡量問問是怎麼回事。我感激萬分，暗想幸好老闆是個大好人。」

回家後，她狠下心逼問女兒，女兒幾乎是哭著坦承。

「她沒舉出朋友的名字，不過，從不久之前，就遇到這樣的事──霸凌，或者說，遭朋友強迫。」

「素行不良的朋友使喚她。」

伊知千鶴子點點頭。「她答應我，絕對不會再犯，也會和那些朋友斷絕關係。那時恰好是暑假，不會在學校碰面。」

表面上是這樣，但那類團體，即使出了校門，一樣具有影響力。甚至會有年長的人參與其中，絕對不能輕忽大意。

「後來呢？」

「這種事只發生過一次，她也說沒事了。」

雖然她如此斷言，眉心不安的深紋卻依然糾結。我想起明日菜拜訪事務所時陰鬱的神情，心底逐漸萌生出不安。這是否也是個必須解開，或者說，解決、解毒的問題？

「現在她很努力打工，」伊知千鶴子接著道：「之前去過好幾次『ＡＫＩＭＩ』，似乎和昭見先生變得滿熟。」
「所以，身爲母親的妳也……」
母親又扭動一下身體。「眞是讓人見笑了，不過，那是……呃，跟我女兒的問題無關……」
我不是來責備她，或害她感到羞恥。
「抱歉，問了讓妳不舒服的問題。那麼，妳和昭見先生，是在去年夏天以後開始交往的？」
「是的。我女兒……發生那件事，是在八月初。」
「妳會陪著昭見先生一起旅行嗎？」
「沒那回事！」
她拋開羞恥，轉爲靦腆。兩者的差異十分微妙，但任何人都看得出其中的不同。
「除了這張明信片，他曾傳簡訊或打電話，說正在旅途中嗎？」
她沒深思太多，很快回答：「有過幾次。他曾在旅行的地方吃到美食，用宅配寄給我。」
是中年男女窩心的交往。
「記得是在哪些地方嗎？」
「這個嘛……」她思索片刻，「有一次是博多。他說博多人偶以前非常昂貴、精緻，但現下不太受歡迎。不過，博多人偶還是很棒的工藝品，他覺得挺可惜，忍不住買好幾個。」
如今，那些人偶應該掩沒在打工人員松永封箱的庫存品中。
「其他還有京都、大阪……」
伊知千鶴子低喃著，搖搖頭。
「總之，他會去許多地方，也曾因車站便當的包裝紙能當成有趣的收藏品，專程搭特急或新幹線……」

「他一到假日就會出門嗎？」

「這我就不清楚了，畢竟我也要工作。」她似乎突然回到現實，眼神變得嚴厲。「沒辦法像年輕人那樣，成天聯絡不斷。」

兩人交往不到一年，而且，女方有個正值青春期的女兒。

「地震發生前，最後一次見面是在二月，三月以後，只有互傳簡訊……」

即使生活在首都，也有許多人因爲那天的大地震，日常遭到截斷，三一一以前的過往回憶，變得比實際上更遙遠，無法清楚憶起。這也是無可奈何。

「我在服飾量販店工作，換季時特別忙，經常加班，有時假日也要上班。坦白講，我完全沒想起昭見先生。」

事到如今，她才爲此深自懊悔吧。她緊咬嘴唇。

「早知道就多聯絡。如果他要出遠門，應該問一下他要去哪裡，起碼會有個線索……」

「請不要自責，這是沒人料想得到的天災。」

簡短道別後，我離開屋子。我似乎能看見獨處後的伊知千鶴子，對著一腳鬆動的餐桌坐下，手肘支在桌面上，不久後雙手掩面的模樣。

4

下一個階段，我想去找昭見先生的哥哥。

我答應明日菜保密她的委託，不好直接向打工的松永說明狀況，問出聯絡方式。即使再次編造理由詢問，只會招惹爲「ＡＫＩＭＩ」盡忠職守的那名青年懷疑吧。

這個星期，只能等待處於「這輩子最忙碌」狀態的小木查到資料。我向熟悉災區狀況的ＮＧＯ朋友詢問，他認爲除非知道昭見豐先生是在哪裡失聯、最起碼要知道是在哪個縣，否則難以打聽消息。

「如果是在避難所或醫院，應該會聯絡家人。即使受了重傷，無法行動，只要意識清醒，應該也可請人代爲報平安。」

所以，昭見先生的情況，找到他本人，可能意味著找到遺體，但也可能連遺體都還沒被發現。即使在當地，仍有非常多人在海嘯過後的瓦礫堆中，尋找家人的遺骸。

無所事事地等消息太沒意思，而且新事務所兼自家已整理完畢，因此我接下湊巧送上門的「蠣殼辦公室」的案子。內容是詳細檢查與整理某家倒閉的保險代理店，累積約二十年的舊文件，需要莫大的耐性。數量多達十幾個紙箱，我決定到辦公室去處理。順便瞧瞧小木的狀況，如果他心情好，還能催他一下。

我和「蠣殼辦公室」之間，是透過一名叫小鹿的女職員聯絡。小鹿小姐身材嬌小微胖，感覺相當和善，第一次見面她只說：

「我是行政人員小鹿，擔任業務聯絡窗口，請多指教。」

簡潔扼要。她的芳名、年齡和經歷都是個謎。依外表的印象，年紀與我差不多。左手無名指上戴著金戒，應該已婚。除此之外，這名職員辦事實在太機敏俐落，沒機會刺探多餘的情報。

「蠣殼辦公室」占領西新橋一棟小巧但嶄新的智慧大樓三樓，室內妥善區隔，讓訪客與職員不會混雜在一起，像我這種外包調查員能夠進入的區域也有限。小鹿小姐帶我進去的隔間，堆著形狀和種類各異的紙箱，有些一看就很陳舊，但也有些頗新穎。

「沒有期限，不過請以一週爲目標處理完畢。」

「這家代理店沒使用固定形式的文件保管箱嗎？」

「看來是的。」

小鹿小姐抹一下旁邊的市售起司零嘴紙箱的蓋子，吹一口氣：

「好厚的灰塵，需要口罩嗎？」

「麻煩妳。」

我努力撕開黏貼得死緊的膠布時，折紙大師兼調查員南先生進來：

「你好。」

好久不見。自從我開了事務所後，這是第一次見面。

「聽小鹿小姐說，杉村先生來了。」

請用——他遞給我一個未拆封的拋棄式口罩。

「謝謝。託你的福，日子還過得去。」

「不過，你現在看起來需要幫手。這可眞不得了。」

舊紙箱剛打開蓋子，黴菌和灰塵的臭味撲鼻而來。母公司原本打算將這些資料全數燒毀或銷毀，但蠣殼所長買下來，條件是整理並數位化後歸還。當然，對內容有保密義務。

南先生露出恍然大悟的表情：

「這樣啊，數位資訊是小木的領域，但文件類是杉村先生的專長。」

什麼時候變成這樣？

「我可不是處理文件的專家。」

「你當過編輯，應該比我們熟悉。少爺——不是，所長也是考慮到杉村先生加入戰力，才會把業務擴大吧。」

那就太可怕了。我最害怕灰塵，過敏性鼻炎容易發作。

「南先生，你現在……？」

「在等換班盯梢。」

是幾個調查員一起監視特定對象。「蠣殼辦公室」進行盯梢任務，每五小時會換班一次。所長認爲，一個人的專注力最多只能持續五小時。

「收到呼叫前，我閒得很。」

南先生陪我搬出一疊疊文件，機械式地依年度堆疊起來。

「以內容來看，大略分成四種。契約、收付款的帳簿、業務員的日報和月報，還有發生糾紛時的調查報告書。」

「身爲偵探，應該要對調查報告書感興趣呢。」

「所長應該是這樣吧，也可拿來當個案研究。」

不過，把資料全部買下來，未免太豪邁。

「不管哪一家代理店，應該都有一、兩個麻煩保戶。如果找到因醫療保險或傷害保險反覆成爲調查對象的人，挑出那個人的檔案，依時間順序排列，想必會很有趣。」

南先生感覺比我熟練許多。

「你不用待在偵探事務所嗎？」
「我正在等資料送來。」
我只說明在尋找地震後下落不明的人，南先生的臉色一沉。
「眞教人同情……可是，除非前往當地，否則很難查到吧。」
「沒錯。不過，不清楚對方到底在哪裡。他只在地震前天，跟別人說要去東北。」
南先生眨了眨眼。
「噢……」
他摸摸髮量稀疏的圓頭。
「杉村先生，容我多嘴一句。對於這個案子，最好把地震帶來的……怎麼說，情感的動盪擺到一邊，別忘了視爲單純的失蹤案來處理。」
他突然一陣害臊，咕噥著「那麼，先這樣」，轉身離開。
將前所未見的大災難造成的悲劇，所帶來的情感動盪擺到一旁。
雖然不清楚具體上該怎麼做，但我將這句話刻印在心裡。
二十一日星期六早上，彷彿守候著我去新橋的辦公室上班，手機接到簡訊。是小木傳來的。
「昭見電工有限公司　專門製造、維修生產冷凍食品及罐頭食品的大型機器　常務董事・昭見壽」。
還附上昭見電工的網址做爲參考。我立刻連上去查看，首頁給人企業宣傳用的專業印象，開頭刊登昭見社長的照片。如果把褐髮換成黑髮，再拿掉眼鏡，便與昭見豐先生非常相似。

此外，「社長室報告」的單元有昭見社長寫的文章，回溯過去的內容，在三月底更新的文章看到一句：

「在東京開雜貨店的舍弟，前往東北旅行時遇上震災，目前仍不清楚是否平安。」

這下錯不了。不愧是小木，令人激賞的情蒐能力。

昭見電工的客戶，中部、近畿地方占七成以上，不過網站上寫著，他們願意提供人手和技術，協助災區遭到污損的罐頭工廠及魚類加工廠修繕及修復的工作。

「協助災區復興，是身爲製造業的企業一員應盡的義務，同時，舍弟深愛東北、不時拜訪東北，身爲哥哥，我認爲這麼做舍弟一定會感到開心。」

看得出昭見兄弟感情融洽。「ＡＫＩＭＩ」的打工人員松永說「昭見先生的哥哥指示我善後」，感覺也頗合理。

我打了昭見電工的電話代表號，聽到的是說明週末公休的錄音訊息。昭見電工也提供維修業務，應該有客戶隨時可撥通的電話，不過沒刊登在網站上。

與其到處奔波，不如趕在週末整處理完文件工作。文件已整理好八成，只差一步，但沒挖掘到巧妙的保險金詐騙事件。

這一整天，還有隔天的星期日，因爲「蠣殼辦公室」基本上全年無休，隨時都有人在，我也卯足了勁工作，在中午過後便大功告成。

大樓外頭是星期日的商業區。我在車站旁的咖啡廳用午餐，想到可以去「ＡＫＩＭＩ」看看。之前那家店的商品感覺整理得差不多，或許東西都移到出租倉庫，店面已清空。

如此一來，就不必顧忌打工青年的目光，可向周邊鄰居打聽。附近的熟人在三一一前偶然和昭見豐先生聊天，聽到他說「我最近要去〇〇」的可能性微乎其微，但也不能說全無可能。
我不是直覺特別敏銳的人，當然也不是千里眼，不過這天幸運女神似乎特別眷顧我。
前往一看，「ＡＫＩＭＩ」的鐵捲門拉起，店裡有人走出來，是兩名西裝男子。其中一張面孔像是昨天在網站上看過。
兩人在大樓前道別，其中一名男子朝我這裡走來，另一名男子折回店內。待對方經過身旁，我確認長相。
沒錯。
「不好意思。」我朝對方的背影呼喚。「請問是昭見豐先生的哥哥，昭見壽先生嗎？」
男子一襲剪裁高級的西裝和皮鞋，沒打領帶，提著恰到好處地泛著古色的皮包。男子回過頭，不怎麼驚訝的樣子，應道：
「對，我就是。」他的嗓音低沉有磁性。
「抱歉，冒昧叫住你。」
我恭敬行禮，遞出名片。
「敝姓杉村。最近我接到豐先生的朋友委託，在尋找他的下落。我正想聯絡他的哥哥，也就是昭見先生。」
這對兄弟容貌非常相似，但年紀應該相差頗多。昭見社長白髮不少，唇邊和眼角的皺紋十分醒目，整體看起來蒼老、疲倦，不過也許是最近的憂心勞神所致。
「偵探事務所？」他交互看著名片和我。「你說的朋友，應該不是松永吧？」
「松永先生是豐先生僱用的店員吧？沒錯，不是他委託的。」

「那麼——」

昭見社長微微瞇起眼。

「是豐的女友嗎?是姓……伊知?」

原來他曉得伊知千鶴子?

「伊知千鶴子女士非常擔心。」

「這樣啊,我沒見過她。」

他低喃著,露出沉思的樣子。

「事到如今,我去找她也不能怎樣。我已向警方報案失蹤,但豐是否安好,完全沒消息。倘若方便,可以請你代我轉達嗎?」

他把名片交還給我。這種時候最好順著對方的意,於是我收回名片。

「你今天是來辦理店租解約嗎?」

「對,我來進行點交。因爲我是連帶保證人。」

應該還留在店裡的另一名男子,是房仲商或大樓管理公司的負責人吧。

「沒想到昭見社長會親自過來。」

「畢竟是舍弟的事。」他瞥腕表一眼。「不好意思,我得走了。」

「你要回去名古屋吧?那麼,我叫計程車送你去東京車站。這段期間就好,能不能陪我再聊幾句?」

這時,昭見社長第一次直視我。接受企業領袖打量的經驗,我可不少。最好是不做作、不諂媚,露出正在看電視新聞節目般的表情。

這一招似乎奏效。昭見社長雖然並非笑吟吟，但語氣有禮：

「附近有家老咖啡廳。我上次來是兩年前，或許早就倒了，不過我們去看看吧？」

那家店還在營業。是一家播放著古典樂的高雅咖啡專門店。

「爲了舍弟，我一絲希望也不願放過。」

昭見社長開口。

「『ＡＫＩＭＩ』的顧客名單很快就找到，豐以前進貨的地方，只要是住在災區的人，我每一個都聯絡過。」

通訊網耗費一段時間才搶修完成（雖然僅有部分），重新與災區恢復聯絡。然而，即使好不容易聯絡上，有時對方也已過世。

「很可惜，毫無收穫。最起碼我聯絡到的對象，舍弟都沒去拜訪。」

「你到過當地嗎？」

「四月底以後去過。不過，與其說是爲了尋找舍弟，其實是爲了在仙台設立臨時辦公室……」

「要支援災區的工廠修復工作吧，我在網站上看到了。」

「道路和鐵路仍是中斷的狀態。儘管有些力不從心，不過我想從做得到的事著手，盡一份心力。」

他沒喝咖啡，表情像咬到苦澀的東西，望向窗外。

「豐做的是自由率性的生意，過得十分幸福。身爲家人，只能認命接受。」

不過，無論如何我都想找到他——壽先生低喃。

「冒昧請教一下，你是在三一一當天，得知豐先生前往東北，疑似捲入震災嗎？」

「對。震源在三陸沿海，但東京似乎也受到嚴重的影響。內子看到新聞告訴我，我立刻打電話到『ＡＫＩＭＩ』，是顧店的打工人員接聽。」

「是松永，對吧？」

豐先生的手機打得通，卻只聽到語音訊息：「您撥的號碼未開機，或是在接收不到電波的地方。」

「幾天後，變成完全打不通。」

「大地震後，你是什麼時候過來的？」

「十六日下午。我想早點過來，但十二日凌晨，長野發生六級地震，對吧？後來，靜岡也發生地震。」

這麼一提，我都忘了。

「內子嚇壞了，擔心不知何時又會發生大地震。福島第一核電廠的事故愈來愈嚴重，她拜託我不要離開家裡。」

夫人的心情不難體會。

「十六日，我要搭上新幹線前，我們夫妻大吵一架。無論如何，我都想到『ＡＫＩＭＩ』一趟，便留下內子出門。」

那是他第一次見到松永。

「我覺得這個年輕人挺可靠。他應該相當不安，卻反過來鼓勵我。」

——社長向來運氣都很好，一定會沒事。

「他說店裡的事不能馬虎，打理得很好，要我先確定營收。」

帳簿的資料與現金，與店鋪名義的存摺餘額，連尾數都完全吻合。

「豐應該很信賴松永，不光是門口和收銀機的鑰匙，連保險櫃的鑰匙都交給他。說是保險櫃，也只是小型的，裡面只放店鋪的租約和保險相關文件。」

豐先生本來就沒將大筆現金放在身邊的習慣，而是需要出門帶貨時，再去提領。

「舍弟爲人隨性，在金錢方面卻很嚴謹。庫存清單也都用電腦管理得一絲不苟。」

「這些都是聽松永說的嗎？」

「對。他做事有條有理，我十分欣賞。」

壽先生認爲，松永是個足以信賴的店員。

「所以，我決定暫時把店面交給他。最重要的是，我希望有人在那裡，隨時能聯絡上。」

至於要不要開店，讓松永決定。

「不過，他說幾乎都沒生意……畢竟當時社會上亂糟糟的，電影院宛如空城，連職棒能不能開打都成問題。」

「電力也不足。」

東日本還處在緊急狀態中。

「民眾不可能有興致去逛『ＡＫＩＭＩ』那種純嗜好的店，所以決定三月暫停營業。那時，我有了心理準備……」

昭見社長說到這裡，抿一下嘴唇，接著說：

「舍弟可能不會回來……」

我默默點頭。社長拿起水杯，慢慢喝一口。

「松永說，有些熟客會上門詢問豐的消息。我真的很感激他們的關心。」

「『AKIMI』有開設部落格。」

「那些都交給松永管理。他在上面貼出豐疑似在東北被捲入地震的消息後，便有許多人留言，但其中也有惡質的假訊息，教人生氣。」

「現在關閉了。」

「我對他說，既然這樣，乾脆關起來吧。」

與我從松永那裡聽到的內容大致符合。

「豐先生住在店的後面，對吧？」

「對，他覺得這樣比較方便。」

果然，後面是居住空間。

「所以，我大概隔兩、三年來看舍弟一次，也都住在後面。不過，那房子不是設計來居住的，空間狹小，不太方便。」

「豐先生經常突然出門旅行嗎？」

「對。他也經常回老家，但大部分都是出門旅行時，順道回家瞧瞧。」

「不一定是在公休日，而是想到就出門嗎？」

「有人幫忙顧店，他便不用記掛著店裡。在松永之前，他僱用一個在準備司法考試的年輕人。說是年輕人，對方也三十多歲了。後來放棄考試，去別的地方上班。松永是代替那個人進來的。」

壽先生對「AKIMI」的事非常熟悉。

「發生這種事，幸好豐是沒有家累的單身人士。僱用打工店員，即使做得很好，也只要結清薪水就行。如果有家室，就沒辦法這樣了。」

我沒說「放棄還太早，令弟或許還活著」。昭見社長嚴肅的側臉，斥退一切夢想式的樂觀。這個哥哥經歷太多次失望，只能透過死心認命，讓心情有個著落。

「雖然同情伊知女士，不過站在昭見家的立場，既然豐不在了，我也無法對她有任何表示。希望她能理解這一點，可以請你轉達給她嗎？」

昭見社長認定我的委託人就是伊知千鶴子。不過，這段發言耐人尋味。

「你說的『表示』，意思是……？」

他轉向我，「豐本來打算跟伊知女士結婚。她也是這樣告訴你的吧？」

他不等我回答，繼續道：

「我們家人都反對，告訴他不管要同居或怎樣都好，但不可以登記。豐從來沒結過婚，但對方離過一次婚，還有孩子。這會讓事情變得麻煩。這樁婚姻根本不可能實現。」

彷彿爲冷不防這樣斷定感到內疚，他又急著補一句：

「我們算是家族企業，豐是股東之一……」

這種狀況我切身經歷過，也清楚資產家的人，對於成員貼上「戀愛」標籤撿回來的背景不明的外人，抱持著什麼看法。

「我瞭解。不過，伊知千鶴子女士和豐先生交往是事實，但她似乎沒想到要結婚。」

昭見社長的雙眼瞪大。「可是，豐完全是這個打算。他甚至跟我們提到對方的女兒，說她現在讀的學校不好，遲早得讓她轉學。」

豐先生似乎沒提及明日菜偷竊的事，我也避免多嘴。

「伊知女士沒想到這麼多。豐先生的家人有許多顧慮是當然的，只是，伊知千鶴子女士和女兒過著儉樸的日子。她認爲豐先生是重要的人，才會擔心豐先生的安危，沒有任何多餘的心思。希望你能理解這一點。」

昭見社長的眼神不放心地游移。

「這樣啊。」

他喝一口快涼掉的咖啡，露出嚥下比藥丸更大的東西的表情：

「舍弟……都會做那種純興趣般的生意了，不管長到多大，仍像個孩子。」

對於這種男人，有一種讚美：永遠的少年。

「他是被中年之戀沖昏頭，也不考慮對方的心情和立場，一個人操之過急了吧。受到家人反對，或許導致他更意氣用事。」

昭見社長忽然苦笑：

「以前他說不要當企業家，他不是長子，要隨心所欲，於是去東京讀大學，再也沒回來——雖然是沒定性地做了許多工作啦。他從父母那裡繼承一筆不小的資產，經濟上應該沒問題。」

以前社會稱這種人爲「高等遊民」，是適合玩賞古董的階級——即便那是形同破銅爛鐵的「輕古玩」。

「看來，我在不瞭解的情況下，對伊知女士產生失禮的印象，眞是抱歉。」

縱然是爲了一點小事，但昭見社長這種地位的人居然立刻會道歉，實在難得。

「既然都失禮了，剛才我奉還的名片，請你再給我好嗎？一有消息，我會立刻聯絡你，希望你能代為轉達伊知女士。」

他望著我遞過去的名片：

「這類調查的費用應該不便宜，對伊知女士來說是一筆負擔吧？」

「這次是特例。與震災相關的案子，即使是從事我這種行業的人，也會以志工的方式協助。」

昭見社長眨幾下眼。這一瞬間，他或許對我改觀了，但我不曉得他在重新檢視中，給我打多少分數。

「豐是我唯一的弟弟，我想親自處理他的事，可悲的是，我也沒辦法親力親為。往後聯絡你的可能會是我公司的人，請不要見怪。」

「我明白。抱歉，最後一個問題。松永辭職了嗎？」

「對。剛才把鑰匙交還房仲後，他就先走了。」

看來，我和他錯過了。

「不好意思，如果知道他的住址或聯絡方法，方便告訴我嗎？我還沒與他說上話。」

壽先生露出詫異的表情，我苦笑道：

「松永似乎不怎麼喜歡伊知女士和她女兒。尤其是女兒，她好幾次來打聽豐先生的消息，但松永的態度非常冷漠，我也不好聯絡他……」

「哦，這我倒是第一次聽說。我從沒跟松永聊過伊知女士的事……」

那麼，松永對明日菜的態度，並非揣摩昭見社長（及他們一家）的上意。

「不過，依我從豐那裡聽到的，松永對伊知女士的女兒……」

昭見社長停頓一下，微微歪頭。

「反倒是頗有好感才對。」
又是個耐人尋味的訊息。
「豐先生是怎麼說的？」
「呃……也沒說什麼。過年在老家相聚時，他提到店裡的打工人員似乎對伊知女士的女兒有興趣，僅僅如此。」
這也不是不可能。
「就是那個時候，豐第一次提出要和伊知女士結婚。」
大過年，在家人和親戚都在的場合中，豐先生丟出炸彈宣言。
「我父母的祭日都在四月。父親逝世十三年，母親逝世七年。豐突然宣布要在法會時帶伊知女士過來介紹給親戚，搞得場面不可收拾。」
「那麼，松永和伊知女士的女兒的事，也像是順帶提起？」
「對。嗯，因爲他談到伊知女士的女兒性格害羞，但很可愛。」
確實，伊知明日菜十分害羞，或者說陰沉，但又會把腦袋想的事大剌剌地說出口（本人自認是「嘴巴很壞」），也有人會覺得她頗陰險吧。以我的印象，可用一句話形容：
——吃虧的個性。
「我也不曉得松永的聯絡方式。」
即使爲店裡盡忠職守，也只是個打工人員。而且，不是昭見社長的部下，僅是弟弟聘用的青年。
「替我處理這件事的部下，或許知道他的手機號碼……但這似乎也不好擅自告訴別人。」

況且，沒必要再問他什麼了吧？昭見社長說。

「是啊，請不必在意。」

我只是想知道，如果談起松永討厭伊知母女，壽先生會有什麼反應？目的已達成。

我拿起帳單，昭見社長伸手制止：

「你剛才說，這是志工活動？」

「是的。」

「有什麼私人理由嗎？你有親友在災區嗎？」

「不是的。用志工形容這次的案子，或許有些不莊重。」

「不，我這樣問，並不是在責怪你。」

昭見社長搖搖頭。

「往後有好長一段時間，失去方向舵的這個國家會在海上迷航。羅盤毀壞，船身破損，機關室發生核電廠事故這樣的火災。日本這艘船，只能以這種狀態，在海上漂流。」

我們都在這艘船上。

「我們現在像這樣活著，不曉得明天將會如何。但我還是必須保護公司，保護家人和員工。我這次來東京，是決定今天處理完，不能再忘記自身的立場，單爲弟弟一個人擔憂。」

我默默點頭。

昭見社長喝口水，倏地抬起頭：

「我問個突兀的問題，杉村先生知道『Doppelgänger』嗎？」

「什麼？」

「這是德語，日語似乎叫『分身』。就是看到與自己一模一樣的另一個人的現象，據說是不祥的前兆。」

哦，知道。我繼續道：

「由於是非常神祕的現象，成為許多文學作品的題材。之所以說不祥，是傳聞看到自己的分身，死期就不遠，對吧？」

昭見社長頗驚訝，「你很清楚呢。」

「做這一行前，我當過編輯。」

「你轉行的職業，跟老本行差得眞遠。」

「是的，因為發生過許多事。」

其實——昭見社長搔搔鼻梁：

「我父親有過類似的經驗。他從公司回家時，看見自己坐在玄關脫鞋子。」

父親詫異地愣在原地，望著他的分身悠然走進家裡。

「他慌忙追上去，分身卻消失不見。因為他大吵大鬧，母親還叫了救護車。」

三天後，昭見兄弟的父親，當時的昭見電工社長腦溢血猝死。

「葬禮上，母親提到父親看到分身的事，豐冒出一句話。」

——爸是看到Doppelgänger了。

「他喜歡看書，擁有很多雜學、文學方面的知識。」

豐先生以前為雜誌撰稿，這沒什麼好奇怪的。

「所以他常說，我們家有這樣的血統，我和哥在死前一定也會看到Doppelgänger。」

我是一笑置之啦，昭見社長說。

「這怎麼可能？尤其是遇到這次突來的大災難，許多人喪生的悲劇，更加深我的想法。」

「是啊，Doppelgänger應該是某種象徵或寓言吧。」

人無法預知自己的死亡，這便是人最大的恐懼。爲了中和這樣的恐懼，人渴望解釋，並創造出故事。

「對，分身不是物理現象。」

昭見社長一本正經地接過話。

「父親看到的分身約莫是幻覺，或許是腦溢血的前兆。」

可是——他繼續道。

「我忍不住會想，既然如此，豐有沒有感受到類似的前兆？不是Doppelgänger也好，疑似預兆的事物……」

警告他不要去北邊。

「或者，他的分身眞的出現在面前。豐就是追著它，去到另一個世界。」

他暫時閉上眼，嘆一口氣：

「抱歉，我說了無聊的話。」

離開咖啡廳後，我們道別。目送昭見社長坐上計程車，我回到足立大樓一看，鐵捲門已貼上「出租」的告示。

我想親自向伊知明日菜報告，而不是透過電話。星期一早上聯絡她後，她又到事務所來。在學校放學，去打工之前的時間帶，和第一次來訪時一樣，她一身黑，連珍惜地抱著老舊背包的坐姿也一樣。

「往後有什麼消息，昭見先生的哥哥會通知我。或許很難熬，不過和先前不同，不是毫無指望地等待，請妳忍耐一下。」

明日菜默默咬住下唇。

「妳母親那裡，我會去告訴她。」

看著默默無語的明日菜，我注意到她的服裝有一部分和上次見面時不一樣。是黑色連帽外套。上次穿的那件，衣領部分都磨白了，但今天穿的比較新，尺寸也比較大，鬆鬆垮垮的。

「這次的事，還有什麼需要我幫忙的地方嗎？」

明日菜臉頰蒼白，眉心深鎖。只見她皺著臉用力彎身，我以爲她突然不舒服，結果不是。

「謝謝你。」

她向我行禮。

「不客氣，我也沒幫上多大的忙。」

明日菜依然低著頭，亂糟糟的頭髮垂下，遮住臉龐。她維持這樣的姿勢，話聲含糊地問：

「那麼，昭見先生和他哥哥討論過了？」

關於我媽的事。

「原來他是眞心想跟媽媽結婚。」

「豐先生的哥哥似乎是這麼聽他說的。不是討論，而是明確宣布想和妳母親結婚。」

「媽媽怎麼跟你說？有沒有提到結婚的事？」

「沒有，她完全沒提到『結婚』兩個字，反倒問我，豐先生的家人知道她多少事。」

明日菜微微抬頭，從垂下的劉海之間，只用一隻眼睛看著我。

「那麼，媽媽把我偷東西的事告訴你了？」

「嗯。」我簡潔地應道。

明日菜慢慢直起身，抱緊背包。

「即使覺得虧欠，媽媽就算被求婚，也不會答應。她絕對不會答應。可是，昭見先生不懂。」

因為他是有錢人家的大少爺，她語帶不屑。

「他只是想做什麼就做什麼，包括結婚。他根本沒想過遭到拒絕的可能性，自己一頭熱。在昭見先生眼中，跟我媽結婚，和撿一隻流浪貓一樣。」

這女孩的個性真的很吃虧，我再次想著。

「昭見豐先生和妳母親的關係，我無法評論。不過，昭見先生對妳很好，我覺得妳不該忘記這件事。」

「他報警說我偷竊，我也無所謂。」

「昭見先生不這麼想，妳母親也感謝昭見先生的寬厚。我是這麼理解的。」

明日菜瞪著我，一把抓住背包，站了起來。這時，我看見有道小紅光透出背包的方形外袋。這個背包相當舊，而且原本的材質就薄。

「多謝關照。」

她嘴上這麼說，語氣卻十分尖酸。

「真的不用錢吧？事後再跟我要，我也不會付。」

「不用擔心。」

我不理會她的挑釁，可能令她更不甘心。伊知明日菜煩躁得身體一顫，留下一聲「哼」，離開事務所。

據說，她有壞朋友。

強迫她偷竊。

她處在怎樣的朋友圈子裡？我不禁憂心忡忡，考慮是否要聯絡相澤幹生，隨即打消念頭。這個案子有一個未成年人就夠多了，而且，從我問明日菜是不是幹生朋友的反應來推測，我不認為幹生能完全解答我的疑慮。

不過，那道小紅光是什麼？似乎不是智慧型手機。不管是電池即將耗盡的警示或來電通知，智慧型手機都不會像那樣發光。其他少女會裝在背包或外套裡的東西，哪一種會發亮？

對，亮著。是那種光。而且，我熟悉那種紅光。不是偶爾會看到，就是在哪裡看過……

這時，一道敲門聲響起，我回過頭。

不是租屋處這裡的玄關門，而是與竹中家拼接屋本體相通的內側門傳來的聲響。

簽約時，我和竹中夫人約定，這道門會從另一邊鎖上。我是年近四十的離婚男子，不太在意，但對方不一定有同感。尤其是竹中家有大女兒和大兒子、二兒子的妻兒同住，光是將同一屋簷下的房間租給陌生男子，他們恐怕已感到很不舒服，如果那名陌生男子還可能在家中自由行走，一定會加深厭惡。

有人從竹中家那邊敲著門，伴隨著悠哉的渾厚嗓音：

「喂～有人在嗎？」

「不好意思，我這邊打不開。」我應道。

「我知道。我是想問，方便讓我開門嗎？」

我回答「請」，猜到那聲音是誰。是竹中家的小兒子。

租借之前的事務所兼住家的老房子時，竹中夫人曾把我介紹給全家人。竹中家是三代同堂的大家族，而且，竹中家的大兒子和二兒子長相和身材很像，兩人的妻子也都是身材苗條的美女，屬於同一類型。大女兒和二女兒則是和兩個媳婦相反，圓臉豐滿，頗爲相似。因此，我實在記不起他們全部的長相和名字。

唯一的例外，是令人印象深刻的老三，父親竹中先生叫他「嬉皮」，母親竹中夫人喊他「瘋子」。實際上，他是個宛如從《逍遙騎士》或《浪蕩子》等美國新浪潮電影中走出的復古風長髮青年，不管何時看到他，總是同一套T恤配皺巴巴的牛仔褲。他就讀校園在東京都內的私立美大，留級許多年，是竹中家邊角（非貴賓使用）的會客室牆上的神祕抽象畫作者，即未來的畫家。

「你好，我是冬馬。」

竹中冬馬。不過，家人都喚他「東尼」，我不清楚這個綽號的由來。

「不好意思，我覺得從外面繞過來太慢。」

劈頭第一句話就令人不解。

「什麼會太慢？」

「剛才離開的一身黑的女孩。」

他是指伊知明日菜。

「那種打扮的女孩，美大裡滿多的，所以我不經意地看著她，發現她在這裡過去的轉角停下，像這樣……」

東尼瘦骨嶙峋，身高超過一八〇公分。只見他雙手掩住高高在上的長臉。

「看起來是在哭，我想是不是該告訴你一聲。那個女孩是委託人吧？」

儘管令人印象深刻，但只打過一次招呼的東尼竟如此古道熱腸，加上伊知明日菜居然在哭，及不願意在我面前哭，眞的很像她的個性——這些意外，與不意外，導致我一時有些混亂。

「她可能還在轉角，要我去看看嗎？」

「啊，不用，我去。」

我急忙出門。東尼告訴我的地方沒看到明日菜。望向遠處，也沒發現她的背影。

「不見了。」

聽到我的回報，東尼遺憾地垮下骨感的肩膀。

「走掉啦……我應該早點通知你。幹偵探這一行，讓委託人哭著回去不太妙吧？」

「唔，倒也不一定，要看情況。」

可能是我這麼說的同時，明顯帶著疑惑，東尼急忙揮手：

「我不是在監視你，只是不經意地望向窗外。我的房間在二樓這一側。」

而且我很閒，他解釋。

「以前昌姊住這邊，我常替她通風報信，像是她男友來了之類。從大馬路到這邊的巷子，從我房間能看得一清二楚。」

竹中家的次女昌子小姐，是他的二姊。瘋子東尼，是五兄弟姊妹裡的么兒。憑竹中家的財力，他要在美大留級多少年都不成問題。順帶一提，次女昌子小姐也一樣，據附近的情報通柳太太說：

——她大學退學，沒上過一天班，是個只會啃老的傻女孩。

雖然隱隱約約，但我總有種印象，昌子和冬馬被當成竹中家的異類，或是他們自願坐在這樣的位置上。東尼稱這樣的二姊爲「昌姊」，感情想必很好。

聽到昌子小姐的名字，我赫然想到一件事——不過，不是竹中夫人稱爲「沒用的傢伙」的她的男友，曾出入這個住處的事實。

「冬馬先生，地震發生後，你見過昌子小姐嗎？」

一起檢查舊房子時，竹中夫人氣憤地說：「地震過後，昌子連通電話都沒打回家。」當時我沒多加留意，但接到尋找昭見豐先生的案子後，我不禁擔心其實這是一件嚴重的事。該不會竹中昌子並非沒打電話回家，而是無法打回家？

然而，東尼卻輕鬆地說「有啊」。

「昨天我們才在大學附近一起吃午飯。」

啊，原來是我多慮。

「太好了。其實我聽你母親說，地震過後昌子小姐都沒聯絡家裡。」

啊哈哈，東尼悠哉地發出渾厚的笑聲。

「昌姊撂下話，就算家裡死了人，也絕對不回來。只是五級地震，她不會聯絡家裡的。」

這麼一來，又讓人萌生其他的擔憂。

「她和你們家人關係這麼糟嗎？」

「是啊，不是這一、兩天的事。」

他看起來一點都不憂慮。

「我們家初號、一號、二號也和昌姊合不來，別說是反目成仇，根本是不共戴天的仇敵。」

「初號？」

「我爸啦。一號是大哥，二號是二哥。喏，別人都叫大嫂她們竹中媳婦一號、二號，所以直接引用。」

那麼，這應該是大兒子結婚後才出現的綽號，未免太獨特。

「附帶一提，我媽叫『BIG MOM』。我和昌姊都喜歡看《海賊王》。」

我有點頭暈。

「不過，對你大姊，就只叫大姊呢。」

「有時會叫她『惡魔』。」

再怎麼幸福的家庭，還是有本難念的經。不過，既然是能如此大刺刺地向外人述說的憂慮，我決定當成不太值得擔憂的問題。

「還有，請不要稱呼我什麼『先生』。」

叫我東尼就好，他說。

「我有點不好意思，叫你冬馬可以嗎？」

「唔，可以啊。」

「方便告訴我，為什麼你叫東尼嗎？」

「我是畫家安東尼奧．奧利貝拉的信徒。他是智利的現代畫家，日本幾乎沒人知道，他也不有名。因為他畫的都是屍體的畫，簡而言之，就是個變態。」

東尼滿不在乎地宣稱自己是變態的信徒，幸好他擁有天眞無邪的笑容。

「可是，你不畫屍體吧？」

「我畫啊，只是不會在家裡拿出來。杉村先生，你想看嗎？」

「嗯，以後有機會再欣賞吧。」

「隨時都可以跟我說，我的工作室就在樓上。」

爬上那道斷頭梯，便能前往東尼的房間。

「杉村先生真是個好人，居然會擔心昌姊。所以，BIG MOM才會特別偏愛你。」

竹中夫人特別偏愛我嗎？或許吧。

「聽說，你離過婚……？」

「嗯。我有個女兒，今天春天升上小學四年級。她和我的前妻住在一起。」

「沒受到地震影響吧？」

那天地震平息後，我一回到老屋，第一件事就是打電話給前妻。幸好電話立刻接通，前妻和女兒桃子都平安無事，待在家裡——岳父的房子裡。

我前妻的父親今多嘉親雖然退休，但以前是財經界巨頭之一。他們一家待在世田谷寬闊堅固的大宅邸，還有熟悉的傭人們守在身邊，根本不需擔憂。

「平常，那個時間我女兒應該在學校，那天恰巧有新生家長說明會，只上半天課。」

因此，那漫長可怕的劇烈搖晃，及後來的悲慘新聞影像，還有不時響起的地震緊急通報和執拗的餘震，桃子都能在所能想像到的、最安心的情況中度過。這不僅是桃子的幸運，對我也是一種救贖。

「太幸運了。我的姪子和姪女當時都在學校，光是去接就費好大一番工夫。」

「畢竟東京都內的交通機關癱瘓了。」

「路上塞車超級嚴重。」

後來，福島第一核電廠事故愈來愈嚴重，前妻和女兒暫時離開東京。她們住在暑假常去的輕井澤的飯店，三月底才回來。這段期間，我每天都用skype和桃子通訊，但她哭著說：

——爸爸快過來這邊嘛。

幾乎令我心碎。要毫無根據地告訴她「爸爸沒事」，也教人難受。

「那天你在哪裡？」

「剛好在大學，學弟正在畫的壁畫草稿倒下，亂成一團。」

東尼回答，接著有些納悶地歪著頭：

「我說想去災區當志工，初號不知爲何大發雷霆。於是，我改成去那邊畫畫，沒想到——」

「他更生氣了吧？」

「他破口大罵：現在是什麼狀況，你少胡說八道。」

東尼用力搔搔長髮，接著說：

「我想快點去畫福島第一核電廠啊。起碼要留張畫，否則核電廠一定會死不瞑目。」

「死不瞑目？」

「對啊。我猜核電廠也想說：我們拚命努力，希望不要變成這樣，不過最後還是壞掉了，對不起大家。」

不是指在核電廠工作的人，而是把核電廠本身擬人化，讓我想起部分專家學者的發言：「應該祭祀福島第一核電廠。」

「啊，我打擾到你了。那我走啦。」

高瘦的身子消失在門後，傳來上鎖聲。我覺得東尼中和了伊知明日菜留下的陰沉氣息。即使是嬉皮、瘋子、變態畫家的信徒，竹中冬馬仍是個好人。

然後，就在這一週，與東尼的友誼，竟派上意外的用場。

「有人在監視？」

「對。」

東尼正經八百地點點頭。

我指著自己的鼻頭問：「監視我嗎？」

「沒錯。正確地說，有人在監視杉村偵探事務所。」

「誰在監視？」

「幾個年輕人。」

我的表情繃得更緊。

「我指的『年輕人』，是NHK主播說『世界盃足球賽的日本賽事當晚，年輕人可能在澀谷群聚鬧事，警視廳正嚴加戒備』的『年輕人』。」

我知道他絕對不是在開玩笑。

「唔，對NHK播報員或警視廳來說，或許我也算是『年輕人』。具體地描述，他們雖然沒穿制服，不過應該是高中生。」

那是一對男女。兩人都染髮，「感覺像不良少年」，尤其女生「很像酒店小姐」。

會在這個時期靠近這家事務所，又是高中生，很可能是伊知明日菜，或是告訴她我的事務所的相澤幹生，不然就是雙方共同的「朋友」。如果東尼對這兩名年輕人的印象正確，極可能是逼迫明日菜偷竊的「壞朋友」。

「什麼時候開始的？」

「最早是前天傍晚發現，昨天也是在五點多。男生躲在電線桿後面，看著這裡。」

女生在前面的馬路走來走去，或暫時消失，又回到男生身邊，總之就是在附近晃來晃去。

「那個女生在我家外面繞一圈，不禁張大嘴巴。我們家構造太古怪，嚇到她了吧。」

「你也在觀察她？」

「我們家窗戶很多，這種時候相當方便。」

這天是五月二十七日星期五，下午三點多，我們在事務所面對面而坐。我又從「蠣殼辦公室」接到工作，一早就出門，才剛回來。

「他們今天也會來嗎？」

「如果他們來了，要迎擊嗎？」東尼意外好戰。

「溫柔地埋伏，溫和地談談吧。」

「也就是要逮住他們，對吧？」

不用這麼起勁。

「要溫柔、紳士，會很困難嗎？」

「只要那兩個人出現，開始監視這裡，我就打電話通知你。然後，請你從玄關探頭出去，這樣一來，那個男生應該會跑掉。」

「為什麼？」

「我昨天從窗戶探出頭，他就跑了。」

原來已實驗過。

「男生會從右邊小路往大馬路跑，我先過去埋伏，杉村先生再追上去，來個前後夾擊。」

「女生怎麼辦？」

「看她會拋棄男生跑掉，還是趕過來。這要視他們的交情呢。」

「好，千萬要紳士。」

如此這般，我們的夾擊作戰在下午五點二十五分實行，並輕鬆成功。當時男生和女生還沒分開，偷偷摸摸地躲在電線桿後面，努力演出「我們沒在看你」的模樣，於是我們將兩人一網打盡──不，是與他們接觸。附帶一提，發現兩人的瞬間，東尼給我的暗號是「天降雄鷹」。不可以笑。

「找杉村偵探事務所有事嗎？我就是杉村。」

我溫和地問，男生凶道：

「幹麼？」

五官端正，卻一身流裡流氣。不過，現代的年輕人，有四成都是這副德性吧。

「喂，你不要亂來！」

女生逼近我。

在近處一看，確實是青少年，但沒有國中生的稚氣，兩個應該都是高中生。即使還這麼小，從女生全身上下的氣質，可看出她早徹底掌握「男人就是疼年輕妹妹，而且無法拒絕」的可悲事實。

她非常清楚，不管在她眼中完全是「大叔」的我，或在年輕人上限邊緣卻還里邋遢的東尼，「女人」這項武器都極為有效。或者說，她有十足的把握。依她的舉止判斷，她的自信經過驗證。

「我沒要加害你們。」

我投降般輕舉雙手。

「只是，這幾天你們似乎在觀察我的事務所，才會好奇你們是不是找我有事？」

男生和女生對望。從他們交換眼神的樣子，我看出主導權在女生手中，於是問她：

「你們是相澤幹生的朋友吧？」

細緻的裸妝上，只有假睫毛醒目得格格不入。女生張大眼，注視著我：

「你怎麼知道？」

「他是偵探啊。」

回答的不是我，而是東尼。

女生厭煩地瞥東尼一眼，依偎在男生身上，握住他的手：

「那你應該要好好款待，我們可是客人。」

聽到這女生說「客人」，我不小心聯想到酒廊的情景。東尼的形容完全把我給洗腦了。

「客人？什麼意思？」

兩人露出這年紀的少年少女才有的倨傲眼神，彷彿在說「大叔在想什麼，我們早就摸透了」。

然後，男生開口：

「我們是委託人。」

5

雖然有一定程度的勝算，不過我提出相澤幹生的名字，其實只是想套話。因爲矇中了，這對青少年情侶似乎放下心防，變得饒舌。

「偵探先生是從幹生那裡聽說我們的吧？」

「那你事務所搬家，怎麼不好好通知他一聲呢？」

這次告訴他們事務所新地址的，是尾島木工的女職員。

「那個阿姨還好心幫我們畫地圖。雖然她很胖。」

兩人天眞地互稱「直人」、「香里奈」，然而，我一問他們的名字和身分，他們立刻戒心全開。

「你想聯絡我們爸媽和學校？」

「就是擔心這一點，你們才會在事務所旁邊，拖拖拉拉不敢進來嗎？」

「我們倒是從一開始就發現了。」

東尼一臉得意，香里奈狠狠賞他一個白眼。

「這個人不是偵探吧？」

「我是助手，厲害的助手。」東尼得意忘形起來。

「我不能接受未成年人的委託，不過，如果你們遇上什麼問題，我可以幫忙。」

「那不就等於接受了嗎？」

兩人你一言、我一語，說個不停。

直人和香里奈是同一所高中的二年級生，相澤幹生也讀同一所學校。直人是相澤幹生的好友，香里奈是直人的女友。

「我和幹生參加室內足球同好會，香里奈是那裡的經理。」

以同好會爲中心，他們認識朋友的朋友，像這樣擴散出去，形成包括他校學生的團體。

「我們平常都是固定幾個人一起玩，不過……」

這年頭的青少年有手機這方便的工具，能瞞過家長的耳目，自由聯絡。更不愁找不到廝混的地方，比如超商、家庭餐廳、速食店等等。

「大概兩個月以前吧，我們裡面有人遇到跟蹤狂。」

一名少女向朋友吐露，她被大學生的前男友糾纏。男方不停傳簡訊、打電話，令她煩不勝煩。

「我們告訴她，這根本是跟蹤狂，勸她最好報警。」

但少女不願意，認爲「找警察才沒用」。她害怕反倒刺激對方。

「畢竟有不少這類令人遺憾的例子。」我說。

「對吧？然後，幹生提議僱私家偵探。他知道能信任的偵探，便告訴她聯絡方式。」

「那麼，跟蹤狂事件解決沒？」

「喔，好像復活了。」

「意思是，那個女生跟前男友復合？」

「對。」

實在令人目瞪口呆。總之，相澤幹生是在這樣的狀況下提到我的名字。伊知明日菜應該是他們的成員之一，在那時得知我的事務所。

直人和香里奈恐怕作夢也沒想到，我會認識明日菜。不過，我看得一清二楚，他們就是逼迫明日菜去「ＡＫＩＭＩ」偷竊的「壞朋友」。

——霸凌，或者說，被朋友強迫。

明日菜的母親伊知千鶴子是這麼形容的。

去年八月初發生「ＡＫＩＭＩ」偷竊未遂騷動後，明日菜向母親保證會跟這些朋友絕交，但似乎做不到。最起碼，她是在兩個月前得知跟蹤狂事件，表示當時她還沒和這些ＬＩＮＥ上的朋友斷絕關係——沒辦法斷絕關係。

絕不能在直人和香里奈面前，透露我認識明日菜。我維持友好的「偵探先生」面孔。

「原來如此。所以，你們才想到可以委託相澤同學推薦的杉村偵探事務所。」

「對，我們再次向幹生確認住址。」

「沒想到過去一看，是棟東倒西歪的破房子，我們簡直嚇壞，忍不住擔心這個偵探真的沒問題嗎？」

「怎麼不先打通電話？」

東尼插話，直人和香里奈又瞪他一眼。

「你們是想先瞧瞧偵探長什麼樣吧？況且，重要的事，電話裡不容易講清楚。」

我笑咪咪地說。

「那麼，你們遇上什麼問題？」

直人看一下香里奈的臉色，香里奈噘起嘴：

「上個星期六……」

「不是星期六，是星期日啦。」直人說是二十二日。「明日菜的班表換過，害我們等一個小時，不是嗎？」

反倒是他們主動提起明日菜。

香里奈的眼神，變得比剛才幾次瞪向東尼時更恐怖。「你少多嘴。」

東尼賊笑著。

「去找朋友玩回來，一個怪男人叫住我們。」

「地點在哪裡？」

「新宿，車站附近。」

約莫是南口的速食店附近，伊知明日菜打工的地方。

「叫住你們的，是沒見過的陌生男人嗎？」

「對。」

兩人隔一拍，才點頭回答。

「那個男人怎麼了？」

「他問我們——當時直人也在場，不過，其實他是在問我，要不要打工？」

「什麼打工？」

「他有個名牌飾品想賣掉。有專門收購那種東西的店，你知道嗎？」

「我在電視廣告上看過。」

不是當鋪，而是相當於廣義的二手商店。不過，是專門買賣昂貴名牌精品的連鎖大型店。

「他說一個人去賣容易惹來懷疑，叫我和他一起去。那種地方年輕女孩去賣東西，就不會引發追究。」

「而且，香里奈好好化個妝，看起來也像女大生。」

直人多嘴地補充，香里奈又瞪他一眼。

我思索片刻，問道：

「那個男人是學生，還是社會人士？」

「應該不是學生，但也不是正經的上班族。感覺沒工作，穿著髒兮兮的牛仔褲。」

「年紀大概多少？」

「比偵探先生年輕很多。」

「這樣啊。那你們怎麼做？」

香里奈瞥直人一眼。直人鬧脾氣般垂下頭，不回應她的視線。

香里奈輕嘆一口氣，「我拒絕了，感覺超可疑。」

「妳很聰明。」我故意誇張地稱讚。「這種可疑的邀約，最好不要聽信。妳拒絕是對的。」

東尼收起賊笑，交互看著兩名青少年和我。在未來的畫家眼中，哪一邊的表情才是更吸引人的觀察對象？

「如果只是這樣，妳和直人同學也沒什麼好困擾的吧？」

香里奈的假睫毛搧了搧。睫毛膏刷得濃密仔細。

「所以，不光是這樣吧？」

香里奈沒動作，但直人有了反應。他運動鞋的鞋尖顫動著，掩不住內心的不安。

「其實，那個怪男人不僅僅是拜託你們，還恐嚇你們，對吧？」

除非遇上這種事，否則依照兩人的個性，不可能會求助於私家偵探。

直人抬起頭。他的眉毛也修過，有點修過頭，線條像女人。

「你怎會知道？」

「我是偵探啊。」這次我自己說。「那個男人也不是陌生人，你們認識他吧？」

直人用力搖頭，像要甩開飛到頭髮上的蟲子。「不是，眞的是不認識的人。我們看過他，可是不到認識的地步，連他叫什麼都不知道。」

「是朋友認識的人。」香里奈開口。我聽見她築起的堤防或高牆——也許是鎧甲，這類防禦的一隅發出龜裂的聲響。

「朋友在那個人的店裡偷過東西，跟他道歉就算了，可是他說要講出去，並通知學校。」

萬一學校知道，朋友就完蛋了——香里奈拉高嗓門。

「搞不好會被停學，甚至是退學。所以，我們得保護朋友。」

我決定亮出一張牌。「你們口中的『朋友』，就是剛剛直人同學提到的明日菜吧？」

青少年情侶對望，以眼神探詢彼此的意向，同時承認：

「對。」「是我們圈子裡的人。」

「她算是朋友的朋友的朋友，我們跟她沒那麼好，但她還是很可憐。」

漸漸地，像這租屋處附設的老舊電熱水器緩慢加速般，我不愉快起來。

你們在撒謊，竄改事實。偷竊並不是伊知明日菜的意思，是你們逼她的。你們篡改事實，把自己說成好孩子。

「那個奇怪的男人，爲什麼不直接去恐嚇偷竊的明日菜同學，而要恐嚇她的朋友？」

直人和香里奈頓時僵住，沒有回答。他們習慣向大人撒謊，卻沒聰明到被指出疑點時，能巧妙圓謊矇混。

「總之，你們僱用私家偵探，是想趕走那個怪男人？」

香里奈點點頭。

「相澤幹生知道嗎？」

「這和幹生沒關係。」直人飛快否定。「我們向他打聽偵探事務所，他問怎麼了嗎？我們說，只是想參觀一下。幹生討厭這種事。」

「的確，我認識的相澤同學，不會去霸凌樸素不會打扮的女孩。」

香里奈橫眉豎目地反駁：

「是明日菜太囂張好嗎！明明是醜八怪，卻愛自以爲是！」

她不是否認霸凌，而是辯解明日菜自找苦吃。

東尼詫異地眨眨眼，喃喃道：

「妳才是，一生起氣，臉變得有夠醜。」

香里奈的表情歪曲。確實，這個女生一點都不可愛。

「如果是想趕走那個人，跟你們爸媽說不就好了？」

直人的表情像在懷疑我的智商。

「你們不想挨父母的罵？」

「廢話。」

「只是這樣而已嗎？你們還有什麼話沒說吧？」東尼探出上半身。「比起偵探先生，我的年紀和你們比較接近，感覺得出來。」

「你變態啊？」

香里奈罵道，但直人尷尬地扭捏起來。

「還有別的理由吧？」我問。

「那個人說會分錢給我們。」

聽到直人的話，香里奈的臉逐漸脹紅。

「你幹麼講出來？」

「可、可是……」

就算之後這對情侶分手，也不是我的責任，而且分手應該對雙方比較好。

「他說賣掉飾品拿到錢，會分給我們。」

「所以，你們才想僱用偵探，調查對方的底細？」

「如果我們也握有他的把柄，就不用擔心了，不是嗎？」直人說。

聽著不太舒服，不過挺有道理。

「那個人說要把錢分給你們，有沒有提出別的要求？」

「他叫我們不要再欺負明日菜，或勒索她。」

我差點忍不住拍膝。

恐嚇這對情侶的人，知道去年暑假「ＡＫＩＭＩ」發生的偷竊未遂案件，認識伊知明日菜，同時，應該也透過觀察明日菜身邊的人，得知她的「壞朋友」直人和香里奈。然後，這個人想保護明日菜。
這個人是誰？可能的人選不多，但必須愼重行事。
「冬馬。」
聽到我的叫喚，東尼全身一震，彷彿有人在他面前拍手。
「嗯？」
「你會畫肖像畫嗎？」
這種情況，正確的說法應該是「根據目擊者證詞，畫出的嫌犯畫像」。
「我沒畫過，不過應該沒問題。」
實際上，花不到一小時，東尼就完成畫像。我向香里奈和直人問出那個男人的容貌特徵，東尼逐步畫出，讓兩人確認後，再加以修正完成。
我認得那張臉。與畫像上的那名人物對望，我冒出一個可怕的想法。
「這個人想賣的名牌飾品，你們看到了嗎？」
香里奈點點頭，「他外表十分窮酸，不像會有多高級的東西，我不相信，他就拿給我們看。」
「他從夾克口袋拿出一個盒子，秀給我們看。」直人補充道。
隨身攜帶？也許是得帶在身邊才能安心的東西。
因爲那是某種「證物」。
「先不要說是什麼，我來猜猜。」
是戒指吧？我問。
「是不是鑽戒？」

「哇塞！」

不僅是青少年情侶，連東尼都佩服不已。

「對，是上面有顆大鑽石的皮爾茲利設計戒指。」香里奈回答。

皮爾茲利是義大利高級珠寶品牌，和寶格麗、蒂芙尼一樣，極受女性歡迎。如果眞的像香里奈說的是鑽戒，隨便都要幾百萬圓。

「盒子是皮爾茲利的，不過我不曉得是不是眞品。」

「不，百分之百是眞品。」

「連這個都知道？杉村先生眞是千里眼。」東尼讚嘆。

大錯特錯。豈止是千里眼，我簡直是個睜眼瞎子。

昭見社長提過：

——豐打算與伊知女士結婚。

昭見一族將在四月的法會齊聚一堂，到時昭見豐打算正式將伊知千鶴子介紹給親人。

如此下定決心的男人，一般會先做什麼？

確定對方的心意，求婚並得到答應。

求婚時，雖然不是絕對必要，但如果奉上某樣東西，更增添浪漫氣氛。當男方認定女方絕對會答應時，有非常高的機率會準備——戒指。

新年期間，在老家宣布要結婚的決定後，昭見豐爲伊知千鶴子買了戒指。皮爾茲利的鑽戒。他相當富有，買鑽戒根本不算什麼。然後，他悄悄將鑽戒帶在身邊，等待求婚的那一天到來。

然而，他無法克制興奮的心情，把鑽戒展示給每天近在身邊的人看。又或是，不小心被看見，只好告訴對方原委。由於是驚喜，他要求那個人向千鶴子女士及明日菜保密。雖然是猜想，不過並非毫無根據的揣測。除非這麼想，否則無法說明，爲何皮爾利茲的戒指，此刻會在這個人手中。

東尼完成的畫像人物。

就是打工店員松永。

往後有些問題需要請教他，想先跟他打聲招呼——我這麼探詢，伊知千鶴子便給我松永的名片。

「之前去『AKIMI』時，他給我的。」

這是松永自己印的名片，豐先生曾笑：「還印自己的名片？眞誇張。」

幸運的是，印有「AKIMI」商標的彩色名片上，也附上松永個人的手機號碼。雖然有些遲，但我得知松永的全名。接下來，只需委託小木。

「查出這個人的一切經歷就行了吧？」

「我也想要通話紀錄，最好是從三月初到最近的。」

「要追蹤GPS嗎？」

「如果他有出遠門的跡象，請通知我。」

「他是怎樣的人？要傳送間諜軟體，得製作一封他一定會上鉤的郵件。」

松永自費印名片，應該是分送給他在「AKIMI」打過交道的客人。

「這個年輕人，以前在一家輕古玩店工作。僞裝成客人的來信，他一定會打開來看。店家的部落格還能閱覽，應該可以參考。」

「瞭解。」小木抬眼望著我，「你知道收費很貴吧？」

「我有心理準備。」

就算貴，還是非釐清不可：那昂貴的戒指，究竟是「結果」，還是「動機」？

昭見豐先生去東北旅行，碰上地震，下落不明，所以松永偷走戒指嗎？

或者，是爲了偷戒指——又或者，偷戒指的事曝光，引發糾紛，失手殺害豐先生，僞裝成他在地震中失蹤？

事到如今，我才想起南先生在「蠣殼辦公室」的忠告：

——對於這件案子，最好把地震帶來的情感動盪擺到一邊，別忘了視爲單純的失蹤案來處理。

我應該早點深入咀嚼這番話的意義。

如果從這起案件中，拿掉「震災」的要素，像昭見豐這樣一個富有的商店老闆突然失蹤，一般都會第一個懷疑最後見到他的人。這個人作證「昭見先生說要去旅行兩、三天」，但證詞完全沒有依據，更值得懷疑。

前所未見的大災難，恰恰成爲掩護。

當然，還有其他對松永有利的要素。據說，豐先生沒有在手邊放置大筆現金的習慣。昭見社長從松永那裡收回保險櫃鑰匙和存摺，佩服松永「做事有條有理」，但完全沒留意商品、備用品、存款，是否遺失或減少。

沒有東西不見，沒有東西失竊，豐先生與松永之間也沒有私人糾紛。最起碼，沒有伊知千鶴子和明日菜這些身邊的人能察覺的重大衝突。如果豐先生出了什麼事，「ＡＫＩＭＩ」關門大吉，松永等於丟掉飯碗，半點好處也沒有。

因此，沒人懷疑他。

我應該要懷疑的，因爲我是偵探。實在太窩囊。更窩囊的是，我仍忍不住要祈禱——祈禱這戒指不是「動機」，而是「結果」。

我拜託香里奈和直人，找藉口把交易拖延到下週六，比如「我可以幫忙，不過我平常沒空，六月四日星期六下午，一起去新宿的二手收購商店吧。至於在哪裡會合，到時我會再聯絡」。這樣說雖然不太好聽，但令人慶幸的是，香里奈很擅長應付男人（或者說，她對此極有自信）。松永順從地答應她的要求。

應該是恐嚇對象的女高中生，居然反過來掌握主導權，他怎會這麼窩囊？因爲他很孤單，缺乏和人打交道的經驗。小木幫忙調查松永的手機，通話紀錄接近一片空白。震災前，通話紀錄的對象幾乎全是豐先生，零星穿插與明日菜的聯絡。震災發生後，通話紀錄加入豐先生的哥哥昭見社長（公司的祕書室），偶爾有疑似「ＡＫＩＭＩ」的顧客打來，但約莫是看到部落格，擔心豐先生的安危，才打松永名片上的電話號碼。

除此之外，還有一次令人好奇的通話。

三月十四日晚上七點多，松永打電話到「ＡＫＩＭＩ」附近的租車行。

我詢問昭見社長，確認豐先生沒有車。豐先生認爲，住在東京都內不需自用車。搬運貨品時，距離近的話就叫計程車，遠的話就叫宅配。要特別小心搬運的物品，則委託專門運送美術品的業者。

「關掉『ＡＫＩＭＩ』，搬運打包完畢的商品時，也是請那個業者幫忙。」

三月十四日晚上，松永租車做什麼？

兩天後的十六日，昭見社長在地震後第一次來到東京，拜訪「ＡＫＩＭＩ」。夫人害怕餘震和後續引發的地震，因此時間上晚了許多，不過昭見社長可能更早前來。

松永是想在有人踏入「ＡＫＩＭＩ」、踏入豐先生的生活空間之前，把什麼東西搬出去嗎？

因爲不能慢慢來，我直接去名古屋求見昭見社長。我說明截至目前的經緯，昭見社長頓時臉色蒼白。那模樣實在太教人心痛，我不禁感到內疚。

「我的工作是，讓他承認偷戒指。」

接下來是警方的工作，如果我隨便干涉，可能會減損之後找到的證物可信度。

「我想去豐先生購買戒指的皮爾茲利商店，你知道是哪家嗎？」

皮爾茲利的店面不多，一家家問也能找到。愼重起見，我還是問一下。

「我應該知道。」

幾年前，昭見社長想送珠寶給夫人當生日禮物，詢問剛好回老家的豐先生，他推薦皮爾茲利。

「我要請祕書去買，舍弟說那樣對內子太失禮。」

豐先生替哥哥挑選禮物，是在市內大百貨公司裡的皮爾茲利直營店。

「事後我才曉得，原來是內子常去的店。」

社長請夫人從家裡過來，我們三個人一起趕往那家店。多虧有熟門熟路的夫人協助，店員很快明白我們的來意，說明昭見豐先生今年一月五日在店裡買〇・七克拉的俄羅斯鑽設計戒指，並請店家修改尺寸，在月底三十日再次來店，領取戒指。價格是三百五十萬圓，當場以信用卡付清。

昭見豐先生是在老家過完年，要回去時買了戒指，領取的時間是——

「阿豐一月底回來過。」

昭見社長夫人記得。

「他來參加這裡的什麼展示會，當天就回去了。」

在皮爾茲利這種高級店，購買要價三百五十萬圓的鑽戒，店家都會留下顧客紀錄，以便提供售後服務。這只戒指的俄羅斯鑽附有鑑定書，也查到編號。

「我一起去，這樣比較快。」

我和昭見社長搭上新幹線。社長前往通報豐先生失蹤的「ＡＫＩＭＩ」轄區警署，報案戒指失竊。昂貴的戒指失竊這個事實，爲豐先生的失蹤添加另一種「色彩」。也許光是這樣就足夠了，但社長對負責的警察說：

「這麼一來，舍弟是否眞的在地震中失蹤，也變得可疑起來。」

我請昭見社長現階段僅提出疑慮，他這番話也是聽從我的建議。

「謝謝你。」我感謝他的合作。

「不，我也覺得他很可疑。我不希望輕舉妄動，讓他跑了。」

比起憤怒，社長的表情中更多的是悲痛。

「我本來以爲，他是個盡責可信賴的年輕人。而且，豐……待他應該也不薄。」

舍弟向來好相處，他說。

「豐打從骨子裡熱愛自己的興趣，不知道經營的辛苦，有時會想得太天眞，但也因此待人特別寬厚。」

昭見社長回憶，見到松永時，松永對豐先生也只有感謝，一直說老闆對他有多好。

但關於松永這個人，小木查到愈多，我愈感到絕望。松永出生於東京老街，五歲時父親過世。後來，母親再婚兩次、離婚兩次，現在住處不明。能夠查到的最新住址是市內的公寓，但前往一看，裡面住的是別人。前一個住址是都內某個町的公寓，在周圍打聽一圈，發現松永有段時期也住在那裡。是跟母親和繼父三個人同住，當時松永就讀國中。

「他成天和爸媽大小聲吵架，他爸動不動就吼：『你這個廢物，給我滾出去！』」

這家人成天爭吵，鄰居都印象深刻。住在附近的房東，也記得松永考上高中，但很快就輟學。

「他們一家又為這件事大吵大鬧，不久就沒看到兒子，應該是真的離開了吧。」

後來，他過著怎樣的生活、怎麼進入「ＡＫＩＭＩ」工作？唯一確定的是，他現在二十六歲，不是伊知明日菜以為的、還有他（大概）希望別人以為的大學生或大學畢業生。

六月三日下午，或許是之前保險代理店的文件整理工作獲得肯定，「蠣殼辦公室」又提供類似的工作。窗口小鹿小姐說，這次的資料來自美髮沙龍。受僱的店長向供應洗髮精等耗材的廠商收取回扣曝光，遭到開除，但這名店長毫無行政能力，導致帳簿一團亂。

「好啊，沒問題。」

我答應後掛斷電話，抬頭一看，竟與伊知明日菜對望個正著。

「我敲門沒人回應。」

她一身熟悉的黑色裝扮，肩上搭著磨損的背包。

「就算是偵探，不鎖門也太不小心了吧？」

我請她進來，泡了咖啡。

「妳喜歡黑色的衣服？」

「黑色比較不麻煩。就算弄髒或弄破，也不容易看出來。」
她總有些坐立難安。
「那個……昭見先生有什麼消息嗎？」
「目前沒有。」我回答。
我要求香里奈和直人，不要把松永的事告訴任何人，對明日菜也要保密。說出去對兩人沒好處，但這對情侶看起來做事不經大腦，還是不小心洩漏出去了嗎？
「怎麼了嗎？」
我試探地問，明日菜更加浮躁不安，抱住膝上的背包。
「松永先生——啊，就是在『ＡＫＩＭＩ』打工的人。」
松永聯絡她，想跟她見個面。
「什麼時候的事？」
「今天早上我到學校後，收到他的簡訊。我以爲找到昭見先生……」
所以，她趁下課時間打電話過去。
「松永先生卻要我星期日和他約會，說什麼去看電影也行，不然迪士尼樂園也可以。」
——妳想去哪裡都行，要去環球影城也沒問題，我請客！
「我忍不住想：他以爲現在是什麼狀況？這傢伙在想什麼？」
「他以前約過妳嗎？」
「沒有。」
她冷淡地否定。

「松永先生知道我偷竊失敗，被昭見先生逮到。我才不想和那種人交往。」
「但當時他不在場吧？」
「大概是昭見先生告訴他的。因爲昭見先生是這樣才認識我媽。」
「他怎會突然約妳？」
「我怎麼知道？」
接著，明日菜思索片刻，開口：
「或許是店關了，沒機會再見面，他才會直接約我。」
「意思是，妳早就察覺，松永對妳有意思？」
「對啦。」
「所以，妳才把聯絡方法告訴他？」
「只是懶得拒絕。對我這種人感興趣的男生，都是些沒膽的傢伙。」
「我不這麼認爲。」我聳了聳肩。「妳的嘴巴壞，是因爲對自己很殘忍。妳總是在生自己的氣，所以不管對誰，說話都會變得刻薄。」
我不覺得這番話有多嚴厲，明日菜卻整個人萎縮。
「抱歉。不過，妳是個很好的女孩，比妳以爲的棒多了，外表也滿可愛。我朋友看到妳，以爲妳是美大生。約莫是妳這身黑色的古著打扮，看起來十分時髦吧。」
明日菜溫順一笑：「只是說我像美大生，你未免美化得太嚴重。」
我也笑了。明日菜重新抱好背包，我看見薄薄的黑色布料又透出那紅色燈光。
對了，我想到那是什麼。

我是個窩囊的偵探，但當過很長一段時間的編輯。在之前的職場製作社內報時，我曾經採訪許多人，也記錄過無數次座談會，整理成文章。

似曾相識的那道紅光，與那種時候不可或缺的工具的燈光一模一樣。

ＩＣ錄音機，尺寸可輕易放入背包外袋的錄音機器。

「我會去『ＡＫＩＭＩ』，是喜歡看那家店的商品。昭見先生也……嗯，人還不壞。」

明日菜懷念地低喃。人還不壞。考慮到這番讚美，必須跨越對母親男友複雜的感情，應該算是相當正面的評價。

「可是，我對松永先生完全沒感覺。他似乎哪裡誤會，有時還會到我打工的地方，實在傷腦筋。」

「去吃漢堡嗎？」

「嗯。有一次我在櫃檯，他一直排隊來聊天。那次我直接叫他不要再這樣。」

松永應該是去明日菜打工的速食店時，發現勒索明日菜的就是香里奈和直人。他一眼看出：啊，就是這些壞朋友逼明日菜偷竊。

松永想從那些壞朋友手中保護明日菜。明天就動手吧。賣掉皮爾茲利的戒指，拿到一大筆錢，用鈔票打發香里奈和直人，把他們趕走。掌握他們的把柄，他們便不敢再霸凌、勒索明日菜。跟明日菜約會吧。一場歡樂奢華的約會。不管是去迪士尼樂園或環球影城，都不成問題。

——我請客！

明明連錢都還沒到手。

「杉村先生，你怎麼了？」

明日菜訝異地望著我。細長白皙的臉蛋、率性的黑髮。雖然不算美人胚子，不過，對於這個年紀的女孩來說，美女這樣的尺度其實不太有意義。最重要的是喜好和個性。

「伊知明日菜同學，可以問妳一個問題嗎？」

我努力放鬆語氣。

「妳是從什麼時候開始，把和別人的對話全部錄下來的？」

因爲我沒有自信，明日菜坦白承認。

「我很納悶自己的嘴巴眞的這麼壞嗎？大家都說我尖酸刻薄、討厭我，所以我想確認一下，我眞的講了多難聽的話嗎？」

日常生活中不重要的對話，一般說出口就拋到腦後。然而，明日菜卻害怕這些對話。她無時無刻在乎著每一句說出口的話、對方如何反應，自己又怎麼回應。

「第一次有人說妳講話刻薄，是什麼時候？」

「國中時沒人說過。上高中後，每個人都這樣說我。」

「是妳要好的朋友嗎？」

「嗯，同班一個叫麻里佳的女生。啊，第一個說的應該是她的朋友。跟我們不同學校，不過會一起玩。」

八成是香里奈。

「大家在一起時，我只要一開口，她就會說『天哪，有夠酸的』、『妳那什麼高高在上的口氣？聽了就有氣』之類的。」

明日菜說，她多少有自覺。

「我覺得自己很好強。媽媽也提醒過，我動不動就吐出『你白痴啊』、『太奇怪了吧』，這樣不行。」

所以，她想要改過來。然而，一旦刻意去意識對錯，反倒更加緊張，不敢多話，試著簡短表達，言詞又顯得更嗆辣，陷入惡性循環。

「不久前，我才想到可以錄音確認。雖然很白痴——啊，我又說了。」

去年十二月初，母親在職場尾牙的賓果遊戲中贏得二獎，獎品是感應式ＩＣ錄音機。

「辦尾牙的幹事在學英語會話，獎品都挑一些自己想要的東西。」

「眞的滿白痴的。」

那個人根本搞錯幹事的職務。

「媽媽就算拿到ＩＣ錄音機也沒用。送給別人或便宜賣掉就好了，她卻覺得難得中獎，還是帶回家，一直放在抽屜裡。」

然後，明日菜找到有效的利用方法。

「開始錄音後，問題得到解決了嗎？」

明日菜露出最爲羞慚、想挖地洞鑽進去的表情。

「我只重聽過一次。」

此後，她再也沒勇氣去聽。

「先不管我說話是不是很刻薄，我的聲音眞的很難聽。」

「錄音的聲音，會比原來的聲音高一些，聽起來像別人的聲音。」

由於是感應式，一偵測到聲音就會自動錄音。ＩＣ錄音機的容量大，可保存上百個小時的資料。明日菜在家裡和教室都會關掉電源，打工時則是和背包一起放在置物櫃，因此一天當中，只有少數的自由時間錄音機會啓動。因爲有問題的是和朋友間不假修飾的對話，在這些時間錄音就夠了。

既然如此，或許很久以前的錄音資料都還在。

「伊知明日菜同學，如果我以尋找昭見豐先生的偵探身分拜託，妳可以讓我聽錄音機的內容嗎？」

「這能派上用場嗎？」

「也許。」

可能是我的表情比想像中嚴肅，明日菜打開背包外袋，取出金屬風格的細長ＩＣ錄音機，說了聲「給你」，遞到我面前。

「謝謝妳，我立刻拷貝資料。」

「不用了，整個拿去吧。」然後，她露出笑容。「我不需要了。其實，我知道帶著那東西也沒有意義，但就是沒辦法停下來。」

明日菜揹著少了錄音機重量的背包回去後，我將耳機插入錄音機聆聽。

錄音機是只要啓動並且錄音，就會形成一個檔案。這些檔案依日期排列，很多全是雜音，聽不出內容。有女生的嬌笑尖叫、吵鬧的音樂，笑聲之間摻雜著含糊不清的對話，也有口齒異樣清晰地播報新聞的主播聲音。

三月十一日以後的錄音，出現手機接到緊急地震警報的呻吟般聲響，同時也錄到這時與明日菜在一起的手機主人們，害怕、厭惡或逞強說「一定又是誤報」的聲音。

我也不清楚找到什麼才算是收穫。不過，一旦找到，自然就知道那是收穫了。是三月十四日，下午三點四十五分開始錄音的檔案。我翻閱手邊的筆記確定。前一天的十三日，伊知千鶴子拜訪「ＡＫＩＭＩ」，回家後哭了。明日菜相當擔心，於是隔天，也就是十四日放學後去「ＡＫＩＭＩ」。

當時，松永守在電視機前，看著核電廠事故的報導。沒錄到電視的聲音，約莫是明日菜來了，所以關掉電視，或轉成靜音吧。

店面還在營業。松永對明日菜說「妳最好去西日本避難」、「不過昭見先生眞令人擔心」，在這些對話之後，似乎有別的客人進來。

是一名女客。聽聲音並不年輕，但似乎也不是老人。

——店長有消息了嗎？

——不，還沒有。

——眞令人擔心。

松永的語氣有禮，不過很親近。對方應該是常客。

——那店裡要怎麼辦？

——不知道。昭見先生在名古屋的哥哥最近會來東京，不過，還沒決定是什麼時候。

——這邊很危險，何必從安全的地方跑過來？

——高井（或松井？）女士，妳也要去避難嗎？

——我先生還有工作啊。不然，我和孩子去別的地方躲一躲好了……

這些對話期間，明日菜可能拿著背包，在一旁站著。有時摻入一些雜音，但錄音品質良好。

——你也眞是辛苦。你住在這裡嗎？之前店長都住在後面，對吧？

——對。我會回去自己的住處。

——咦，那是不是店長忘記丟垃圾？

有臭味呢。

女客明確地這麼說。可以想像她蹙眉皺鼻的表情，就像一般人聞到噁心臭味時的反應。

——好像有什麼東西臭掉。會不會是廚餘？還是，有老鼠死在裡面？

這時，突然響起一陣巨大的雜音，聽不到松永怎麼回答。或許是女客在問明日菜：

——欸，妳也聞到怪味，對吧？

然後，明日菜轉過身。

不管怎樣，第一次談話時，明日菜並未提到這件事。因爲是件小事，她可能不記得。

每個人的嗅覺靈敏度差異頗大。有些人對味道十分敏感，有些人則不然。比方，姊姊嗅覺發達，但我非常遲鈍。嗅覺很快就會習慣，有時一點異味，除非別人指出，否則根本不會察覺。

三月十四日晚上四點左右，「ＡＫＩＭＩ」有過這樣一段對話。

同一天晚上七點多，松永租了車子。

他趁夜晚搬運什麼？

今年三月很冷，但不管是老鼠，或比老鼠更大的生物，一旦死去，就會開始腐敗。氣溫愈低，腐敗得愈慢，可是遲早都會散發出腐臭。

我拔下耳機，一手掩住眼睛。

爲了與松永見面，我愼重布置一番。雖然擔心他逃走，但絕對必須避免凶險的狀況。

我找蠣殼所長商量，他介紹我一家咖啡廳，最適合進行需要應付這類危險的會面。所長說，店長和他是莫逆之交，「蠣殼辦公室」也使用過這家咖啡廳幾次。地點接近新宿車站西口，位在住商大樓地下一樓，是容易堵住出入口的小店。

我透過香里奈，約松永在下午兩點碰面。預防萬一，一點到三點的兩小時之間，我包下整家店。兩名「辦公室」的調查員，僞裝成客人坐在門口附近。一位是南先生，另一位到了當天一看，竟是所長親自出馬。

「我相當感興趣。」所長說。

約定的三十分鐘前，我請香里奈打電話向松永確認。

「欸，那枚戒指你有帶來吧？你不會想騙我們吧？」

香里奈用甜膩的嗓音，嬌嗔地問。

「你先進去店裡拍照傳給我，不然人家不要進去。」

香里奈不是個好孩子，演技倒是一把罩，立刻就收到照片。我和兩名青少年在附近停車場的「蠣殼辦公室」公務車裡，檢視收到的照片。

「確定是上次他給妳看的戒指？」

「對。」

「好，你們先回去吧。」

我到大馬路攔計程車，讓兩人上車後，把計程車月結單交給司機，請他載到四谷車站。

「我們不用在場嗎？」

「不在場對你們比較好。還是，你們想見證？那麼，到時得跟著我們一起去警局，不管是偷竊，還是你們向朋友勒索零用錢，都得全招出來。」

香里奈又橫眉豎目，但直人相當安分。他態度堅決地抓住香里奈的手臂說：

「走吧。這樣就沒事，算我們走運。」

「沒錯。往後，你們最好悔改一下自己的行徑。」

香里奈臭著臉不理我，但直人應一聲「好」。不是「嗯」，而是「好」。

我在一點四十五分接到南先生的簡訊。

「目標已就位。」

雖然還不到約定的時間，但我也進入咖啡廳。南先生坐在入口玻璃門旁的桌位，蠣殼所長則坐在通行口附近的吧檯座，拐杖立在旁邊。他戴銀框眼鏡，看著筆電。

松永坐在裡面的雅座，穿卡其色夾克和牛仔褲。我在「ＡＫＩＭＩ」見到他時光滑的下巴，此刻長滿鬍子。不是沒剃的鬍碴，應該是自以爲時尚而蓄的鬍子。

他似乎不記得我。我走過去，在他對面坐下，他訝異地瞇起眼。

我默默將自己的名片放到桌上：

「我們以前在『ＡＫＩＭＩ』見過。」

面對面一看，我察覺松永的薄夾克內袋鼓起，露出戒指盒的盒角。

「其實我是調查員，接到昭見社長的委託，正在尋找豐先生。」

松永臉上的血色盡失。

「內袋裡的皮爾茲利鑽戒，可以讓我看一下嗎？」

他一動也不動，唯有嘴唇顫抖著。

倏地，松永抬起目光，仰望我的背後，頓時瞪大眼。只見昭見社長從吧檯裡走出來。我們本來約定，在狀況明朗前他先躲著，但他實在按捺不住吧。

昭見社長來到我身旁，俯視著松永。

「請告訴我豐在哪裡。」

語氣有禮，與其說是拜託，聽起來更像開導。

顫抖像一陣漣漪，從松永的唇角擴散開來。他的下巴發顫，肩膀晃動。

「我是一時鬼迷心竅……」對不起，他行一禮。「戒指還給你們。」

戒指盒卡在夾克袋口，遲遲拿不出來，也許是他的手抖得太厲害。

「一起去警局吧。」我說。「你應該也明白，不是歸還戒指就沒事。」

松永總算掏出戒盒，放到桌上。戒盒小而奢華，深藍色盒身印有銀箔。

「我眞的只是一時鬼迷心竅，對不起。」

「豐在哪裡？」

「我不知道。」松永渾身顫抖，囁嚅著辯解：「我什麼都不知道，昭見先生去東北帶貨——」

「三月十四日晚上，你爲什麼會租車？」

目擊一個人變得宛如白紙的瞬間，不是常有的經驗。

「因爲那天傍晚，常客聞到店裡的臭味嗎？」

目擊到一個人崩潰的瞬間，更是稀罕的經驗。

那一瞬間，我以爲他化爲一座沙像，從邊角脆弱地碎裂，逐漸失去人的輪廓。

「主動坦承，罪會比較輕。不論那是怎樣的罪。」

「向警方自首吧。」昭見社長壓抑情感，完美地控制自己，但顯得既疲倦又失望。

松永像昨晚的我，舉起一手掩住眼睛，呼吸急促，哭了起來。

「對不起。」

不管是爲何種罪行懺悔，懺悔的話總是千篇一律。

「我沒打算殺他……」

一陣嗚咽響起。昭見社長退到後面，取出手機。

警車正在趕來，不到十分鐘的時間裡，我們默默等著。松永不斷哭泣，店裡的背景音樂蓋過單調的哭聲。那是所謂療癒系的，耳熟能詳的鋼琴曲。

從此以後，我便討厭起這首曲子。

警方總是不願提供調查中的案件資訊，即使對象是受害人的家屬也不例外，遑論我這名私家偵探，更是完全不理會。我的主要情報來源，是報紙和電視新聞。

松永是在三月十日下午殺害昭見豐先生。這天「AKIMI」公休，但豐先生打算整理庫存，於是松永去幫忙。接著，兩人發生爭吵，松永抓起附近的空酒瓶，毆打豐先生的頭部。

爭吵的原因是「AKIMI」。豐先生第一次明確告訴松永，最慢要在六月和伊知千鶴子結婚，關掉「AKIMI」，搬回名古屋的老家附近。豐先生還說，預計在暑假搬家，好讓明日菜從第二學期轉學到那邊的高中。

松永向豐先生提議，既然如此，可以把「ＡＫＩＭＩ」交給他。他自認對這家店盡心盡力，也有熟識的客人。如果豐先生要在名古屋繼續開輕古玩店，能不能把這邊當成分店留下來？

豐先生笑著拒絕。對他來說，這是不可能考慮的提議，畢竟松永只是個打工店員。

懇求卻當場遭到回絕，還被取笑。松永供稱，這就是動機。他氣昏頭，不顧後果地動手。因此，他沒想過要怎麼處理屍體，而是搬到「ＡＫＩＭＩ」後面，豐先生的居住空間藏起來。途中，他發現豐先生的外套內袋收著皮爾茲利的戒指盒。為了在適當時機向伊知千鶴子求婚，豐先生隨身帶著重要的戒指。

隔天，松永開店做生意，有客人上門，他只說昭見先生出門帶貨，並未明講去哪裡。常客都知道，豐先生常一時興起去外地採買，因此這套說詞可撐個幾天。

下午兩點四十六分，東日本發生大地震，狀況為之一變。

任意想像松永當時的心情，對死者豐先生或許很失禮。不過，一定就是從此刻開始，松永對店長不在的說詞，從單純的「出門帶貨」，變成「他剛好去東北，希望他平安無事」。

造成超過兩萬名死者及失蹤者的那場悲劇，成為松永求之不得的掩飾工具。

我想像著他對明日菜的心意。身為偵探，我覺得這是可以允許的。

如果伊知千鶴子和豐先生結婚，明日菜的人生將會改變，最起碼可以擺脫經濟上的困境。這同時意味著，明日菜的生活將提升到與孤獨貧窮的松永截然不同的水平。

他無法承受這個事實。因此，他希望自己也能有一些變化。請求豐先生將「ＡＫＩＭＩ」交給他經營，對他來說是最大的奢望。不過，這並非全無指望的要求。他與豐先生相處愉快，豐先生是有錢人，而且「ＡＫＩＭＩ」本來就是為興趣而開。只要他開口，或許豐先生會答應。豐先生應該會答應。豐先生大可以答應。雖然我只是個打工人員，但我一直爲這家店鞠躬盡瘁啊。我的人生一直這麼倒楣，讓我實現一點小小的願望也不爲過吧？

然而，豐先生卻笑著拒絕。

松永遲遲不肯說出棄屍地點。他是覺得，只要不說出來，還有機會擺脫罪嫌嗎？或者，只是想拖延面對代表自身罪愆的遺體？

松永落網後一星期，警方終於根據松永的供詞，挖掘出藍色塑膠布層層包裹、膠帶密密纏繞的遺體。棄屍地點是松永以前住過的地區郊外，造林不徹底的山林中。

電視上，記者和主播採訪「AKIMI」的近鄰和常客。每個人都非常驚訝，說嫌犯松永不像會做出這種事的人。

其中採訪到這樣的意見：

「大概是地震後三、四天，我在附近的家庭用品大賣場遇到嫌犯松永。他在買藍色塑膠布。我問他買大塑膠布要做什麼，他說水管被地震震鬆，開始漏水，很傷腦筋。」

如果是平時，購買大型塑膠布需要更有說服力的理由。當時也是大地震爲松永做了掩護。

據說，他緊盯著即時更新的核電廠事故報導，還勸明日菜去西日本避難比較好，應該是由衷爲明日菜擔心。電視上重播的報導，宣稱整個東日本可能變成無人的荒地。

即使如此，松永仍埋起豐先生的遺體，守著「AKIMI」這家店，持續撒謊掩蓋眞相。他聽從昭見社長的指示工作，也許還懷抱著一絲希望：昭見社長會把這家店交給他，直到查明弟弟的生死。

不管世界發生什麼事，人都只能過自己的人生、做自己的夢。拚命掙扎著，希望那會是美好的一場夢。

——我們去約會吧，我請妳！

還沒拿到錢，他就去邀明日菜。如果他是想在賣掉偷來的戒指、趕走勒索明日菜的壞朋友這些「麻煩」之前，先確定能有一場令人期待的約會，簡直是窩囊到家。這樣一個窩囊的年輕人，卻殺人、棄屍，事後仍一臉不在乎（在旁人眼中），與死者的家人和朋友交談。

昭見豐先生在突來的橫禍之前，是否遇到自己的分身？如今已成爲永遠的謎。但我認爲，分身是存在的。不是豐先生的，而是松永的分身。狡猾又邪惡，渴望愛情、財富、幸福等，從來無法得到的一切的另一個他，是脫離活生生的本尊，犯下罪行的可怕幽鬼。因爲是幽鬼，可以不必憂慮、害怕現實的威脅，純粹爲了滿足自身的欲望而行動。

這似乎不是我一個人的妄想。找到豐先生的遺體後，在我的事務所喝咖啡的東尼，細細檢視自己畫的松永畫像，如此低喃：

「是我多心嗎？畫的明明是活人，看起來卻像屍體。」

竹中家的父親大人，依然不允許東尼去畫核電廠。

（全文完）

只有這樣的，和不止這樣的偵探

解說 —— 陳栢青

※本文涉及故事情節，未讀正文者請愼入

延續前作《聖彼得的送葬隊伍》帶點絕望的結尾，杉村三郎與妻子離婚，告別今多集團，經歷生命的大地震，還有日本三一一大地震，這回，宮部美幸帶給我們《希望莊》。

「三十八歲變成私家偵探」，杉村三郎終於成爲了偵探。但在前三部作品中，他隱然已經扮演這樣的角色。那是因爲他始終是自於外的。源究於自身個性，加上妻子與集團裡職位，都賦予他一種自外於社會結構的游離眼光，杉村較別人獨特的部份在於，「餘裕」，比起他人多了一份喘息空間，讓他可以貼近日常社會，又能隨時將自己抽離，而無論做什麼，身後總有一個家，有理解他的家人能作爲後盾。而且這家人在經濟和人際關係運作裡都較他人有辦法。但這樣的「餘裕」也在離婚後消失了。

杉村三郎終於剩下他自己。

而日子依然要過下去。

於是，由短篇構成的《希望莊》之出版是杉村三郎系列一個重要的轉折，各方面而言，小說都在「逼近」，一方面，延續系列一貫「逼近日本當代」的目光，看見此刻日本社會各種怪現狀，買賣戶籍、長照、新興宗教都成爲小說素材。一方面，《希望莊》明確在時間上逼近，杉村三郎在小說中渡過了他的三月十一日，看穿一樁利用三一一地震犯罪的同時，其實是宮部美幸透過小說回應時代的傷口。

還有一方面的逼近是，《希望莊》中發生諸事件，也讓杉村三郎逼近自己。每個故事中都有一部分讓他連結過去自己人生中發生的事情：失婚者、被逐出者、失親人、重新開始的人……前三部建立起的基礎，積木抽取底座一樣毫不留情地被推倒了。但也因爲推倒了一切，「以爲堅固的一切都煙消雲散了」，讀者用了三部作品的篇幅陪杉村三郎將人生大小事都經歷了一遭，到了《希望莊》，我們對他多了更多認同，小說回看社會，讀者跟著小說人物回看自己，杉村三郎有了更多人味，杉村三郎系列也從此多了些厚度。

屁股走出來的偵探，以及系統裡的鬼

杉村三郎走訪竹中家查案，竹中家媳婦彩子借給三郎幾本馬修．史卡德系列小說。誰是馬修．史卡德？作爲卜洛克小說筆下人物，警察不幹了當起偵探，這一掛牌，現實世界裡將近四十年過去，至二〇一七年已有近二十本系列作品。那麼，史卡德的偵探絕招是什麼？以他自己的說法是Goyakod（Get Off Your Ass and Knock On Doors）。意思是，「抬起屁股敲門去。」用屁股去敲門。用走的破案。眞正一步一腳印，一戶一叩問，他老兄總是在走著，穿街走巷，紐約當代的故事被他一步一步走出來，街頭拖長的不只影子，還有人性的縱深。

而這也正是杉村三郎在《希望莊》中諸篇小說裡做的事情，「這麼一來，後續就全靠雙腳和耐性了」，杉村三郎終於遇到馬修·史卡德，馬修經過他的紐約，杉村三郎走出自己的東京。

杉村三郎一路走，在城市裡看到什麼？回頭想想，宮部美幸小說世界的開端，可不正是從天花板上走出來的？一九八七年她以《鄰人的犯罪》榮獲第二十六屆《ＡＬＬ讀物》推理小說新人獎。而短篇〈鄰人的犯罪〉裡她讓主人翁們推開天花板，由上方往下窺，看見不只是鄰人的祕密，其實也是一窺現代社會裡內在人心怎麼運作。「從不一樣的角度窺探」，〈鄰人的犯罪〉裡所帶出巧妙的切入視角，既是推理小說書寫的隱喻，也是宮部美幸寫作的特色所在。經過這麼多年後，掀開城市的天花板，比排水管、電表和屋頂細縫還要深，杉村三郎更往裡頭走，全面啓動，他走進城市，走進比城市更深的地方，他深入的，是構成城市的內部系統。

讀者們可記得〈聖域〉中案件委託人盛田太太給三郎的酬金是什麼？

答案是，「替你輪一年垃圾集中處的打掃值日」。

紐約偵探史卡德未必知道垃圾集中處是什麼？打掃值日具體又是指什麼？因爲那是日本社會緊密生活型態下所形成，約定成俗的習慣。並非明定於法律中，但像這樣以社區鄰里爲單位，自行組成自治區或自治會，家家戶戶輪流值日清掃已經是種隱性生活公約，杉村的酬勞並不是通行的金錢，而是減輕生活裡的勞務。一地有一地風土，一地有一地人情，這只有在上頭生活的人能懂眉角。同樣的道理，杉村的屁股不只敲在實體的門板上，他的報酬不是金錢，而破案的關鍵也在這個城市形成的人情義理之中。

〈聖域〉中杉村三郎怎麼進行偵查的呢？盛田太太所說的三雲老奶奶眞的死了嗎？杉村首先詢問三雲奶奶所居住公寓的巡迴管理員，然後前往公寓地主家，之後是拜訪進行房屋仲介的「諸諸房屋」。這過程是一連串繁瑣的連連看，但你可以看出，這其實是逆向走訪一個「城市入族式」——你要怎麼進入一個「地方」？外來人怎麼成爲「這裡的人」？或者說，「成爲東京人」？你必須要打通關，那中間層層分隔：住在地上的人、擁有土地的人、管理者、聯絡人、介紹人。一個單位一個單位，一個系統一個系統，你要連起這一切，才能擁有一個棲身之所。什麼時候開始，這裡已經成爲一座由系統構成的城市。

而小說裡，所有的謎題都出自這些系統的斷裂與細縫之間。

例如，〈聖域〉中以爲死而復生的老奶奶根本沒死。但人們爲什麼會有她死掉的錯覺？

例如，〈沙男〉裡戶籍可以買賣。人的身分可以換過一個又一個。就算你結婚了，生下了孩子，但身邊的人到底是誰？那是誰的孩子？你又是誰的丈夫？

那些都是系統的細縫造成。這個世界太大了又太小，體系太繁複又太密。現代社會是這樣被維繫起來的，東京是這樣被蓋出來的。所以公寓的擁有者不知道住戶實際的生死，因爲系統其他部分會提供你答案。所以枕邊人不知道丈夫的眞實身分，因爲系統其他部分都認定他是誰，他理當就是誰。一個人不知道另外一個人。那些系統之間錯漏或是歪斜的，就成了犯罪的開端，或是人心借力使力鑽空子的地方。

所以有鬼。

鬼在系統裡。在結構的細縫裡。三雲奶奶活著，卻自稱死了，大家也當她死了。她是零餘。她就是鬼。眞正的廣樹先生死了。但他的身分讓另一個人頂替了，而頂替者的眞實身分未明，他們雖生猶死，雖死猶生，也都是一個又一個的鬼。

我們其實活在離鬼很近的城市。宮部美幸寫了一個又一個現代鬼故事。

像樣的，和只有這點能耐的偵探

所以，偵探的工作是什麼？這樣看來，偵探需要明白系統的運作，並由此抓出系統的ＢＵＧ，也就是，偵探必須去抓到鬼。

〈希望莊〉中武藤寬二先生說謊了，他明明不是三角町命案的凶手，卻在療養院裡作出殺人之告白。「我明明完全沒那個意思，卻一時腦門充血，鑄下大錯。」，當然，有沒有殺人，像這樣的事情，只要稽核系統——現代世界，有報紙、網路、法院公報等各種紀錄能夠核對系統——但問題不是寬二先生說謊了，「問題的核心，是說給誰聽？」、「人在與他人對話的時候，並非只意識到眼前說話的對象。有時候夫妻在對話，卻是在說給一旁的孩子聽」。武藤寬二假意告白，其實是想把話傳給他知道的另一樁案件眞凶聽。杉村三郎意識到這點，推導出犯人。但眞正讓讀者驚訝的恐怕是，原來人的心是這樣運作的，原來人是這樣對話的，對話這件事情，並不是直線的，一張嘴巴剛好配一只耳朵。人的心也是如此。越迂迴，是謊言，其實很直接，當場告白。

這是一種人情推理。

同樣的道理，〈聖域〉中有一個小橋段是，三雲老奶奶的女兒明明和媽媽一起搬進飯店居住了，爲什麼還要回到舊公寓和她的「星友」們一起住呢？

三雲家女兒解釋：「有些東西想要偷偷帶走啊。像是相簿、紀念品，還有我爸的遺物之類的」、「一點一點拿走，免得那幾個女生起疑，所以非常費工夫」。

這也是一種人情。

人心是沒有道理的，不能以尋常答案計量的。但沒有道理，就是他的道理。一旦加上感情，憐憫、憤怒等情緒，物理不能忖度，法則全都失效。偵探要熟悉的，不只是系統。偵探必須掌握的，更多是人性。那是系統之理性邏輯無法規範以及壓縮，人心總以自己獨特的方式跳動。

從這方面來說，杉村三郎多懂人情。他是個像樣的偵探。

但知道一切，又如何？《希望莊》中諸篇故事，只是揭露了答案，但答案並沒有帶來更多拯救。我們知道眞相，但那無助於解除大家的困境。甚至，更多時候，我們反而看到更多悲劇。

「偵探也只有這點能耐而已。」杉村三郎在〈聖域〉中這句自嘲，貫穿了杉村系列所有小說。

爲何會這樣，他無比深入城市的內在系統，他能看穿人心。但另一方面，小說所暴露卻是，「只有這點能耐」，他其實沒有解決太多事情。

回到〈聖域〉一篇，簡單案子不簡單，三雲老奶奶和女兒之間的問題點出親子緣薄，一切到底是建築在親情，還是金錢上？而三雲家女兒的遭遇，又帶出新興宗教問題。甚至是僅僅露面幾幕的宗教教友，透過三言兩語，都帶出比主線故事還洶湧的背景，貝兒告訴三郎：「我和布克是酒店小姐，琳格總有一天會步上我們的後塵」、「我撞死了人」、「我被判刑後，媽媽就上吊自殺」、「爸爸和姊姊不肯原諒我」。幾句話之間，一樁車禍摧毀的，不只是對方家庭，還包括貝兒自己的人生。而由她眼睛所見，身邊教友有一天也會投身酒店業，「步上我們的後塵」。似乎踏錯一步，人生只能一點一點往無光的方向去。

就算是委託人盛田太太自身，當三郎問她職業，盛田太太說：「只差幾年就退休了。往後的事，光是想到就眼前一片漆黑，我都叫自己別去想。」而案子解決後，盛田太太則說：「杉村先生，我實在是感同身受啊——我是指三雲奶奶的事。總有一天，我也會變成像她一樣孤伶伶的老太婆。」也就是說，這則案件對盛田太太而言，不只是謎團，更是一個預言，「未來誰都有可能變成三雲奶奶」，她的擔憂是有可能成眞的，事關社會長照、老年生活、以及無緣社會等議題。

這也是杉村三郎系列在公布美幸作品中獨特的一環。宮部美幸試圖要說的故事，背景比前景更大，更深。小說是拉鍊，打開什麼，而不是完成什麼，他揭露的比經歷的還要多。起始的案子通常只是個引子，隨著故事的行進，宮部美幸要我們看到的，是整個社會系統。

〈希望莊〉中使用了「附身」這個概念，〈沙男〉中「像沙子一樣不可捉摸的可怕怪物就要到來」，〈分身〉中藉由「分身」這個概念形容凶手另一面是「脫離活生生的本尊，犯下罪行的可怕幽鬼」。無論是怪物、沙男，還是分身，他們固然是一種隱喻，卻比現實更能解釋小說中人們犯下的惡。說到底，因爲「惡」必須要有一個寄託才行，只要有了形體，可以描述，似乎就能殺死他。而這就是很多作家筆下現實與奇幻的分野。在奇幻小說中，殺死了妖怪，或鬼，人就可以平安了，惡就消失了。在宮部美幸筆下諸多奇幻小說裡，「殺鬼」也是讓秩序恢復的開端。但她越來越不這麼寫了。殺死了鬼，送走了怪物，人世間的悲劇依然存在。甚至，你不知道那是什麼，你只能把人心的無明，一種無可蒙之的罪念，那些系統的陰影，稱之爲妖怪、鬼、附身、沙男……他們始終在那裡。這就是我們的現實。

每個議題都不是憑杉村三郎就能解決的。偵探在此時的世界意味什麼？在這個沒有英雄的現實中，在這個由無數系統構成的城市中，單體的改變未必能影響整體。他確實「只有這點能耐」。

但又不只如此。杉村三郎聆聽委託人的言語，然後他說，「我接受委託，代表從這一刻開始，你的擔憂全交到我的手中。」

他試圖殺鬼。但其實是，鎮魂。鎮住時代的魂魄，也就是安撫人類騷動的心。

杉村三郎是宮部美幸小說中多獨特的存在。偵探在此刻的定位是什麼？杉村三郎用行動告訴你，偵探是安心之人。

大災難後，崩毀的與重建的世界

於是，大地震發生了。

這個系統自身太重。它撐不起來自己了。地震早已發生。地震正在發生。地震竟然發生了。

杉村居所裡，古老的報時鐘停在二〇一一年三月十一日，兩點四十六分。「像我這樣的偵探，往後遇到的案子，應該會是社會因那場地震而改變、沒有改變、非改變不可但無法改變、不想改變卻被迫改變——種種衝突引發的扭曲所形成的案子。」小說家透過杉村的口明確做出宣言，其實也是她的觀察。地震致使本來殘破的系統產生改變，而這個改變正隨著時間逐漸顯現。

接下來會發生什麼呢？

杉村三郎三十八歲。離婚過。出生山梨縣，大學時來到東京。曾工作於出版社，後加入今多集團。育有一女。短暫回到故鄉，如今再度重臨東京，便且成爲一名偵探。

人生之後還有很多大地震會發生。一切都在摧毀，但一切也在重建中。此刻，杉村三郎在路上。這個世界也是。

作者簡介

陳栢青

台灣大學台灣文學研究所畢業。曾獲全球華文青年文學獎、時報文學獎、台灣文學獎等。以閱讀爲終生職，期待台灣推理的黃金世代降臨。

宮部美幸

作品集／59
MIYABE MIYUKI

希望莊

國家圖書館出版品預行編目資料

希望莊／宮部美幸著；王華懋譯. - 初版.- 臺北市：獨步文化：家庭傳媒城邦分公司發行, 民 106.11
面；　公分. --（宮部美幸作品集：59）
譯自：希望荘
ISBN 978-986-95270-4-0（平裝）

861.57　　106016742

原著書名／希望荘・原出版者／小學館・作者／宮部美幸・翻譯／王華懋・責任編輯／陳盈竹・編輯總監／劉麗眞・總經理／陳逸瑛・榮譽社長／詹宏志・發行人／涂玉雲・出版／獨步文化 城邦文化事業股份有限公司　台北市中山區104民生東路二段 141 號 5 樓　電話／(02) 2500-7696　傳眞／(02) 2500-1966; 2500-1967・發行／英屬蓋曼群島商家庭傳媒股份有限公司城邦分公司 台北市中山區民生東路二段 141 號 11 樓・讀者服務專線／(02)2500-7718; 2500-7719・服務時間／週一至週五：09：30-12：00、13：30-17：00・24小時傳眞服務／(02)2500-1990; 2500-1991・讀者服務信箱 E-MAIL／SERVICE@READINGCLUB.COM.TW・劃撥帳號／19863813 書虫股份有限公司・香港發行所／城邦（香港）出版集團有限公司 香港灣仔駱克道 193 號東超商業中心 1 樓／(852) 25086231 傳眞／(852) 25789337 E-MAIL／HKCITE@BIZNETVIGATOR.COM 馬新發行所／城邦（馬新）出版集團 CITE (M) SDN. BHD. 41, JALAN RADIN ANUM, BANDAR BARU SRI PETALING,57000 KUALA LUMPUR, MALAYSIA. 電話／(603) 90578822 傳眞／(603) 90576622・封面設計／蕭旭芳・排版／游淑萍・印刷／中原造像股份有限公司・2017 年 11 月初版・2023 年 8 月 29 日初版八刷・定價／460 元
PRINTED IN TAIWAN　　ISBN 978-986-95270-4-0

城邦讀書花園
www.cite.com.tw

宮部みゆき